KB040484

**일러두기**

맞춤법은 국립국어원의 원칙을 따르되, 글맛을 살리기 위해 일부는 지은이 고유의
표기를 반영합니다.

# 추리 첨가 미니 버거

추리가 첨가된 6가지 이야기!
숨겨진 추리의 맛은 과연?

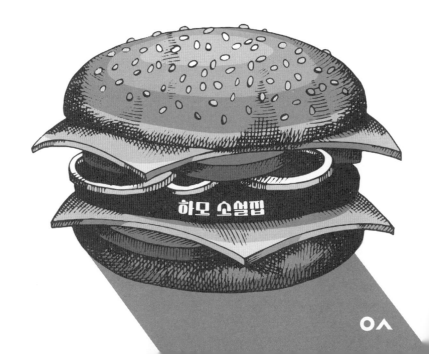

하모 소셜팝

○△

소설로 만들어진 햄버거.

누군가 그 안에 추리를 조금씩 섞어두었다.

당신은 어떤 맛이 나는가?

1 : 빵                             9
  **몽타주**

2 : 치즈                        89
  **단면 칼**

3 : 토마토                  103
  **밤 산책**

4 : 패티                     133
  **파수꾼**

5 : 양상추                  223
  **소나무**

6 : 빵                         251
  **커튼콜**

## 1 : 빵

# 몽타주

# 1

어느 나라 말인지 모를 말로 고함을 지르며 엉덩방아를 찧은 남자는 기어가다시피 아직 열려있던 현관문을 향해 달려 들어갔다. 무릎까지 온 눈을 쓸다 말고 내동댕이쳐진 빗자루는 하얀 눈 속에 그대로 파묻혀 버렸다. 누군가에게 던져지듯 현관문을 지나자마자 넘어진 남자는 불규칙한 숨을 가쁘게 쉬다가, 침인지 구토인지 모를 무언가가 나오려는 것을 삼키고 심호흡하면서 안정을 찾으려 애썼다. 신발장에 엎드려있는 남자의 심정을 대변하듯 그의 벗겨진 정수리에서 겨우 기르고 있던 얇고 긴 가닥의 머리카락들이 볼품없이 헝클어져 있었다.

"겨, 경찰…!"

목소리에서 처음 들어본 쇳소리가 나는 것은 안중에도 없었다.

남자는 심장이 터질 듯이 뛰는 것을 느끼며 자기 몸도 지금처럼 놀란 적이 없었다는 것을 새삼 느꼈다. 그는 가까스로 몸을 일으켜 떨리는 다리로 걸었다. 테이블 위에 놓인 휴대전화를 잡기 위해서였다. 그 힘겨운 걸음을 한 발씩 움직일 때마다 온몸은 아직 겁에 질린 채 굳어있었다.

"제발!"

다리에 힘이 들어가지 않았던 남자는 양손에 주먹을 꼭 쥐고 뿌리라도 내리려는 듯 그 자리에 선 채로 발바닥에 힘을 줬다.

다리의 떨림이 멈추자, 이번에는 겨드랑이에 교차해서 손을 집어넣고 눈을 감고 크게 호흡했다. 평소 명상을 자주 했던 것이 효과가 있었다. 놀란 근육들은 점차 진정되어갔고 그는 휴대전화를 손에 쥘 수 있었다.

낮은 온도의 날씨에 현관문을 열어뒀기 때문인지 방금 본 장면의 잔상이 남았기 때문인지 경찰에 전화를 걸기 위해 번호를 누르는 동안에도 그의 손끝은 떨리고 있었다. 남자는 통화가 연결되고 수신자의 목소리가 들리자마자 입안에서 불덩이처럼 구르고 있던 것을 뱉었다.

"옆집에 사람이 죽어있어요!"

냅다 질렀다.

꼬여버린 말 때문에 한 번에 알아듣지 못한다면 다시 설명해야 하는 것을 잠시나마 걱정했지만, 다행히 경찰은 단번에 남자의 말을 알아들었다.

"위치가 어떻게 되십니까?"

침착하고 심지 있는 목소리로 위치를 묻는 경찰의 질문에 순간적으로 긴장이 풀린 남자는 갑자기 모든 생각 회로가 멈춰버린 듯했다.

"여, 여기가 그러니까…"

세련됐지만 긴 이름으로 바뀌어 버린 주소가 입에 붙지 않았다. 머릿속에서 단어들끼리 둥둥 떠다니는 느낌은 나지만 입 밖으로 연결되지 못하는 답답함에 남자의 인상이 찌그러졌다. 고개를 양쪽으로 저어 봐도 입술은 남자의 말을 들으려 하지 않았다.

"지금 위험하십니까?"

수화기 너머의 경찰은 남자가 위험에 처한 것은 아닌지 걱정하는 목소리였다.

"아뇨, 여, 여기가 그, 그러니까….'

옛 주소라도 떠올리려 했지만 이미 얼어버린 회로는 창밖의 세상처럼 새하얗게 변해있었다. 다른 방법을 떠올리려던 남자는 정수리를 손바닥으로 때리기 시작했다. 어처구니없는 그 행동이 효과가 있었는지 길고 세련된 주소를 대신할 단어가 명쾌하게 생각났다.

"범죄 없는 혜, 혜옥마을입니다."

남자의 말이 끝남과 동시에 아직도 닫혀있지 않은 현관문 틈 사이로 새로운 비명이 날아들어 왔다.

찢어질 듯 날카로운 여자의 비명은 멈추지 않고 여러 번 더해졌다. 남자는 본인과 같은 것을 봤을 것이라고 확신했다.


그가 통화를 마치고 현관문 밖으로 나갔다. 조금 전 쓸다 만 마당을 비롯해 시선이 닿는 곳은 모두 하얀색으로 가득 차 있었다. 하지만 남자는 마당을 마저 쓸 생각은 없는 표정이었다. 소파 위에 개어두었던 짙은 갈색의 담요를 몸에 한 번 두르고 찬 바람이 들지 않게 양손으로 담요를 꼭 여미고 있었다.

곧 경찰이 도착할 거란 확신이 생겼기 때문인지 비명을 지르는 여자에게 본인은 이미 다 알고 있는 일이라는 것을 거들먹거리기 위함인지 남자의 표정에는 조금 전과는 다르게 침착함과 약간의 못마땅함이 섞여 있었다. 남자가 천천히 걸어 나오며 내던졌던 빗자루를 다시 손에 쥐기도 전에 비명을 지르던 여자와 눈이 마주쳤다.

"저, 저기에…!"

"알아."

조금 전까지 본인의 표정이었을 얼굴을 하고 말을 더듬는 여자를 보면서 남자는 신경질적으로 대답했다.

허리까지 오는 남자의 집 울타리를 사이에 두고 남자와 여자는 대화를 이어 나갔다.

"내가 아침에 눈을 쓸다 발견했어. 지금 막 경찰에 신고하고 나오는 길이야."

왠지 모르게 의기양양한 표정으로 입을 삐쭉거리며 말하는 남자를 보고 여자는 누구라도 있어서 다행이라고 생각했던 자신을 후회했다.

'저 양반은 아침부터 재수가 없어.'

60대 후반의 깡마른 남자를 위아래로 훑어보며 그가 두르고 있는 두꺼운 담요를 알아채고 나서야 비로소 뼈에 찬바람이 들어오는 날씨가 느껴졌다.

"어떻게 된 걸까요?"

여자는 무릎까지 오는 검은색 밍크코트 앞섶을 여미며 남자의 집 쪽으로 가까이 다가왔다.

"여긴 범죄 없는 마을이잖아요?"

이제 막 40대에 들어선 여자의 얼굴에는 인중을 따라 깊게 주름이 파여 있었는데, 남자는 가까이 다가오는 그 주름을 보고 불도그를 닮은 심술쟁이라고 생각했다.

'남 일에 그냥 지나치는 법이 없는 여편네.'

잠옷 차림에 고급 밍크코트를 걸치고 나온 여자를 보며 남자는 속으로 투덜거렸다.

남자의 평소 성격대로라면 본인에게 가까이 다가오는 여자를 무시하고 집 안으로 들어갔겠지만, 첫 목격자라는 사실이 괜스레 묘한 책임감으로 변해 수다에 적당히 맞장구 쳐 줄 마음이 생겼다.

"죽은 거 맞겠죠?"

여자는 눈을 가늘게 뜨며 남자에게 물었다.

"그렇겠지."

"언제부터 저렇게 있었어요?"

"모르지, 나도 방금 봤어. 얼핏 보니 엎드려있는 것 같던데… 피는 없는 것 같고."

"피요?"

여자는 과하게 놀라는 표정을 지었다.

"눈 뒀다 뭐해? 누워있는 사람 주변이 하얗기만 하잖아!"

남자는 던졌던 빗자루를 다시 집어 들고 눈을 쓰는 시늉을 시작했다. 눈 속에 파묻혀 있던 빗자루는 얼음같이 차가워져 있었지만 남자는 가만히 서 있는 것 보다 뭐라도 손에 쥐고 움직이는 것을 선택했다.

"그렇네."

남자는 고개를 끄덕이는 여자를 한번 흘겨보고는 빗자루질을 이어 갔다.

눈이 빗자루에 쓸려 퍼지는 차가운 소리가 두 사람 사이를 메웠다.

"경찰은 언제쯤 온대요?"

밍크코트의 목 주변을 한 손으로 여미며 옆집 시체를 바라보던 여자의 손은 빨간색으로 칠한 손톱이 반짝였다.

"못 와."

비아냥거리는 남자의 말이 끝나자마자 여자는 남자를 무섭게 쏘아보았다.

"그게 무슨 소리예요?"

"밤새 이 정도 눈이 한꺼번에 내린 건 30년 만에 기록적이었다는데, 뭐든 멀쩡하겠어? 산꼭대기에 사는 우리는 더 심하지! 우리 마을 관할 경찰서는 건물이랑 차 위로 나무가 쓰러져 못 오고, 다른 관할에서 올 거야."

남자는 뭐가 마음에 안 드는지 짜증을 부리며 말하고 신경질적으로 빗자루질을 이어 갔다.

여자는 남자를 위아래로 훑고는 큰 소리로 후, 소리를 내며 빨간 손톱을 자랑하는 두꺼운 손으로 가슴을 쓸어내렸다.

"참 나! 처음부터 그렇게 말씀하셔야지!"

여자와 남자가 날카로운 대화를 주고받는 동안 시체라고 불리는 사람은 미동도 없었다.

"못 오기는. 오긴 오는 거잖아요! 말 참 희한하게 해."


2


가운데에 큰 늑대 동상이 있는 원형 분수대는 부채꼴 식으로 난 마을의 중심점에 있었다. 세대 간의 프라이버시 존중을 위해서 집마다 넓은 간격을 두고 있다 보니 평소에 이야기를 나눌 수 있는 곳이 마땅치 않은 마을 사람들이 쏟아져 나와 이야기를 나누던 유일한 만남의 장이었지만, 오늘은 분수대와 가장 가까운 집에서 시체가 발견된 탓인지 눈이 쌓인 늑대 동상의 자태는 쓸쓸하고 스산한 분위기를 자아냈다.

"여긴 이러면 안 되는 거 아니야? 하필 마을 중앙에서 이게 뭐람? 다른 데서 보면 우리 마을을 뭐라고 생각하겠어."

집 앞에 모인 사람들이 저마다 무리를 지어 수군거렸다.

시체가 발견된 집은 분수대를 향해 정문이 나 있는 2층짜리 단독주택으로 베이지색 외벽은 매일 해가 질 때마다 그 빛을 받아 노을과 같은 색을 뽐내던 집이었지만 오늘은 그 생명력을 찾아볼 수 없었다.

힐끔힐끔 시체를 훔쳐보며 귓속말을 하는 사람들 사이로 검은색 밍크코트를 입은 여자는 발 빠르게 움직이며 경찰이 늦는다는 소식을 알렸고 마을 사람들은 겉으로는 티를 내지 않았지만, 속으로는 모두가 그녀의 말에 귀를 기울이고 있었다.

밍크코트를 입은 여자가 자신이 첫 목격자라도 되는 듯 가장 크게 떠들고 있을 때 반대편에서 경찰 제복을 입은 두 명의 남자가 사람들 사이를 뚫고 나타났고 순식간에 사람들의 시선이 그리로 모였다.

"저기 오네! 여기예요. 여기! 정말 빠르네! 다른 관할에서 온 거 맞아요?"

여자의 말에 경찰들은 놀란 듯 잠시 멈칫했지만, 곧 사람들이 모여있는 곳으로 가까워졌다.

경찰들은 사람들 무리를 지나쳐 시체가 발견된 주택까지 망설임 없이 걸어갔다. 마당이 넓은 대신 담장이 낮은 덕에 경찰들은 어려움 없이 담장을 넘어 시체에 가까이 다가갔다.

시체 주변을 살펴보던 경찰들은 눈짓하고 고개를 몇 번 끄덕였다.

"신고자가 누구십니까?"

두 명의 경찰 중 짧은 스포츠머리를 하고 체격이 좋은 남자가 사람들 무리를 향해 걸어오며 물었다.

"나, 나요."

옆집의 본인 집 마당에서 나오지 않은 채 소심하게 한 쪽 팔을 들어 올린 60대의 깡마른 남자는 사람들의 이목이 본인에게 집중되는 것이 싫은지 금방 다시 손을 내리고 담요를 턱까지 끌어올렸다.

체격이 좋은 경찰은 들어갔던 것처럼 능숙하게 담을 넘어 나와 그 남자의 집 정문까지 단숨에 다가갔다.

경찰이 가까워지는 것을 본 남자는 긴장한 표정을 지어 보였다. 경찰이 다가가 몇 마디 하자 남자는 내키지는 않지만, 어쩔 수 없다는 듯 정문을 열어주었고 그대로 경찰과 집 안으로 들어갔다.

남아있던 경찰은 한참을 요리조리 시체를 바라보다 수첩에 무언가를 적고 나서 사진을 찍더니 마찬가지로 담을 넘어 나왔다.

그리고 사람들을 향해 정중하게 말했다.

"좀 늦었죠?"

체격이 좋고 피부가 까만 남자보다 키는 작았지만 반대로 하얀 피부에 쌍꺼풀이 진한 미남형 남자는 뒤에 있는 사람까지 들을 수 있도록 또박또박 큰 소리로 말했다.

"지금부터 한 분씩 찾아뵙고 이야기를 들어볼 예정입니다. 아시다시피 높은 산 중턱에 있는 마을이다 보니 눈이 많이 온 오늘 같은 날에는 경찰은 물론 구급차까지 많은 인원이 한꺼번에 움직일 수 없습니다. 따라서 가장 빠르게 도착한 저희에게 아시는 걸 전부 말씀해 주셔야 저희가 정보를 추려 외부 요원에게 공유하고 더 빠르고 정확한 수사를 할 수 있습니다."

사람들 무리에서 웅성거리는 소리가 들렸다.

"조금이라도 이상하게 느끼셨던 건 당연하고요, 평소와 같은 거라도 어젯밤 일에 관한 것은 모두 말해주세요."

"누구부터 할 거예요?"

묘하게 신이 난 것 같은 목소리의 주인공은 검은색 밍크코트를 입고 있는 여자였다.

"시간이 별로 없으니 여기 계신 분들을 모두 하기에는 무리가 있고…."

경찰은 밤새 자라난 것 같은 짧은 수염을 긁으며 눈을 가늘게 뜨고 무언가 생각했다.

"우선 시체가 발견된 이 집에서 맨눈으로 보이는 집들이 우선순위가 되겠네요."

"집 안에 들어가 조사도 하고 피해자 주변에 증거물 같은 걸 먼저 봐야 하지 않나요?"

사람들 무리 사이에서 누군가 경찰을 향해 소리쳤다. 주민들도 덩달아 경찰의 답을 듣고 싶었는지 순간 말소리가 작아졌다.

"좋은 지적입니다. 현재 상황이 매우 혼란스러우실 거라 생각됩니다."

경찰의 목소리는 낮고 힘이 있었다.

"현재 저희 상황은 특수한 상황입니다. 폭설의 피해가 어디까지 미쳤는지 정확히 모르고 지원이 언제쯤 도착할지 확실하지 않은 이 상황에서는 수사 기법 또한 평소와는 달라야 하죠. 사건 현장은 낮은 온도가 유지해 주길 바라면서 마을 분들을 먼저 인터뷰하는 방식을 사용할 겁니다. 사람의 기억은 시간이 지날수록 왜곡될 수 있으니까 지금 최대한 많이 수집해 놓는 것이 좋습니다. 이 집과 시체에는 누구도 가까이 가지 않으실 거란 믿음으로 지원 인력이 늦어질 거라는 가정하에 움직일 겁니다."

피부가 하얀 경찰은 허리에 양손을 올리고 무언가를 헤아리는 듯 읊조리며 숫자를 세었다. 주변의 집들을 보고 고민하는 것 같았다.

"현재로서는 네 가구 정도 찾아뵈면 될 것 같습니다."

사람들 대부분이 안도의 한숨을 내쉬었다.

"집들이 모두 단독주택이라 면적이 넓어서 그렇지 인터뷰하시는 건 몇 분 안 되시겠네요. 우선 최초 신고자와 이야기를 먼저 나누고 오겠습니다. 모두 댁에서 기다려 주시면 저희가 찾아가도록 하죠. 이제 안심하시고 얼른 들어가세요, 날이 많이 찹니다."

넉살 좋게 사람들에게 들어가라 손짓하던 경찰은 갑자기 큰 소리로 말했다.

"꼭 현장은 보존해 주셔야 합니다. 절대 저 안으로 들어가시면 안 돼요. 발자국으로 다 알 수 있습니다."

단호한 표정에 사람들은 즉각 대답했다.

"저기요!"

검은색 밍크코트의 여자가 손을 하늘 위로 뻗고 시끄럽게 뛰어나왔다.

"무슨 일이죠?"

앞으로 바짝 얼굴을 들이대는 여자가 부담되었는지 경찰은 한발짝 물러서며 물었다.

"다른 데서 오셨으니까, 혜옥마을같이 유명한 동네 모르시는 건 그러려니 하겠는데, 우리 경찰 선생님이 제일 중요한 걸 모르신다."

무거워 보이는 밍크코트를 살짝 살랑이며 몸을 비스듬히 돌린 여자는 콧소리에 힘을 실었다.

"저 집 부인. 아직 한 번도 안 나왔어요."

소란을 기대했던 여자는 경찰의 눈치를 살폈지만, 경찰은 잠시 표정이 굳더니 무언가를 생각했다. 하지만 그의 입에서는 곧 정중한 말투로 차례대로 조사하겠다는 말이 들렸고 사람들은 하나둘 집으로 향했다. 의기소침하게 걸어가는 검은색 밍크코트의 뒷모습을 보면서 경찰은 예상보다 일이 복잡해질 거로 생각했다.


3


"이름은 최철호고, 번역가요."

거만하게 이름을 말하던 남자는 키가 작은 경찰이 현관문을 열고 들어오자, 긴장이 배가 되었는지 큰 눈알을 굴렸다. '분명 우리 집 담을 넘었군.'이라고 생각하면서도 입 밖으로 그 말을 내지 않았다.

현관에서 왼쪽으로 보이는 소파에 앉아 있던 남자는 여전히 두꺼운 담요를 몸에 두른 채 보라색 슬리퍼를 신고 있었고 맞은편 소파에 앉아 있던 키가 큰 경찰은 어떤 생각을 하는지 알 수 없는 딱딱한 표정을 유지하고 있었다.

나중에 들어온 키가 작은 경찰은 짧게 눈인사를 한 뒤 동료 경찰의 옆에 앉았다.

키가 작은 경찰은 자리에 앉자마자 집 안의 가족사진이 없는 것과 거실을 제외한 곳에 생동감이 전혀 느껴지지 않는 것 그리고 현관에 있던 외출용 슬리퍼와 실내 슬리퍼가 한 쌍뿐인 것으로 집주인이 독신임을 확신했다.

"스페인어를 번역해요. 혼자 살고요. 아침에 눈을 치우러 마당에 나갔다가 발견했어요."

철호의 집은 깔끔하고 예민한 주인의 성격을 고스란히 닮고 있는지 먼지 없이 청결함이 느껴졌다. 하지만 그뿐이었다. 가구들은 생활의 편리를 위해서만 존재하는 것 같았다. 윤이 나는 장판은 고급스러운 색감을 뽐냈지만, 짙은 회색 소파 위로는 흔한 쿠션마저 없었다. 현관 맞은편에 있는 수납장도 여행지의 기념품이나 장식품이라고는 볼 수 없었다. 보통은 현관 앞 수납장에 향수를 두는 사람들이 종종 있다지만 이 남자의 현관 수납장에는 디자인이 조금씩 다른 안경들과 안약으로 보이는 것들뿐이었다. 아마 날씨와 기분에 따라 외출 직전에 안경을 바꿔쓰기 위함인 것 같았다. 일정한 간격을 두고 깔끔하게 올려두는 것이 그의 멋이었다.

거실 TV가 있을 자리에 한쪽 벽을 모두 채울 큰 책장을 들여 책으로 가득 채웠고 그중에는 색이 바래 오래된 책들도 있었지만 먼지는 쌓여있지 않았다.

눈앞에 경찰이 두 명으로 늘어난 순간부터 깡마른 남자의 어깨가 더욱 좁아졌다. 긴장을 숨기고 싶은 남자는 불만이 가득한 표정으로 두르고 있던 담요로 다시 한번 더 몸을 감쌌다.

"집이 멋지네요."

키가 작은 경찰이 진심에서 우러나온 칭찬을 하자 남자의 표정이 살짝 풀렸다.

"어떤 걸 말해달라는 건지… 아까 신고하면서 다 말씀드렸는데."

남자의 맞은편에 앉은 체격 좋은 경찰은 키가 작은 경찰과 마주 보고 살짝 눈짓하더니 말을 이어 나갔다.

"계속 설명하는 부분을 많이 번거로워하시지만, 신고와 조사는 별개라는 생각을 해주시면 감사하겠습니다."

공손한 목소리지만 무게감이 느껴졌다.

"저희에게 최대한 많이 말해주셔야 저희도 더 귀찮게 안 해드리죠. 평소에 알고 지내셨어요?"

키가 작은 경찰이 수첩을 꺼내 들며 물었다.

남자는 뾰로통한 표정으로 몇 번 입맛을 다시는 듯 입술을 움직이더니 말을 이어 갔다.

"알고 지낸 건 아니고 그저 이웃일 뿐이지. 눈이 마주치면 인사를 하는 정도. 꼬박꼬박 출근하는 것 같은데 나는 직업이 이렇다 보니 시간 대부분을 집 안에서만 보내니까 고정적으로 마주칠 시간이 없죠. 이 마을이 생긴 게 2년도 채 되지 않았는데 그 사이 저 남자와 인사를 한 건 5번도 안 될 거요."

철호는 반말을 사용하기로 마음을 굳힌 듯했다.

"꼬박꼬박 출근하는 건 어떻게 아시죠?"

아직 수첩에 아무것도 직지 않은 남자가 깡마른 철호의 눈을 마주 보고 물었다.

"집에서만 일을 한다고 낮과 밤이 바뀌는 사람들이 많은데 나는 반대지요."

철호의 목소리에 한결 힘이 실렸다. 그 덕에 시종일관 불만스럽던 표정이 거들먹거리는 억양으로 이어졌다.

"매일 아침 6시에 일어나 마당을 쓸고 환기를 시켜요. 잠옷을 갈아입고 소파에 앉으면 7시쯤 되는데 그때부터 명상을 하지. 내 호흡에 집중하고 싶은데 저 사람 자동차 엔진소리가 워낙 커서 말이야. 나 같이 기가 맑고 예민한 사람들은 그런 거 조금만 들려도 호흡이 흐트러지거든."

"차로 출퇴근을 하셨나 봅니다. 어떤 일 하시는지 아세요?"

철호의 명상은 신경 쓸 문제가 아니라는 듯 체격이 좋은 경찰은 허리를 꼿꼿하게 세우며 바로 다음 질문을 이어 나갔다.

"내가 가장 먼저 이 마을에 이사를 왔고 그 뒤로 저 집이 들어왔어. 신기했지. 이 마을은 들어오고 싶다고 아무나 다 들어올 수 있는 곳이 아니야. 자네들도 알 텐데."

순간 거만한 표정이 얼굴 위에 나타났다.

실제로 3년 전, 나라의 현금 20%를 굴린다는 부동산 회사에서 '범죄 없는 마을'을 만들기 위해 입주 희망자들을 상대로 입주 시험을 치르는 것이 밝혀져 사회적으로 큰 파장을 낳았다. 당시 형평성에 어긋난다는 반대 여론이 많았고 해명 기자회견도 없었기 때문에 시험이 사라질 거라는 예측과는 달리 뉴스가 보도되고 얼마 뒤, 보란 듯이 마을이 들어설 예정인 곳을 공개하며 뜻을 이어갈 것을 알렸다.

인터넷에서 거세게 휘몰아치던 반대 여론과는 달리 실제로는 서울에서 차로 1시간이 넘게 걸리는 거리와 주변에 아무것도 없는 산 중턱에 위치함에도 불구하고 사람들의 반응은 뜨거웠다.

"여기 살고 싶으면 이 마을을 만든 부동산 회사가 준비한 입주 시험부터 치러야 해. 돈도 돈이지만 인성 검사를 비롯한 유전자 분석도 해야 하지. 시험에 통과하면 입주 희망자와 부동산 회사가 대면 미팅을 하게 되는데 사실상 면접이야. 아주 까다로웠지. 그런데 꾀를 부리는 놈들은 어디든 있잖나. 나처럼 진심으로 입주 시험에 임한 사람이 몇이나 있겠어? 웃돈 주고 불법 입주 시험 과외를 하는 녀석들이 있다더니 틀림없이 그 사람도 그렇게 들어왔을 거야."

철호가 혀를 한번 차며 고개를 좌우로 흔들자, 몇 가닥 남지 않은 머리카락이 살랑거렸다.

"이름이 정선규였던 거 같아. 분수대를 정면으로 볼 수 있는 집을 사다니! 분수대에 가까우면 가까울수록 집은 비싸져. 이건 자네들에게만 알려주는 거지만 저 분수대에서 흐르는 물은 아주 기운이 좋은 온천수거든. 뿜어내고 퍼져나가는 기운이 달라. 가까이서 그 기운을 받을 수 있으니 분명 큰돈을 줬겠지."

"확실한 건 아니고 그저 그렇게 생각하신다는 거네요?"

수첩에 이름을 받아 적던 경찰이 철호에게 물었다.

악의가 느껴지지 않는 순수한 질문이었지만 철호는 본인의 자격지심을 들켜서인지 인상을 찌푸리며 노골적으로 불쾌해했다.

"사람 말은 끝까지 들어야지!"

헛기침을 살짝 하고는 말을 이어 나갔다.

"넓은 주택이니까 차고지가 있기는 한데 길이 워낙 넓고 어디에 누가 사는지 서로서로 다 아니까 집 앞에 그냥 차를 대기도 해. 뭐, 대리운전을 하는 사람들도 여기까지 오는 걸 힘들어하기도 하고 차고에 차를 넣는 것도 서로 부담스러우니까 말이지. 옆집 녀석도 대부분 집 앞에 주차해. 우리 집과 그 녀석 집은 정문이 분수대를 향해 나 있는 반면에 차고는 뒤로 돌아가야 해서 번거롭지. 어느 날 내가 손 세차를 하고 있을 때 차를 타고 나가려던 옆집 남자가 먼저 나에게 다가와 인사를 했어. 젤로 번지르르하게 머리를 넘기고 다니는 그 사람이 도대체 어떤 일을 하는 사람인지 궁금했기 때문에 그날 바로 물었지."

"그래서 직업이 뭐라던가요?"

체격이 좋은 경찰이 답답했는지 말이 채 끝나기도 전에 물었다.

"학원 원장이라지 뭐야. 나이도 30대 중반 같은데 그 어린 나이에 벌써 서울 곳곳에 학원이 있다더군. 지금은 지방에서도 심심치 않게 보이는 게 그 학원이야. 얼굴도 곱상하게 생겨서는…. 결혼도 하고 말이지."

철호는 머리를 절레절레 흔들며 혀 차는 소리를 냈지만 부러움이 섞여 나오는 것을 감출 수 없었다.

"그러니까 지금 선생님 말씀은 잘생긴 부자가 선생님보다 어린 나이에 결혼까지 한 게 마음에 들지 않는다는 거네요?"

순식간에 철호의 얼굴이 붉게 변했다.

"무슨 말을 그렇게 해! 경찰이 이래도 돼?"

다짜고짜 큰 소리를 지르며 소파에 앉은 채로 들썩이자, 지금까지 덮고 있던 담요가 내동댕이쳐졌다. 큰 소리에 놀란 키가 작은 경찰은 "죄송합니다"라고 작게 읊조렸다.

체격이 좋은 경찰은 철호의 동요에 아랑곳하지 않고 대화를 이어 나갔다.

"직업도 알았고 부인이 계신 것도 알았습니다. 더 아시는 거 없으세요? 다른 가족이라던가."

자존심이 상했는지 씩씩거리던 번역가는 체격이 좋은 남자와 눈이 마주치자, 헛기침을 해댔다.

"자녀는 없던 거 같아. 그 집 부인이랑은 한 번도 말을 섞어본 적이 없어. 조용조용하고 다른 사람이랑 눈도 잘 마주치지 않는 것 같더라고."

철호는 이제 담요를 두를 생각이 사라졌는지 앉은 상태에서 가슴 앞으로 팔짱을 끼고 다리를 벌리더니 허리를 곧게 세웠다.

수첩을 들고 있던 경찰은 철호의 말에 잠시 생각에 잠기더니 의아한 표정으로 물었다.

"아까 얘기를 들어보니까 부인이 아직도 보이지 않는다고 하던데, 자주 집을 비우시나요?"

"집을 비워?"

번역가가 깜짝 놀란 표정으로 말했다.

"그 여자는 집에서 나오는 걸 세는 게 더 빠를 거야."

"왜죠?"

체격이 좋은 경찰이 목소리를 낮추며 물었다. 공기에 긴장감이 더해졌다.

"나도 집 외에 어디 나가는 걸 좋아하지 않지만 나보다 더 심한 사람이라고. 나처럼 재택근무를 하는 줄 알았지만 가정주부라던데? 식재료는 거의 배달시키고 아예 나가질 않아."

"외출하더라도 선생님께 보고할 필요는 없으니 그저 외출 여부를 모르시는 거 아닐까요?"

수첩을 든 경찰이 눈을 동그랗게 뜨고 물었다.

철호는 그 질문을 듣자마자 불쾌한 표정을 숨기는 것을 그만두기로 했는지 노골적으로 경찰을 위아래로 훑었다.

"저도 궁금하네요. 부인이 집에만 계신다는 걸 어떻게 알고 계신건지, 집안에 계실 때와 외출할 때의 차이를 알고 계시는 것 같은데 그게 뭔지 저희도 알려주실 수 있나요?"

체격이 좋은 경찰의 말이 끝나자, 철호는 땅이 꺼지라 한숨을 쉬었다.

"그게 말이지…."

번역가는 테이블을 손가락으로 톡톡 쳤다.

"아무리 집과 집 사이가 멀다고 해도 마을에 시끄러운 게 없다보니 해가 지면 종종 옆집소음이 들려. 오감 중에 하나의 감각이 사라지면 다른 쪽이 더 극대화 되잖아. 같은 이치지. 시야가 어두워지니 청각이 도드라져. 특히 나처럼 기가 예민한 사람들은 더."

철호는 다리를 꼬았다.

"거의 매일 소리를 지르며 싸운다고. 무언가를 집어 던지는 소리가 낮이며 밤이며 가리질 않아. 남편 퇴근이 빠르거든, 점심만 먹고 돌아오는 것 같으니 2, 3시쯤. 그때부터 자기 전까지 하루에 한 번은 꼭 들려."

"어젯밤에도 들렸나요?"

체격이 좋은 경찰이 끼어들며 물었다.

"들렸지."

"어젯밤에도 들렸다…."

체격이 좋은 경찰은 혼잣말처럼 중얼거렸다.

"마지막으로 부인 소리를 들었던 시간도 기억나세요?"

수첩을 든 경찰의 물음에 철호는 허공을 보며 생각해 내려 애썼다.

"밤 10시쯤이었던 거 같네. 유리가 깨지는 소리도 들렸고."

두 경찰은 잠시 말없이 침묵을 이어 갔다.

"혹시…."

키가 작은 경찰은 더 이상 메모를 할 필요가 없다고 느꼈는지 수첩을 주머니에 넣으며 물었다.

"부인께서 우발적으로 범행을 저질렀다는 가능성도 있다고 보십니까?"

철호는 눈을 동그랗게 뜨고 꼴딱 침을 삼켰다.

"그게 무슨…."

"어디까지나 가능성이니까요. 실제로 싸움의 음성을 들은 선생님께서는 어떻게 생각하시는지 여쭙는 거죠."

키가 작은 경찰의 부드러운 목소리에도 불안한 눈빛을 숨기지 못한 철호는 말을 바로 잇지 못하고 입술만 움직였다.

"만약 범행을 저질렀다고 가정한다면 11시? 12시? 선생님께서는 어떻게 생각하십니까?"

체격이 좋은 경찰의 질문이 끝나자마자 키가 작은 경찰이 여우와 같은 눈빛으로 철호를 꼬드기는 말을 덧붙였다.

"보통 기가 맑으신 분들은 영감이 예민해서 직감이란 게 잘 맞으니까요. 저희가 참고 할 수 있는 게 있나, 싶네요. 이런 분들은 자주 뵐 수 있는 게 아니니까."

경찰들이 번갈아 가며 부추기는 듯한 목소리로 말을 걸자 묘하게 철호의 어깨에서 힘이 빠졌다.

그가 양손으로 머리를 감싸고 괴로운 듯 고개를 숙이자, 몇 가닥 남지 않은 머리카락도 힘없이 쏟아졌다.

"생각해 본 적 없지만 듣고 보니 가능성이 아예 없는 말도 아니네."

철호는 무언가를 골똘히 생각하는 듯했다.

"그러고 보면 항상 표정이 뚱했어. 눈빛이 탁했지. 나 같이 기운이 맑은 사람들은 그런 걸 잘 봐요. 눈을 마주치면 인사를 할 법도 한데 말이야, 흘겨보고는 지나쳐버려. 마녀같이 생겼는지 묻는다면 오히려 반대지. 학원 강사였다고 들었는데 수수한 미인이야. 그렇지만 생각해 보자고."

철호는 무언가를 깨달은 얼굴로 말이 빨라졌다.

"원래 TV에 나오는 범죄자들 얼굴을 보면 평범한 사람이어서 의외였던 것 많잖아? 꽃 아래 가시 같은 그런 느낌인 거지. 표면적으로 봤을 때 위협적인 요소는 없는 것 같지만 분위기가 소름 돋아."

철호는 말하며 손을 쓰기 시작했다.

"그래, 분명 욕하고 싸우면서 죽이겠다는 말도 들렸던 거 같아. 그런 사람이 어떻게 우리 마을에 들어올 수 있던 거야?"

철호는 경찰들에게 따지듯이 물었다.

"이제 차차 알아봐야죠."

체격이 좋은 경찰이 주먹 쥔 손을 감싸며 결의를 보였다.

"잘 들었습니다. 저희에게 더 해주실 말씀 없으세요? 어제는 몇 시쯤…."

키가 작은 경찰의 질문에 철호는 느닷없이 발끈했다.

"뭐를 더 말해 여기서!"

짜증이 묻어나는 목소리가 입 밖으로 뻗어 나왔다.

"귓구멍들이 막혔어? 아니면 나를 의심이라도 하는 거야?"

철호가 호통을 쳤다.

"경찰이면 경찰답게 제대로 하라고! 의심을 받을 사람은 내가 아니야! 이상한 건, 오히려 그 시간에 그 집 앞에 있던 그 여자지!"

"그 여자요?"

체격이 좋은 경찰이 기회를 놓치지 않고 물었다.

"검은색 코트를 입고 얼굴 여기저기 심술이 붙어있는 불도그 닮은 여자 말이야! 그 여자가 사는 집은 여기서 제일 멀다고! 근데 왜 아침부터 여기 와서 기웃거렸는지 그걸 조사해야지 이 사람들아! 마치 시체가 있을 줄 알았던 것처럼 아침 일찍 와 있었다고! 선량한 사람한테 쓸데없는 걸 몇 번이나 말하라고 하는 거야!"

뭐가 말하려는 동료를 한 손으로 제지하고 체격이 좋은 경찰이 끼어들었다.

"그렇죠. 아침부터 실례가 많았습니다."

더 퍼붓지 못해 아쉬워하는 얼굴로 혀를 차는 철호를 보며 경찰들은 앉은 자리에서 일어났다.

집 밖으로 나온 경찰들은 하얀 눈으로 가득한 마을을 보며 길게 한숨을 내쉬었다.

"사람 약 올려서 좋을 거 없잖아."

체격이 좋은 남자는 키가 작은 경찰의 어깨를 두드리며 말했다.

"미안."

키가 작은 경찰은 머쓱한 표정을 지었다.

"아무래도 거기 먼저 가봐야 할 거 같지?"

체격이 좋은 경찰이 가볍게 어깨를 뻗으며 물었다.

"거기라면 아까 그…"

동료의 물음에 주변을 살피던 키가 작은 경찰은 무언가를 발견하던 도중에 시선을 멈추고 옅은 탄식을 내뱉었다.

"거기 계시지 말라니까."

경찰들은 시체가 발견된 집 앞을 기웃거리던 검은색 밍크코트의 여자와 눈이 마주쳤다.

*

"이런 무서운 일이 생길 거라고는 생각도 못 했어요!"

고함에 가까운 목소리가 집 안을 울렸다.

검은색 밍크코트를 벗었음에도 이미지가 크게 달라지지 않는 것은 검은색 원피스 때문이리라. 아침에 분수대 앞에서는 잠옷을 입고 있었지만, 어느새 옷까지 갈아입고 경찰들을 기다리고 있었다. 자신을 김순덕이라고 소개한 여자는 쉬지 않고 말하며 주방을 오고 갔고 간단한 다과상을 내 왔다.

"이건 씨가 없어요. 그냥 드셔도 돼."

한입 크기로 잘린 곶감이 정갈하게 담겨 있는 투명한 그릇이었다.

금색 테두리가 잘 어울리는 하얀색 대리석 테이블에 그릇이 닿자, 맑은소리가 났다. 조금 전 철호의 집과 같은 마을에 있는 집이라고는 상상하기에 어려웠다. 전부 하얗게 칠한 벽과 아치형으로 만든 문틀 덕에 이국적인 느낌이 나는 실내장식이었다.

시원하게 난 통창으로 눈이 반사되어 빛이 들어왔다.

"신경 써주시는 건 감사하지만 앉아주시겠습니까."

체격이 좋은 경찰이 난감한 표정으로 말했다.

"이제 가요, 가!"

시종일관 뒤돌아 다과상을 준비하던 순덕은 요란한 문양의 찻주전자를 테이블 위에 올려두고 나서야 비로소 경찰들을 마주 보고 앉았다.

"차린 건 없지만 많이 들어요."

살짝 입을 가리고 웃자 빨간 손톱이 도드라져 보였다.

"캐모마일이에요. 심신 안정에 이만한 게 없으니까."

그녀는 눈을 반쯤 감은 고상한 표정으로 새끼손가락을 높이 세우고는 찻주전자의 뚜껑을 살며시 누르며 차를 따랐다.

"어젯밤 수상한 사람을 보셨거나 이상한 소리를 들으신 것 있으세요?"

8인용 대리석 테이블의 반이 고급 간식으로 가득 찼지만, 키가 작은 경찰은 눈길도 주지 않고 물었다.

"모르죠, 저는."

순덕은 몸을 반쯤 앞으로 굽히고 속삭이듯 말했다.

"다른 데도 아니고 우리 마을에서 이런 일이 벌어진다는 게 말이나 돼요? 내가 이 나이에 입주 시험까지 치면서 들어온 보람이 없잖아요!"

순덕은 고개를 좌우로 가볍게 흔들었다.

"입주 시험 얘기가 나와서 말인데, 불법과외를 해서 들어오는 사람들이 있다는 말이 있던데요."

"그러게 말이야. 누군지 걸리기만 해봐, 아주."

"오늘 아침 발견된 그 분도 불법과외를 해서 들어왔을 가능성이 있을까요?"

순덕은 입을 반쯤 벌리고 눈을 크게 떴다.

"그 집 양반에 대해서 전혀 모르시네!"

순덕이 찻잔을 내려놓자, 도자기끼리 부딪치는 우아한 소리가 났다.

"나니까 다 얘기해주지, 다른 집 가서 이런 거 물어봤으면 무시당해요."

순덕은 재미있는 이야기보따리를 풀어헤치는 것처럼 입꼬리를 말아 올렸다.

"다른 사람들은 그냥 학원 원장 정도로만 알고 있지만 난 그 집 바깥양반 첫인상 보자마자 그 학원이 면접학원인 줄 딱 알았어요. 훤칠한 외모, 다정한 목소리 그리고 싹싹한 성격까지 3박자가 들어맞으니까 그렇게 크게 성공했지. 요즘 9시 뉴스에 나오는 아나운서도 그 학원 출신이라면서요?"

캐모마일티의 향기가 콧속으로 들어왔다.

"어딘가 의심스럽다거나 거짓말을 할 것 같진 않고요?"

체격이 좋은 경찰을 한번 흘겨보고는 순덕이 말을 이어 갔다.

"지금까지 뭘 들었어요. 그 사람은 그럴 리 없다니까요."

살짝 흥 하고 콧방귀를 꼈다.

"그 집 부인이면 또 얘기가 달라지겠네요."

경찰들이 귀를 기울였다.

"미련이 없어 보이기도 하고 모든 걸 체념한 눈빛으로 늘 다녔어요. 혼자 중얼거리기도 하고…."

"그 집 내외분과는 자주 왕래하셨어요?"

체격이 좋은 경찰이 얇은 포크로 곶감을 건드리며 물었다.

"전혀요. 나야 뭐 집에서 책 읽고 날씨 좋은 날 분수대 앞에서 좋은 이웃들과 교양 있게 대화 나누는 게 일상이라 그 여자처럼 위험한 일 근처도 안 가본 사람이에요."

순덕은 눈을 가늘게 뜨며 말했다.

"갑자기 사고를 당한 게 아니라 위험한 일을 하는 사람들이라고 생각하시네요?"

어디선가 다시 수첩을 꺼내 들은 경찰은 직선적인 말투로 물었다.

순간 순덕은 화들짝 놀란 표정을 감출 수 없었다.

"아니에요, 그런 거 아니에요! 누가 들으면 오해하겠네."

홍홍, 콧소리를 내며 웃었다.

"그 집 부인을 가까이서 몇 번 봤거든요."

순덕은 엄지와 검지를 사용해서 컵의 손잡이를 들고 캐모마일티를 살짝 마셨다.

"음침한 걸 넘어서 위험한 분위기를 풍기긴 하지."

고개를 위아래로 끄덕이며 말하는 것이 '그렇지'라고 하는 것처럼 보였다.

"위험한 분위기라면…?"

체격이 좋은 경찰은 순덕의 표정을 살피며 물었다.

"집에만 박혀 있는 것 같아. 밖을 나오질 않으니 자주 보는 건 아니었지만 볼 때마다 눈 주변이 퀭했어요. 눈그늘도 진하게 내려와 있고 피부도 푸석푸석했지. 이 동네는 큰 마트가 없으니까, 인터넷으로 주문하는 경우가 많잖아요? 지나가면서 대충 저 집은 오늘 뭐 해 먹겠구나, 신경을 써준다고 내가. 왕년에 내 꿈이 영양사였거든. 보면 알아. 보니까 나이도 한참 어린 것 같던데 살림 걱정해 주는 거지. 언니 같은 마음으로? 그런데 그 집은 신선한 식재료가 오는 건 손에 꼽아요. 냉동식품만 시키는 것 같던데? 뭐가 그렇게 바쁘다고…. 안 그래요?"

체격이 좋은 경찰은 바쁘게 눈알을 굴리며 막힘없이 흉을 보는 순덕을 보며 옅은 한숨을 뱉었다.

"그 사람이라면 남편에게 해를 가했을 것으로 생각하는 분이 계신 것 같던데, 선생님 생각은 어떠세요?"

키가 작은 경찰의 말은 순덕의 흥을 깨지 않는 선에서 가볍게 대화에 끼어들어 갔다.

"어머, 어쩐지! 분명히 사고를 칠 것 같은 눈빛이라니까. 그 집 부인이 뭘 했대요?"

순덕이 눈을 동그랗게 뜨고 무릎을 '탁' 쳤다.

"부인을 마지막으로 본 게 언젠지 기억나십니까?"

키가 작은 경찰은 수첩에 무언가를 적으며 물었다.

순덕은 고개를 갸웃거리더니 입술을 앞으로 쭉 내밀고 무언가 생각했다.

"어제 오후 5시쯤이었던 거 같아요."

말을 내뱉고 나서야 확신이 들었는지 고개를 끄덕이며 '맞아. 5시 야, 5시.'라고 혼잣말을 했다.

"확실하죠?"

체격이 좋은 경찰이 의심스러운 눈초리를 숨기지 않고 물었다.

"정확해요. 마을 사람들이랑 만나는 시간이 그쯤이니까."

"어디서 보셨습니까?"

수첩에 깨알 같은 글씨로 무언가 적고 있던 경찰은 고개를 들어 물었다.

"분수대예요. 그 집이 분수대 바로 앞에 있으니까 거기에 앉아 있 으면 만나려고 하지 않아도 보게 되잖아요? 누군가와 통화를 하고 있었어요."

거기까지 말한 순덕은 순간 표정을 바꾸어 짧은 비명을 질렀다.

"어쩜 좋아! 생각이 났어요!"

큰 소리에 놀라 쥐고 있던 포크를 놓친 경찰은 반사적으로 물었다.

"어떤 게 말입니까?"

"세상에! 세상에!"

한 손으로 입을 가리고 다른 손으로는 테이블을 치며 말했다.

"그게 그 말이었구나!"

"도대체 어떤 게 말입니까?"

체격이 좋은 경찰은 상체를 굽혀 선덕의 눈을 마주쳤다.

"어떡하면 좋아! 누군가랑 통화를 하고 있었다고 했잖아요. 상대가 누군지는 모르겠지만 통화 내용이 기억나요."

수첩을 든 경찰이 덩달아 귀를 기울였다.

"오늘 새벽까지는 해주셔야 한다며 늦어도 아침 해가 뜨기 전까지는 완벽하게 처리해달라고 했어요. 나도 모르게 그 통화를 기억하고 있으니까 위험한 일을 하는 사람일 거란 짐작을 했던 거예요, 나는!"

체격이 좋은 경찰의 눈썹이 꿈틀거렸다.

"어떤 걸 처리한단 말입니까?"

"그건 몰라요. 그 당시에는 주의 깊게 듣지 않았으니까. 하지만 수화기 너머 상대에게 은밀하게 무언가를 부탁하는 것 같았어요. 의견이 맞지 않았는지 머리를 감싸며 앓는 제스처를 취하기도 하고 한참을 통화했죠. 목소리도 어딘가 모르게 이를 악물고 말하는 것 같은 느낌이었어요. 화를 참는 것 같달까?"

"그런데 선생님께서 분수대에 계실 때는 마을 분들과 이야기를 나누는 시간 아니세요? 그런 통화를 사람이 많은 곳에서 했을 리가 없을 텐데요."

"당연하죠. 그런 은밀한 통화를 누가 사람들 앞에서 하겠어요? 그 여자가 우리 모임에 나올 리도 없고 말이죠. 본인 집 마당에서 했어요. 정확히 말해줘야 하나? 약간 뒤로 돌아가면 주차장 쪽에 집마다 마당에 분리수거 함이 있는데 거기에 쓰레기를 버리면서 통화를 하다 나한테 딱 걸린 거지."

순덕의 목소리는 묘하게 의기양양했다.

"분리수거 함이 정확히 어디에 있죠?"

"집 뒷문 쪽이에요. 정문에 그런 게 있으면 냄새가 나니까."

순간 집 안의 모든 소리가 사라진 것처럼 조용해졌다. 아무 소리도 들리지 않았다.

질문을 이어오던 키가 작은 경찰이 아무 말도 없이 순덕을 응시하고 있었기 때문이다.

"분수대는 정문과 마주 보고 있는데 뒷문에서 한 통화 소리가 들렸다는 말씀이네요."

순덕은 순간 얼굴이 붉게 달아올랐다.

"선생님께서 반대편 소리까지 들릴 정도로 귀가 아주 좋으시거나, 저희에게 무언가를 숨기고 계시거나. 둘 중 하나겠지요."

키가 작은 경찰의 눈이 빛났다.

"조사 중에 거짓말하시게 되면 굉장히 불리하실 겁니다."

체격이 좋은 경찰이 가볍게 목을 뻗자, 목에서 뼈 소리가 났다.

"사건이 발생한 집에서 선생님 집까지 분수대를 지나쳐 두 블록 정도를 꺾어 들어와야 하던데, 오늘 아침 현장을 발견한 두 번째 목격자시죠?"

살집이 있는 순덕은 순식간에 식은땀을 흘렸다.

"분수대에서 마을 사람들을 만나는 것은 오후인데 왜 그 이른 아침 시간에 거기까지 나오셨습니까?"

"그, 그건!"

순덕은 몰아치는 질문에 압박을 느꼈는지 통통한 주먹을 꽉 쥐었다.

"밍크코트를 입고 나오셨죠? 아침 운동은 아닐 거라고 생각됩니다. 선생님께서 그 시간에 거기 계셨던 걸 이상하게 여긴 사람도 있고요."

체격이 좋은 경찰은 번역가가 핏대를 세우며 한 말을 잠시 떠올렸다.

순덕이 입술을 깨물자 축 처진 볼살에 심술이 가득 찬 것처럼 보였다.

"사실을 말씀해 주세요."

키가 작은 경찰이 달래는 듯 부드러운 목소리로 말하자 순덕의 표정이 움찔했다.

"장…장품…"

"네?"

기어들어 가는 목소리로 띄엄띄엄 말하는 순덕의 말을 듣고자 두 경찰은 상체를 반으로 굽혀야 했다.

"화장품…."

"화장품이요?"

"화장품을 봤어요."

순덕의 말을 단번에 이해하지 못한 경찰들은 어리둥절한 표정을 지었다. 그런 경찰들의 표정을 읽은 순덕은 수치스러운 말을 한 번 더 해야 하는 사실이 괴로운지 표정을 일그러트렸다.

"어떤 화장품을 쓰는지 궁금해서 분리수거 함을 훔쳐봤어요!"

두 경찰은 마주 보고 시선을 잠시 나눴다.

"어제 오후에 말입니까?"

얼굴이 새빨갛게 달아오른 순덕은 모든 걸 내려놓았는지 체념한 표정을 지었다.

"그래요. 다 말할게요."

순덕은 깊은 한숨을 내쉬었다.

"어제 오후에 버려진 화장품을 보러 갔어요. 아니 그렇게 푸석하던 피부가 다음날이 되면 또 매끈해지니까 궁금하잖아. 물어 볼 수도 없고 말이지. 겨울철에는 어떤 크림을 쓰는지 궁금해서 분리수거 함을 엿보다가 그 여자가 나오는 바람에 울타리 아래에 쪼그려 앉아 숨었는데 우연히 통화를 들었어요. 너무 놀라서 통화 내용은 더 생각나는 게 없어요. 하지만 도망치기에 급급해서 분리수거 함을 확인하지 않고 바로 집으로 돌아왔기 때문에 화장품을 확인할 수 없었어요. 내가 쓰는 크림은 다 떨어졌기 때문에 지금 시켜야만 하는데… 그래서 오늘 아침에 다시 갔어요."

말하며 수치심이 올라왔는지 눈을 질끈 감으며 말을 이어 나갔다.

"잠깐 화장품만 보고 오려고 했을 뿐인데…."

수치심에 얼굴이 다 타버린 것처럼 달아오른 얼굴을 제대로 들지도 못했다.

"담을…."

"절대 아니에요!"

체격이 좋은 경찰의 말을 다 듣지도 않고 끊어냈다.

"담을 넘는 그런 범죄에 가까운 일은 하지 않았어요! 담벼락에 서서 분리수거 함을 구경한 정도에 가까워요. 그 집 담이 성인 허리 정도밖에 오지 않잖아요. 영양사가 되고 싶기 전에는 슈퍼모델이 꿈이었던 사람이라 까치발 살짝 들면 다 보여. 내가 어디 그런 흉한 짓을!"

큰소리로 시작한 말은 거의 들리지 않는 작은 목소리로 끝을 맺었다.

"하지만 분명 음침한 분위기의 여자라고 하지 않으셨어요? 그런 여자의 화장품을 훔쳐보는 게 의미가 있습니까?"

체격이 좋은 경찰의 굵직한 목소리가 천둥처럼 집 안을 가득 채웠다.

순덕은 경찰들을 살짝 흘겨보고는 입술을 삐죽거렸다.

"마을 여자들에게 모두 물어봐요. 다 저처럼 말할 거예요. 반나절 만에 피부가 반짝반짝해지는 그런 고급 화장품을 쓴다고? 분명 식탁보다 화장대를 꾸미는 여자인 거죠. 먼저 와서 살림에 대해 조언을 구할 생각도 없어 보이고 말이야. 괘씸해라!"

"그 부인의 나이가 어떻게 되죠?"

키가 작은 경찰은 가벼운 목소리로 물었다.

순덕의 빨간 매니큐어를 칠한 손톱이 턱을 톡톡 쳤다.

"20대 후반에서 30대 초반?"

"정확한 나이는 모르시네요."

"당연하죠, 뭐 오다가다 인사 정도 하는 것뿐이니까. 내가 그거까지 어떻게 알아요. 친한 사이도 아닌데."

순덕의 나른한 표정을 보고 키가 작은 경찰은 고개를 살짝 갸우뚱 기울였다.

"그 집 안 식탁이며 화장대까지 속속들이 아시는 분이라 여쭤봤습니다."

수첩을 접어 주머니에 넣으며 자리에서 일어났다.

"가장 기본적인 것도 모르는 사이시네요. 그러면서 뒤에서 흉은 보는 사이시고."

키가 작은 경찰은 대수롭지 않다는 듯 말을 툭 던지고는 더 들을 것도 없다는 듯 자리에서 일어났다. 곧장 현관으로 걸어 나가는 동료를 보면서 체격이 좋은 경찰도 별말 없이 의자에서 일어나 기가막혀 헛웃음 소리를 내는 순덕에게 눈인사하고서는 현관을 향해걸어 나갔다.


4


전문가들이 모인 부동산 회사에서 작정하고 만든 마을답게 깨끗하고 정갈한 길은 눈으로 보기엔 좋았지만, 어디를 봐도 모두 비슷해 보이는 점 때문에 마을에 처음 온 사람들은 하나같이 길을 헤맸다. 특히 기록적인 폭설로 인해 온 마을이 하얗게 보였지만 두 경찰은 훈련받은 사람들처럼 순덕의 집에서 멀어져 어딘가로 망설임없이 걸었다.

"약 올려서 좋을 거 없다니까."

체격이 좋은 경찰이 힘 있는 걸음으로 눈을 밟으며 말했다. 나무라는 듯한 말투였지만 표정과 억양에서는 달래는 듯한 부드러움이섞여 있었다.

"미안."

감정이 담기지 않은 가벼운 사과를 하면서도 두 사람은 멈추지않고 걸었다.

"어떤 거 같았어?"

체격이 좋은 경찰이 느닷없이 물었지만, 키가 작은 경찰은 뭘 의미하는지 단번에 알아챘다.

"번역가든 밍크코트를 입은 사람이든 목격은 없고 정황만 있어."

체격이 좋은 경찰의 입에서 살짝 한숨이 새어 나왔다.

"관절이 많이 굳은 것 같았어. 사후강직이라면 적어도 2~4시간은 흘렀다는 건데 번역가가 밤 10시쯤 싸우는 소리를 들었고 아침 해가 뜨자마자 밍크코트 아줌마가 시체를 발견했으니 사망 추정 시간은 새벽 3시쯤이야."

키가 작은 경찰이 동료를 올려다보자 두 경찰은 잠시 시선을 마주하고 고개를 살짝 끄덕였다.

"그 시간에 부인이 집에 있었던 것 같은데."

체격이 좋은 경찰이 목소리를 약간 낮추며 말했다.

"맞아. 밍크코트 아줌마 하는 말 들었지? 아침까지 끝내야 한다고 닦달하던 통화 상대가 누군지 알아야 해. 그 상대도 '그 시간'에 집에 있었을 가능성이 있으니까."

"만약 부인과 그 일당이 집주인을 해하기 위해 집에 있었다면 말이야, 이런 폭설에 도망이나 제대로 갔겠어? 분명 어딘가에 숨어 있을 텐데 왜 아직 나오지 않는 걸까? '뭔가'를 본 걸지도 몰라. 상황 파악을 하려는 걸지도."

"부인에 관해 더 알아내면 좋을 텐데 말이야. 정보가 너무 부족해.”

“눈이 녹을 때까지 시간이 별로 없어.”

경찰들의 망설임 없는 걸음이 분수대 근처에 다다르자, 인기척을 느끼고 동시에 멈췄다. 허리가 반쯤 굽은 노인이 분수대 앞에 서서 늑대 동상을 올려다보고 있었다.

“할머니 여기서 뭐 하세요?”

체격이 좋은 경찰이 또박또박 큰 소리로 물으며 다가갔지만, 노인은 고개를 돌리려고 하지 않았고 한 손에 쥔 지팡이만 톡톡 땅을 때리는 소리를 냈다. 난감하다는 표정으로 동료를 돌아보자, 키가 작은 경찰도 단숨에 가까이 다가왔다.

“있다, 있어!”

주름이 깊게 파였지만 보송한 피부를 가진 노인은 얇고 가느다란 목소리로 기뻐하며 말했다.

“뭐가 있어요?”

키가 작은 경찰이 몸을 숙여 노인과 눈높이를 맞추며 물었다. 노인은 살짝 고개를 돌려 경찰과 눈을 마주치고는 다시 늑대 동상을 올려다보았다.

“아, 있다니까!”

노인은 웃음기를 머금고 재밌어하는 표정을 지었다. 치아가 거의 남아있지 않았지만, 웃는 모습은 아이처럼 해사했다.

“할머니 날도 춥고 저 집에 이제 경찰들이 몰릴 거예요.”

키가 작은 경찰이 시체가 발견된 집을 한 손으로 가리키며 말했다.

"사람이 많이 모이면 지팡이를 짚고 걷기가 힘드실 거예요. 눈이 얼기 전에 집으로 돌아가시는 게 좋겠어요."

노인의 귀에 가까이 대고 한 글자 한 글자 힘을 주어 말을 했지만, 노인은 늑대 동상에서 시선을 거두지 않았고 장난기 머금은 표정은 풀어질 줄 몰랐다.

"어쩌지?"

키가 작은 경찰이 뒷머리를 긁으며 허리를 펴자, 체격이 좋은 경찰도 난감한 한숨을 내뱉었다.

"저기…."

신사적인 목소리가 들리는 쪽으로 동시에 경찰들의 시선이 꽂혔다. 30대 초반으로 보이는 남자는 살짝 미소를 띤 얼굴로 서 있었고 뒤로는 아기를 안은 여자가 상황을 살피려는 듯 고개를 내밀고 있었다.

"저기 계신 어르신, 귀가 아주 어두우세요."

남자는 다정한 목소리로 경찰들에게 설명했다. 곱슬머리에 새카만 머리카락이 잘 어울리는 사내였다.

"아…."

남자의 뒤에서 아기를 안고 있던 여자는 탄식을 뱉는 경찰들의 표정을 살피더니 남편에게 다가가 귓속말하고는 무언가 결심한 듯 고개를 끄덕였다. 그러고는 아기를 남편에게 건네주었다.

"저희가 어르신 댁까지 모셔다드릴게요. 하실 일이 아직 있으시 잖아요?"

남편이 능숙하게 아기를 받아 안으며 말했다. 남편의 말이 끝나 자마자 여자도 노인에게 다가가 상냥하게 말을 걸었고 부축하여 몸을 돌렸다.

"마음에도 있고 거울 안에도 있지!"

노인이 코를 찡그리며 장난스럽게 얘기하자 부축하던 여자가 노 인의 어깨를 감싸며 '그래요?' 하며 맞장구를 쳤다.

경찰들은 평소 아기를 대할 때도 저리 다정하겠구나, 생각했다.

"마음에도 적이 있고 거울 안에도 적이 있지!"

알아들을 수 없다는 듯 노인과 여자를 번갈아 보는 경찰들을 보 고 아기를 안고 있던 남자가 조심스레 다가왔다.

"왕년에 서울에서 타로점을 봐주시던 분이셔요. '베로니카'라는 이름으로 꽤 유명해서 TV에도 몇 번 나오시고 손님도 많았다고 하 네요. 요즘에는 가끔 저렇게 알 수 없는 말씀 하시지만···."

"베로니카?!"

남자의 설명이 끝나기가 무섭게 체격이 큰 경찰이 제 자리에서 용수철처럼 튀어 올랐다.

"어릴 때 TV에서 본 적 있어요! 일반인 능력자를 모아서 방송하 던 프로에서! 초능력자나 차력하는 사람들이 많이 나왔었는데!"

경찰의 말이 끝나자마자 아기는 자신도 함께 무언가 말하려는 듯 옹알이를 해댔다.

"가볼게요."

남자는 사랑스러운 눈빛으로 아기를 내려다보더니 일행을 따라가기 위해 몸을 돌렸다.

체격이 좋은 경찰은 신기한 눈빛으로 노인을 넋 놓고 바라보고 있었다.

"저기… 어디 사시는 분들이신지…."

키가 작은 경찰이 작은 목소리로 묻자 남자는 뒤돌아 옅은 웃음을 지으며 말했다.

"커피집이에요."

남자는 쑥스러운 듯한 목소리로 말을 이어 나갔다.

"여기서 바로 보이는 집은 아니지만 마을 분들에게 커피집이 어딘지 여쭤보시면 다들 아실 거예요. 카페가 하나밖에 없거든요."

"저희 수상한 사람 아니에요!"

노인을 부축해서 걸어가던 여자가 장난스럽게 웃으며 돌아봤다.

"그럼, 이만 가보겠습니다."

남자는 아기를 안고 노인을 부축하는 아내가 걱정되었는지 서둘러 일행과의 거리를 좁히기 위해 빠른 걸음으로 따라갔다.

키가 작은 경찰은 노인을 데리고 가는 가족의 뒷모습을 멍하게 바라보고 있던 동료를 한 손으로 툭 쳤다.

"집중하자, 집중."

"아, 미안!"

경찰들은 다시 시체가 발견된 집의 정문에 서 있었다. 아침보다 눈이 살짝 녹아 시체의 등이 살짝 보였다. 남색 잠옷 차림이었다.

"야, 저기!"

키가 작은 경찰의 말을 따라 고개를 돌린 곳에는 눈 쌓인 차가 한 대 서 있었다.

"시체가 누워있는 방향으로 주차되어 있어. 블랙박스라도 보자."

"좋은 생각인데?"

두 경찰은 이번에야말로 무언가 확실해질 수 있을 거라는 확신이 들었다.

"이 차의 주인이 누굴까?"

경찰들이 조심스레 차에 가까이 다가가 앞 유리의 휴대전화 번호판을 들여다봤다.

"가까이서 보니까 이 차 주인이 꽤 험하게 타나 봐. 범퍼가 다 찌그러지고 흠집도 났네! 그냥 두면 이대로 더 까지고 썩는데, 참."

체격이 좋은 경찰은 요리조리 눈으로 차를 뜯어보며 말했다. 평소 차를 좋아하는 그는 어딘가 어린아이 같은 목소리가 튀어나왔다는 사실을 인지하지 못한 것 같았다.

"당신들 지금 뭐 하는 거야!"

하늘이 찢어지듯 큰 소리가 나자 두 경찰은 깜짝 놀라 어깨를 들썩거렸다. 소리가 난 쪽을 돌아보고는 당황하지 않을 수 없었다. 철호가 하얗게 질린 얼굴로 경찰들을 바라보고 있었기 때문이다.

"지금 뭐 하는 거냐고 묻잖아!"

철호는 씩씩거리며 단숨에 마당을 가로질렀다.

"내 차에 뭐 볼 일 있어?"

울타리를 사이에 두고 마주 본 철호는 이마에 식은땀을 흘리고 있었다.

"다름이 아니라 차에…"

"블랙박스 좀 보겠습니다."

철호의 화를 누그러트리려는 동료와는 달리 키가 작은 경찰은 떨떠름한 표정으로 차갑게 요구했다.

"뭐?!"

철호는 다시 한번 큰 소리로 되물었다.

"블랙박스 좀 보겠다고 했습니다. 사건 현장을 직접적으로 찍진 않았지만 가장 가까이에 있는 카메라라서 확인할 필요가 있겠는데요."

키가 작은 경찰은 철호의 큰 목소리에도 표정과 목소리에 흔들림이 없었다.

"왜, 왜, 왜 내 블랙박스를 보는 건데!"

침을 튀기며 말을 더듬는 철호의 행동을 보고 체격이 좋은 경찰은 이상함을 느꼈다.

"보면 안 되는 게 찍혀있나요?"

"내, 내가 그런 게 어디, 어디 있어!"

"그럼 보여주시면 되는 데 왜 화를 내십니까?"

"내가 언제 화, 화를 냈어! 내 집 앞에서 내 차, 차를 훔쳐보니까 그렇지!"

키가 작은 경찰은 고개를 갸웃거렸다.

"저희가 보면 안 될 거라도 있으세요? 아까도 느닷없이 화내시더니 지금도 갑자기 뛰어나와서 화내시네요. 말도 더듬으시고."

철호는 두 경찰의 얼굴을 번갈아 보다 체격이 좋은 경찰과 눈이 마주치고는 고개를 숙였다.

"봐! 봐! 대신 그 시간대만 봐야 해!"

철호가 스마트키를 이용해 차 문을 열자, 체격이 좋은 경찰은 단숨에 긴 팔을 뻗어 블랙박스의 메모리칩을 꺼냈다.

"다 볼 겁니다. 숨기시는 게 뭔지 알게 될 때까지."

철호의 표정이 절망적으로 변했다.

*

"이게 뭡니까?"

체격이 좋은 경찰의 어처구니없는 목소리가 적막을 깼다.

철호의 컴퓨터 앞에 나란히 앉은 세 사람은 모니터를 들여다보다 동영상을 정지시켰다.

"이거 때문에 조사 할 때도 갑자기 화내시고 아까도 그렇게 뛰어나오신 거예요?"

철호는 달아오른 얼굴을 푹 숙이고 아무 말도 하지 않았다.

"그러니까 지금 선생님이 시원하게 때려 박은 저 차가 시체로 발견된 정선규 씨 차고, 선생님은 저렇게 남의 차 박아놓고서는 차주에게 말도 안 하고 모른 척하고 계셨던 거네요? 오늘 아침에 차 상태 보려고 나갔다가 정선규 씨 시체 발견하신 거고."

철호는 무언가 맞받아칠 말을 하려다 소용이 없을 걸 알았는지 목구멍으로 다시 집어삼켰다.

"정선규 씨 차는 지금 어디 있습니까?"

체격이 좋은 경찰은 흥분했는지 큰 소리로 물었다. 철호는 고개를 좌우로 세차게 저었다.

"없어."

"없다뇨?"

"차가 없어졌어. 나도 몰라."

"왜 아까는 말씀하지 않으셨어요?"

철호는 대답하지 않았다.

체격이 좋은 경찰은 한숨을 푹 쉬었다.

"차가 없어졌다는 건 누군가 차를 타고 어디로 이동했다는 건데… 그게 부인일 수도 있겠네요."

철호는 고개를 끄덕였다.

"만약 부인이 범인이라서 몰래 도망이라도 갔다면? 선생님 거짓말 때문에 놓치는 겁니다."

철호는 아무 말도 하지 못했지만, 노골적으로 한숨을 푹푹 쉬어댔다.

"밤에 저 집에서 큰 싸움 소리가 났다는 건 진짜입니까?"

키가 작은 경찰이 미덥지 않다는 표정으로 물었다.

"그건 정말이야! 믿어줘."

애원하는 표정으로 말했지만, 경찰들의 굳어진 표정을 풀릴 줄 몰랐다.

"이제 더 이상 숨기는 것이 없으신 거죠?"

철호는 빠르게 고개를 위아래로 끄덕였다.

"차 사고는 잘 알겠고 여기서 뒷부분으로 넘어가야 사건에 대한 정보를 알 수 있을 것 같은데 지금 보는 것 보다 저희가 가지고 가서 천천히 보겠습니다."

경찰들은 서로를 마주 보고 눈짓을 주고받았다.

"저희는 이만 가볼게요. 시간도 없고…."

"시간?"

철호가 얼빠진 목소리로 물었다.

키가 작은 경찰이 자리를 박차고 일어나자, 체격이 좋은 경찰이 덩달아 일어났다. 덕분에 의자를 끄를 소리가 바닥을 날카롭게 긁었다.

"경찰들이 잘 볼 겁니다."

블랙박스 메모리칩을 들어 보이며 키가 큰 경찰은 현관문을 닫고 나갔다.

뒤도 돌아보지 않고 나가는 경찰들을 보면서 철호는 양손에 얼굴을 묻었다.

"젠장."

*

철호의 집에서 나온 경찰들은 분수대 앞에 섰다.

"정리를 해보자고."

키가 작은 경찰은 가슴팍에서 그동안 적어둔 수첩을 꺼냈다.

"어제도 평소와 다름없이 원장님은 오후 3시에 퇴근을 했어. 차는 집 앞에 세워두고 말이야. 오후 5시쯤 부인은 혼자 집 밖으로 나와 누군가 통화를 하면서 오늘 밤 안으로 모두 끝내달라는 말을 했고."

"그게 누군지 아직 모르고."

체격이 좋은 경찰이 맞장구를 쳤다.

"맞아. 그리고 밤 9시에 최철호가 접촉 사고를 내고 본인 집에 들어갔어. 이때까지는 원장님 차가 있었단 말이지."

경찰들은 입 밖으로 내뱉으면서 조각을 모아 정리를 하는 듯했다.

"밤 10시에 소리를 지르며 싸우는 부인의 목소리를 들었고."

"사망 추정 시간은 새벽 3시, 그리고 발견된 건 오전 7시."

경찰들은 잠시 말이 없었다.

"부인이 새벽에 일어난 일에 대해 무언가 알고 있다면….""

"새벽에 집에 들어온 침입자가 용의자가 될 확률이 가장 높아."

"안방에서 모든 걸 보고 있진 않았을까?"

"부인과도 이야기를 나눴어야 해. 무언가 알고 있는 게 없는지 바로 조사를 해야 했다고. 사건 현장에 우리 맘대로 들어갈 수도 없고! 어디 있는 거야, 대체!"

"침입자가 죽이지 않았어도 감옥에 가게 될까? 말 그대로 '침입'만 했어도 말이야."

걱정이 섞인 말이 끝나는 순간 늑대 동상에서 눈이 녹아 체격이 좋은 경찰의 머리 위로 물이 떨어졌다.

"눈이 녹고 있어."

체격이 좋은 경찰이 모자를 벗어 확인한 뒤 동료에게 모자를 건넸다.

"그러네. 눈이 녹고 있어."

"우리 차에도 눈이 녹기 시작했을 거야. 서둘러."

누가 먼저랄 것도 없이 뒤를 돌아 분수대를 등지고 빠르게 걷기 시작했다.

늑대 동상은 한번 녹기 시작하더니 순식간에 윤곽이 드러났고 그와 동시에 멀리서 사이렌 소리가 들렸다.

5

"여보, 아직 멀었어?"

다정한 목소리가 주방을 가득 채웠다.

"거의 다 됐어!"

선규는 젓가락을 들고 다급하게 대답하고는 국수 위에 애호박과 달걀을 올려 저녁 식탁을 완성했다.

"짜잔!"

상체를 다 가릴만한 큰 상자를 들고 주방에 나타난 나영은 요리하는 남편을 향해 사랑스럽게 웃었다.

"자기 선물이야."

식탁 위에 상자를 올린 나영은 한 손으로 가볍게 머리를 쓸어 넘겼다.

160cm가 조금 넘는 키에 단발머리를 한 나영은 얼굴에 여드름 흉터가 좀 있었지만, 그것은 눈에 들어오지 않을 정도로 눈이 예쁜 미인이었다.

"설마!"

선규는 활짝 웃었다. 큰 입이 멋진 미소를 만들어 냈다.

"이게 뭘까?"

나영이 말하지 않아도 선규는 상자 안에 들어있는 것이 무엇인지 알고 있었다. 나영과 선규가 그토록 기다린 최신형 게임기다.

취미가 같은 부부는 서로에게 가장 친한 친구였다. 연애 시절부터 밖에서 하는 데이트보다 집에서 밤새워 게임을 하는 시간을 즐겼던 부부가 2층짜리 단독주택으로 이사를 결정한 큰 이유는 둘만의 게임룸을 만들기 위해서였다.

"정말 고마워!"

선규는 눈과 입을 크게 뜨고 기뻐했다.

"오늘도 밤새 잠을 한숨도 못 자겠어!"

"내 눈 좀 봐."

나영은 입술을 삐쭉 내밀고 눈을 비볐다.

"판다 같지? 매일 밤새 게임을 해대니까 말이야."

"나도 마찬가지야. 학원 사람들은 내가 아침에 일어나서 출근하는 줄 알지만 밤새 게임을 하고 출근했다가 3시에 퇴근해서 잠을 자는 걸 아무도 모를 거야."

나영과 선규는 서로 마주 보고 살짝 웃었다. 부부는 선규가 만들어 낸 국수를 단숨에 먹고 나서 2층으로 자리를 옮겼다.

2층으로 올라와 왼쪽 방은 선규의 학원 비품 관련 창고로 쓰였고 오른쪽 방은 입구부터 부드러운 러그를 깔아두었다.

게임방으로 사용하는 오른쪽 방은 빔프로젝터를 연결해 한쪽 벽은 모두 게임화면을 띄우고 스피커를 양옆과 천장에 붙여 화면에 실감을 더했다. 게임룸의 바닥은 언제든지 누워서 잠들 수 있도록 푹신한 매트를 깔았고 그 위로 편한 쿠션을 두었다. 또 손이 닿을 곳에 음료 냉장고를 두어 시원한 음료수와 맥주를 채워 넣었다.

만화책을 좋아하는 나영을 위해 빈 곳에 책장을 세워 만화책들을 꽂아 넣었고 그 옆으로 큰 바구니를 두어 다양한 과자들도 쌓아 두었다.

방에 들어서자마자 선규와 나영은 발이 닿는 곳에 아무렇게나 드러누워 편한 자세를 잡았다.

"오늘도 이거 할까?"

선규는 능숙한 솜씨로 좀비 게임을 선택했다.

"좀 하다가 자야겠어. 아무리 퇴근했다지만 게임을 안 하고 잠들면 아쉽거든."

"이 게임 너무 무서워."

나영은 무서워하면서도 컨트롤러를 꽉 쥐고 눈을 빛냈다.

"갑자기 좀비가 튀어나올 때 정말 무섭지?"

"맞아. 소리를 안 지를 수가 없어."

"방음 공사도 얼른 해야 할 거 같아."

"좋은 생각이야. 옆집에 피해를 주면 안 되니까. 그리고 현관문도 고쳐야 해. 문틀이 틀어졌는지 바람이 세게 불면 금방 열리더라고."

선규와 나영은 대화를 하면서도 생동감 있는 게임에 빠져들었다. 생생한 그래픽과 실감 나는 음향에 시간 가는 줄 몰랐다.

좀비를 더 많이 해치우는 팀이 이기는 게임으로 좀비가 가까이 다가오면 소리를 지르며 상대방을 이기기 위해 게임에 더욱 몰입

했다.

한참을 이어오던 열기가 나영의 승리로 끝이 났다.

선규와 나영은 각자의 쿠션 위로 쓰러지듯 기대앉았다.

"아! 자기야 나 부탁이 있어."

선규는 음료 냉장고를 열며 말했다.

"뭔데?"

나영은 숨을 고르고 있었다.

"저번에 그 세차 말이야. 한 번 더 불러줄 수 있을까?"

"아 출장 세차?"

"응. 내일 오후에 중요한 미팅이 있는 걸 깜빡했네. 교재미팅이라 내가 꼭 가야 해. 샘플도 받아오려고."

"좋아. 새벽에 하니까 내일 아침까지 끝내달라고 말씀드리면 돼. 그럼 출근할 때 깨끗한 차를 끌고 갈 수 있어. 좀 자. 난 분리수거 버리고 올 테니까."

2층에서 내려온 나영은 가득 찬 분리수거 봉투를 들고 마당으로 나갔다. 부쩍 해가 짧아진 바람에 마당에는 어둠이 스멀스멀 차기 시작했다.

음료수 캔과 플라스틱병을 버리던 중, 하품하던 나영은 잠이 들기 전 출장 세차를 예약해야겠다고 생각했다.

선규가 이전에 했던 출장 세차를 아주 마음에 들어 하자 바로 휴대전화에 저장을 해뒀기 때문에 양손에 짐을 들고도 손쉽게 전화를 걸 수 있었다.

"저번에 해주셨던 분으로 한 번 더 예약하고 싶어서요."

어깨에 휴대전화를 걸치고 한 손으로는 분리수거를 하며 통화를 이어가던 나영은 날카로운 무언가에 손톱이 걸렸다.

묵직한 통증과 함께 피가 나기 시작했다.

통화 중에 상대방에게 실례라고 생각한 나영은 비명을 삼켰지만, 표정은 한없이 구겨졌다.

"저번처럼 새벽에 해주시면 좋아요. 아침까지는 끝내주셔야 하거든요."

고통을 삼키며 겨우 내뱉은 말이었지만 누가 들어도 잔뜩 가라앉은 목소리였다. '화가 났다고 오해하려나.' 나영은 속으로 이런 생각을 하며 손톱 끝이 아려오는 고통에 머리를 짚었다. 순간 분리수거함 뒤로 무언가 움직이는 소리가 들렸다.

'고양이인가? 요즘 자주 오네.'

겨울철 길고양이들이 먹이를 찾아 돌아다니는 상상을 한 나영은 괜히 마음이 쓰였다.

"고객님?"

수화기 너머로 친절한 출장 세차 예약 팀 직원의 목소리가 들렸다.

"내일은 고객님 거주하시는 곳에 폭설 예보가 있네요."

"아, 그런가요."

나영은 이마를 살짝 쳤다.

"고객님께서 내일 중요한 약속이 서울에서 있으신 거 맞으십니까?"

"네, 맞아요!"

"고객님 거주하시는 곳은 폭설 위험지역이지만 서울은 큰 피해가 없을 것으로 예상합니다. 다행히 새벽에만 눈이 오고 아침부터는 기온이 높아져 다 녹는다고 하네요. 혹시 괜찮으시다면 저희가 지금 차를 가지러 갔다가 내일 오후 서울에서 손님 약속 장소로 차를 가져다드리는 건 어떠실까요?"

친절한 예약 팀 직원의 기지에 나영은 감탄을 뱉었다.

"좋아요!"

"네, 그러면 직원을 보내드리도록 하겠습니다."

나영은 만족스러운 서비스에 미소가 번졌다.

침실로 들어가니 선규는 이미 잠에 빠진 뒤였다. 그 옆에 이불을 당겨 누운 나영은 미끄러지듯이 잠에 빠져들었다.

얼마쯤 잤을까? 무언가 부딪히는 큰 소리에 놀라 잠에서 깼다.

'차끼리 부딪히는 소리가 난 거 같은데….'

시간은 밤 9시. 선규는 아무 소리도 듣지 못한 듯 아직 자고 있었다.

'잘못 들었나?'

나영은 베개에 얼굴을 파묻고 다시 잠을 청해보았지만, 어둠 속에서 눈빛이 자꾸만 또렷해졌다. 좀비가 달려들던 화면이 생각나

누워있을 수 없었다.

살금살금 방에서 나온 나영은 1층 침실에서부터 2층 게임 룸까지 단숨에 도착해 자리를 잡았다.

"이게 또 1인용이 되거든."

장난스러운 표정으로 게임을 실행시킨 나영은 실컷 게임을 즐겼다. 잠귀가 어두운 선규가 잠에서 깰 걱정을 하지 않고 마음껏. 이번에는 경호부대가 고대 보물을 지키는 총 게임으로 박물관이 배경인 게임이다. 한 번 깊게 잠든 선규는 큰 소리에도 깨지 않는다는 걸 잘 알고 있었기에 나영의 게임 캐릭터는 박물관 안에서 도둑들을 향해 신나게 총을 쏴댔다. 소리도 지르고 넘어지기도 하고 컨트롤러를 던지기도 하며 게임을 한 탓인지 밤 10시 30분이 넘은 시각에도 나영의 눈은 밝게 빛났다. 잠이 완전히 달아난 것이다.

순간 전화벨 소리가 울렸다. 익숙한 번호가 눈에 들어왔다.

"고객님 죄송합니다."

낮에 들었던 친절한 목소리는 밤에도 흔들림이 없었다.

"다름이 아니라 차를 가지러 가던 직원이 가는 길에 가벼운 접촉 사고가 나서 이동이 늦어지고 있습니다. 다른 직원을 보내드려야 할 것 같아요. 평소라면 2시간 정도 걸립니다만, 폭설로 인해 정확한 도착시간을 말씀드릴 수 없을 것 같습니다."

친절한 목소리는 깔끔한 설명과 대책까지 덧붙였다. 나영은 출장 세차 예약 팀 직원의 친절함에 놀랐고 이 시간에 담당 직원과 통화를 할 수 있다는 사실에 또 한 번 놀랐다.

퇴근했다가 본인 담당의 고객에게 정확한 안내를 위해 다시 회사로 돌아왔을 직원과 피곤함에 취해있는 남편을 생각하니 순간 마음에서 따뜻한 불꽃이 번지는 느낌이 들었다. 한바탕 게임을 하며 소리를 지르고 땀을 빼니 아드레날린이 온몸에 퍼진 것이다. 완벽하게 소멸한 스트레스 게다가 승리했다는 만족감이 더해져 오묘한 여유가 마음속 깊은 곳에서 뿜어져 나왔다. 나영은 이 느낌이 싫지 않았다. 능력 있는 예약 직원에게 본인도 무언가를 베풀고 싶다는 생각이 온몸을 지배했다.

"지금 시각에 직원을 보내시는 것보다 제가 가는 게 빠를 것 같아요."

"네?"

친절한 목소리에는 당황이 섞였다.

"제가 차를 몰고 가려고요. 서울에 친정이 있어서 거기서 자면 돼요. 인터넷에 본사 주소가 있던 데 거기로 가면 되는 거죠?"

예약 팀 직원은 한사코 거절했지만, 나영이 강하게 얘기하자 마지못해 동의했다.

나영은 뿌듯함에 들떠있었다. 안방으로 들어간 나영은 메모지와 펜을 들고 선규를 위해 쪽지를 써 내려갔다. 쪽지를 발견하고 좋아할 선규의 얼굴이 생생하게 그려졌다.

"이런 부인이 어디 있어?"

뿌듯한 표정으로 쪽지를 완성한 나영은 선규의 머리맡에 쪽지를 올려두었다.

"다녀올게."

나영이 선규의 자는 얼굴에 대고 조용히 속삭였다. 창밖으로 내리기 시작한 눈처럼 선규의 흰 피부가 남색 잠옷과 참 잘 어울린다고 생각했다.


선규가 그 쪽지를 읽은 건 새벽 2시가 다 된 시간이었다.

갈증에 눈을 뜬 선규는 옆자리에 허전함을 느껴 더듬거리다 쪽지를 쥐게 된 것이다.

아내는 없고 작은 종이만 있는 것에 놀라 서둘러 머리맡 조명의 불을 켜자 작고 동그란 글씨로 채워진 쪽지가 보였다. 눈동자가 빛에 익숙해지면서 천천히 메모를 읽을 수 있었다. 차를 직접 세차 회사에 맡겨두고 친정에서 잘 테니 걱정 말고 아침에만 대중교통을 이용해 출근하라는 내용이었다.

[p.s 승리자가 베푸는 아량]

쪽지 마지막에는 그렇게 쓰여있었다.

"하여간 알아줘야 해."

나영의 추진력을 알고 있는 선규는 고개를 좌우로 흔들며 못 말린다는 표정을 지었다. 할 일을 미루는 걸 싫어하던 나영은 숙제로 남길 바에 밤을 새우더라도 직접 해내고야 마는 성격이었다. 할 일이 남아있는 걸 싫어하는 성격으로, 전파와 전기가 들어오지 않는 깊은 산 속에 여행을 갔을 때도 자신에게 온 연락을 바로 확인하지 못하고 쌓이는 것을 더 힘들어하며 울릴 수 없는 전화기를 들고 전전긍긍했었다.

어설프게 깼지만, 충분한 수면시간을 채웠기에 더 자고 싶은 생각보다는 갈증을 느꼈다. 성의 없는 걸음으로 거실을 가로질러 주방으로 가려던 선규는 2층에서 들리는 소리에 발걸음을 멈췄다.

"뭐야?"

너무 놀란 나머지 혼잣말이 튀어나온 선규는 말이 끝나자마자 양손으로 입을 막았다.

눈알을 굴리며 2층에서 나는 소리에 귀를 기울이던 선규는 등을 벽에 붙이고 조용히 걸음을 옮겼다.

'도둑인가…'

엄지발가락에 체중을 실어 살금살금 계단을 올라가던 선규는 2층 왼쪽 방에서 소리가 난다는 것을 알 수 있었다.

그 방에 값이 나갈만한 것이 없다고 생각하며 의아해하던 선규의 귀에 선명한 말소리가 들렸다.

"사이즈 맞는 게 있어?"

또렷하게 들린 말소리에 선규는 계단을 오르던 움직임을 멈추고 귀를 기울였다.

"이 정도면 괜찮지 않아?"

"얼추 맞는 것 같은데."

선규의 미간이 순식간에 찌푸려졌다.

"유니폼?"

말이 입 밖으로 튀어나왔다. 깜짝 놀란 선규는 또 한 번 양손을 이용해 입을 틀어막았다.

2층 왼쪽 방은 면접학원에 필요한 물품을 쌓아둔 창고로 대부분이 다양한 직군의 유니폼이었다.

선규의 사업 성공 히든카드는 면접학원 내에서만 진행되는 '유니폼 수업'으로, 높은 스펙을 가진 취업 준비생들만 따로 모아 진행되는 수업이었다. 수강인원에 제한을 둔 수업임에도 자격증과 외국어 점수로 이력서를 완성하고 나면 실전을 위해 꼭 들어야 하는 수업이 되었고 이제 막 자격조건을 쌓아가기 시작한 대학생들 사이에서는 이 수업을 모르는 사람이 없었다. 어떤 회사든 면접을 보고 직원을 채용하기 때문에 근래 취업 준비생들 사이에서 면접 솜씨 또한 자격조건의 일부로 보고 있는 사회적 분위기에 맞춰 그들의 수요를 정확하게 충족시킨 것이다. 의외로 수업 내용은 단순했는데, 각 직군의 유니폼을 입고 거울을 보고서서 자연스러운 표정과 매끄러운 답변을 연습하는 것이다. 유니폼뿐만 아니라 몸에 맞는 정장을 대여해주기도 하고 원한다면 저렴하게 구매도 가능했다. 최근에는 어울리는 머리 모양과 메이크업까지 전문가와 연결해 주기도 하면서 합격의 기쁨을 간접적으로나마 느낄 수 있는 '유니폼 수업'

덕에 학원생이 폭발적으로 늘었다.

따라서 다양한 치수의 유니폼과 정장을 주문해 두었고 각 지점에서 필요한 치수를 신청하면 직접 가져다주기 위해 집에 보관해 두고 있는 것이다.

'저걸 왜?'

선규가 어둠 속에서 의아한 표정을 짓고 있을 때 2층에서 나는 말소리가 멈췄다. 고개를 들어 2층을 바라본 선규는 천천히 열리는 방문을 보고 심장이 철렁 내려앉는 기분이 들었다. 다시 계단을 내려가 도망갈 생각을 잠시 했지만 다리는 이미 굳어버렸다.

집에 도둑이 있는 것만으로도 심장이 터질 것 같았는데 도둑과 맞닥뜨리는 상황으로 이어진다고 생각하니 뛰던 심장이 차갑게 식어버리는 기분이 들었다.

'난 이제 죽는다!'

그는 눈을 질끈 감았다.

"원장님?"

눈을 꼭 감고 있던 선규가 깜짝 놀라 눈을 떴다.

체격이 좋은 남자가 문밖으로 고개를 내밀고 있었고 선규를 보며 더욱 놀란 표정을 하고 있었다.

각오하고 있던 거보다 훨씬 부드러운 반응을 느낀 선규는 단단히 굳어있던 아랫배가 조금 풀어지는 것을 느꼈지만, 경계를 늦추지 않고 천천히 계단을 올랐다.

도둑은 그 자리에서 굳어버렸는지 문밖으로 빼꼼히 얼굴을 내밀고 있었는데 그 앳된 얼굴을 보고 어디선가 본 기억을 떠올렸다.

"학생?"

계단을 전부 오른 선규는 2층 왼쪽 방문 앞에 서서 난처해하는 학생과 마주 보고 섰다.

"지금 여기서 뭐 하세요?"

상대가 누군지 파악된 선규는 목소리에 날이 서는 것을 느꼈다.

"비켜봐."

방 안에서 또 다른 목소리가 들려왔다. 얼굴만 내밀고 있던 학생은 목소리 주인에 의해 밀려났다.

선규는 깊은 새벽에 자기 집에 들어온 학생이 한 명이 아니라는 것에 기가 찼다.

"안녕하세요."

키가 작은 남학생도 어색하게 얼굴만 내밀고 인사를 했다.

"그쪽도 학원에서 본 얼굴이네요. 두 명이에요?"

선규는 머리가 지끈 아파져 왔다.

"네."

입술을 깨문 표정은 무언가 할 말이 있어 보였다.

"나와서 얘기 좀 하죠. 불부터 켜고."

선규가 익숙한 걸음으로 2층 조명의 스위치를 눌렀다. 어둠이 사라지자, 용기가 생겼다. 의식적으로 태연한 척을 했다.

학생들의 얼굴을 보자 선규의 입에서는 어이없는 실소가 번졌다.

"일단 나와요."

방에서 나온 두 명의 학생은 대답 없이 쭈뼛거리며 선규의 앞에 섰다.

"그거 입으러 온 거예요? 어떻게 들어온 거지?"

경찰 유니폼을 입은 두 명의 학생은 선규의 눈을 마주 보지 못했다. 선규는 일을 크게 만들기보단 학생들을 잘 달래서 집으로 돌려보내기로 마음먹었다.

"유니폼 수업 때 입으면 될 텐데."

선규는 감정을 억누른 목소리로 말했다. 그의 입에서 수업에 관한 이야기가 나오자, 체격이 좋은 학생은 시무룩한 표정을 지었고 키가 작은 학생은 무언가 다짐한 듯 입을 열었다.

"저희는 아직 그 수업을 신청할 수 없어요."

끝에 힘이 없는 말투였다.

"왜죠? 자격증이나 어학 점수가 없어서?"

선규는 부드럽게 말하고 싶었지만 다그치는 목소리가 튀어나와 당황했다. 수업 신청 자격에 자격증이나 어학 점수로 제한을 둔 것은 취업 준비를 시작하는 과정에서 유니폼을 입고 괜히 마음이 들뜨는 것을 방지하기 위해 만든 규칙이었다.

"친구들은 이미 점수를 만족스럽게 만들어 놓고 유니폼 수업을 듣고 있지만, 저희 둘은 계속 합격선의 점수가 나오지 않았어요…."

힘없는 목소리는 끝없이 땅으로 꺼지는 것 같았다.

선규는 이마를 짚으며 언젠가 했을 법한 조언을 입안에 머금었다.

그 모습을 본 키가 작은 학생이 서둘러 선규의 말을 막았다.

"안 되면 될 때까지 노력해야 한다는 거 알고 있어요. 누구는 한 달만 학원에 다녀도 나오는 점수라고 하고 누구는 그냥 난이도 점검할 겸 봤던 시험에서 바로 받아오는 점수라는 것도 알아요. 원장님이 무슨 말씀을 하실 줄도 알고요."

선규는 입만 달싹일 뿐 아무 말도 할 수 없었다.

처음으로 도둑을 마주한 사람처럼 굴어야 할지 학생을 만난 원장처럼 굴어야 할지 판단이 서지 않았기 때문이다.

체격이 좋은 학생은 두꺼운 손으로 머리를 긁으며 입을 열었다.

"아르바이트를 두 개나 하면서 제 운동할 시간도 부족하고요. 점수와 유니폼 수업에 대한 집착이 커지고 마음이 힘들어졌는데 이 친구와 얘기하다가 뜻밖에 간단한 문제로 고민하고 있었다는 걸 깨달았어요."

두 학생은 서로 잠깐 마주 보았다.

"유니폼을 입어보면 꼬리에 꼬리를 물던 걱정이 끝나겠더라고요. 그런데 학원에 있는 유니폼은 모두 비밀번호를 알아야만 열 수 있는 캐비닛에 들어있잖아요. 그래서 사정이라도 해보자는 생각으로 원장님 퇴근하시는 길을 따라오다가 여기까지 오게 되었고 막상 오니까 입이 안 떨어지더라고요. 차 안에서 둘이 고민하다 보니 어느새 새벽이 됐어요. 집에 돌아가려고 하던 찰나에 보니 현관문이 열려있더라고요…. 그 순간 판단이 흐려졌어요."

체격이 좋은 학생은 울 것 같은 표정으로 말하고 있었다.

선규는 이제야 그들이 어떻게 집에 들어왔는지 깨달았다. 그리고 날이 밝자마자 현관문 수리 업체와 방음 공사 업체를 알아봐야겠다고 생각했다.

"좋은 방법은 아니네요."

선규는 지끈거리는 머리를 짚으며 학생들에게 옷부터 갈아입혀야 한다고 생각했다.

"유니폼이 입고 싶었다면 핼러윈 분장을 하는 쇼핑몰을 찾아봐도 될 텐데."

"차를 마을 밖에 세워두고 걸어오는 내내 다시 돌아가야 한다고 몇 번이나 생각했지만 핼러윈 분장이 아닌 제대로 된 이 유니폼이 입고 싶었어요. 우리 학원 유니폼이요. 합격에 가까운 사람들이 입는 거라고 생각이 들어서…."

선규는 스트레스가 한꺼번에 몰려오는 것을 느낌과 동시에 잠이 쏟아졌다. 다시 침대로 돌아가 베개에 파묻혀 자고 싶었다.

"저희가 잠시 미쳤었나 봐요."

키가 작은 학생도 눈시울이 금세 붉어졌다.

"죄송합니다."

동시에 같은 말을 해서 어떤 학생이 말 한 건지는 알 수 없었다. 하지만 선규의 마음속에는 취업을 준비하는 사람이 얼마나 많은 물음표 속에서 살고 있는지, 그 물음표가 자신을 향할 때 스스로를 얼마나 미워할 수 있는지 잘 알고 있었다. 자신도 느꼈던 그 감정이 지금의 학원을 만들게 된 동기가 되어주었지만 다시는 마주하고 싶지 않은 감정이었다.

나에 대한 기대와 의심이 공존하는 불안한 마음이 계속되면 독가스가 가득 찬 풍선처럼 변하고 만다.

"골치네…."

선규는 어깨에 힘을 빼면서 말했다.

"그거 주면 열심히 할 거예요?"

두 학생은 서로 마주 보며 어리둥절한 표정을 짓는 것을 보고 선규는 순간 아내의 얼굴이 떠올랐다. 사랑하는 사람의 잠을 깨우지 않기 위해 이 시간에 차를 몰고 서울까지 간 아내의 무모한 아량을 따라 나 또한 베풀만한 기회가 왔다고 생각했다.

"취업 준비하는 기간이 길어지다 보면 눈보라가 치는 산속에 얇은 티셔츠 한 장 입고 혼자 서 있는 기분 아니에요? 그 기분은 60대가 되어서도 느끼게 되어버렸으니까, 요즘은."

선규는 담담한 어투로 말을 이어 나갔다.

"춥고 외롭고 이게 맞는 길인지도 모르겠고 근데 또 해야 하고."

아내라면 이렇게 말했으리라 상상하며 말하니 연극배우가 말하는 듯했다.

언제부터인지 모르지만, 어느 순간 선규는 도둑과 대치하고 있음에도 마음속에 여유가 퍼지고 있다는 걸 느꼈다. 도둑이 흉기를 들고 있지 않았고 학원생과 원장이라는 관계가 확실해졌으니 나를 해칠 리 없다는 자신감이 그를 감싸고 있었다.

"잔소리는 다른 데서도 충분히 들을 테니 오늘 저는 다른 걸 해볼까요."

선규는 서 있던 계단에서 살짝 옆으로 비켜섰다. 언젠가 TV에서 봤던 드라마 속 남자 주인공의 표정을 따라 하며 눈썹도 추켜세웠다.

"어서 가요."

학생들의 동공이 잠시 커지는 듯싶더니 서로 어쩔 줄 모르는 눈빛을 주고받았다.

"가요, 빨리."

학생들은 짧은 탄성과 함께 서 있는 자리에서 움직이지 못했다.

"유니폼은 선물이에요. 가는 길에 적당한 곳에서 갈아입어요. 눈에 띄지 않게. 얼른 가요. 진짜 경찰 마주치고 싶지 않으면."

장난스럽게 웃는 선규를 보며 학생들은 연신 허리를 굽혀 인사했다. 주춤하던 학생들은 계단을 조심스럽게 내려갔다.

그들은 재빠르게 1층으로 내려가 현관에 도달했다.

"아!"

선규는 문을 열던 학생들을 보며 소리쳤다.

"폭설이 온다던데! 그냥 자고 가는 게 낫지 않나?"

학생들은 뒤를 돌아 선규와 눈을 마주 보았다.

"괜찮습니다. 저희 차가 커서요. 차에서 자면 됩니다! 마을 입구에서 멀지 않은 곳에 세워뒀어요."

"네! 맞아요. 여기서 재워주시기까지 하면 저희 정말 면목 없습니다. 담요도 차에 있고 이거 입고 자면 하나도 안 추울 거 같아요."

키가 작은 학생이 유니폼의 소맷자락을 소중하게 꼭 쥐고 대답했다.

"문은 내가 닫을 테니 그냥 나가요. 현관문이 고장났거든요. 요령이 있어야 제대로 닫을 수 있어요."

선규와 학생들은 현관에서 짧은 인사를 나눴다. 선규는 현관문을 잡고 학생들이 눈발 너머의 정문으로 가까워지는 것을 지켜봤다. 문이 활짝 열려있는 동안 눈을 머금은 새벽이 집 안으로 성큼 들어왔다.

"어, 추워."

선규도 여전히 한 손으로 현관문을 잡고 있었다. 학생들이 보이지 않을 때까지 배웅할 생각이었다.

"이래도 되나?"

선규는 눈을 가늘게 떴다. 강하게 부는 바람이 학생들의 머리칼을 마주 헤집어 놓고 있는 뒷모습을 보면서 선규는 불현듯 겁이 났다. 도시에서만 살던 사람들은 산속의 새벽 기온을 가늠하지 못할 것이다.

"잠깐만요!"

선규는 소리를 지르며 경찰복을 입은 학생들의 뒷모습에 대고 소리쳤지만, 위협적으로 내리는 눈에 목소리는 흔적도 없이 파묻혀 버렸다.

"이 추위에, 차에서 자는 건 말도 안 돼."

굵은 눈발은 빠르게 내려앉고 있었고 눈을 뜨고 있기 힘든 바람이 몰아쳤다. 선규는 멀어지는 학생들을 보면서 넓은 보폭으로 따라잡으려 했다. 이미 학생들은 담장을 훌쩍 넘어 집 밖을 빠져나갔다.

'울타리는 저렇게 넘어 들어왔었군.'

선규는 그렇게 생각하며 코웃음이 살짝 나왔지만, 그 표정은 세차게 부는 바람에 맞아 금방 날아갔다. 바람이 부는 소리인지 눈이 내리는 소리인지 구별이 되지 않는 소리는 선규의 귀에 위험을 알리는 듯했다. 거센 눈발은 사정없이 몰아치는 바람을 타고 하늘에서 불규칙한 선을 만들었다.

"조금만 더…!"

'막 잠에서 깬 사람의 체력은 참으로 연약하구나.' 선규는 이렇게 생각하며 부르는 것보다 그들을 잡는 것이 더 좋은 선택이라는 걸 직감했다. 한 발 한 발 내디디며 학생들에게서도 시선을 거두지 않고 묵묵히 걸었다. 하늘에서는 한없이 가벼운 눈들은 땅에 쌓이자마자 강한 힘으로 선규의 발목을 잡아끌었다. 모든 걸음에 힘이 실리기 시작했다.

저 멀리 보이는 학생들은 이제 막 분수대를 지나쳤다. 선규의 목소리보다 큰바람 소리가 귀를 막고 있는 탓에 학생들은 아무것도 듣지 못했다.

선규는 말할 때마다 입안으로 들어오는 눈이 느껴졌고 잠옷 안으로 얼음같이 차가운 바람이 들어왔다. 평소의 새벽과는 확실히 달랐다. 제물을 잡아먹지 않으면 춤추는 것을 멈추지 않는 용과 같았다.

슬리퍼 안으로 들어와 발가락 사이에서 느껴지던 눈이 단숨에 발목을 집어삼키자 미끄러질 수밖에 없었다.

중심을 잡으려 허우적거리던 선규는 뒤로 고꾸라지는 것을 방지하기 위해 무게중심을 앞으로 쏟았다. 하지만 힘 조절에 실패했던 것일까. 딱딱한 돌에 가까워지는 장면이 보였다. 무언가 잘못되었다고 느끼는 순간 곧 눈앞이 캄캄해지면서 아무 생각도 할 수 없었다.

"안 되는데…"

피가 흐르지는 않았지만, 여태 느껴보지 못한 통증이 밀려오면서 몸을 움직일 수 없었다. 뇌진탕인가? 의식이 희미해진다는 것은 확실했다. 필사적으로 손가락을 움직여 보았지만, 순식간에 쌓인 눈은 무언가를 감추듯 선규의 등을 덮어버렸다.

그리고 눈이 감기기 직전, 마지막으로 했던 게임에서 승리했던 나영의 표정이 떠올랐다.

**6**

9시 뉴스의 아나운서는 또렷한 눈빛과 정확하고 듣기 좋은 속도로 말했다.

혜옥마을을 세운 부동산 회사의 직원이 인터넷에 올린 내부고발 글이 화제가 되면서 게시글에 대한 뉴스가 연일 이어지고 있었다.

"말도 안 돼."

철호는 담요를 두르고 선 채로 뉴스에서 시선을 거두지 않았다. 퇴사를 앞두고 양심고백을 한다는 말로 시작되는 글은 입주민들을 상대로 치렀던 입주 시험이 아무 의미 없는 문제들이며 비싼 값에 집을 판매하려는 마케팅이었다는 것을 밝혔다.

철호의 넋이 나간 표정을 무시하고 아나운서는 곧바로 다음 뉴스를 보도했다.

혜옥마을과 의문의 경찰들이라는 내용을 보며 철호는 움찔했다.

"그 녀석들…."

철호는 담요를 더 꽉 끌어안았다.

그날 왔던 두 남자는 경찰이 아니며 새벽 시간에 주거침입을 한 사실은 있으나 현장 발견 당시 찍은 사진을 제출하고 현장 보존에도 적극적으로 나섰다고 말하며 다양한 가능성을 열어두고 수사를 하고 있다는 아나운서의 말에 철호의 기억에서 그들의 얼굴이 선명해졌다. 어떤 이야기를 했었는지 묻는 실제 경찰들에게 별거 없었다며 대충 둘러대고 말았지만, 왜인지 경찰로 속인 두 남자에 대한 얼굴은 잊히지 않았다.

아나운서는 곧바로 집주인인 면접학원 원장에 대한 소식도 덧붙였다. 현장에 도착한 구급대원들의 도움으로 병원까지 이송되었던 원장은 오늘 아침 기적적으로 의식을 되찾았다고 말하며 수사가 급물살을 탈 것이라 전했다.

"잘됐네."

혼잣말을 뱉은 철호는 감정 없이 말하는 아나운서가 본인을 응시하는 것 같은 느낌을 받았다.

"쳇. 그 녀석들! 블랙박스 메모리는 왜 우리 집 우편함에 넣어놓고 간 거야?"

못마땅한 표정으로 혀를 차던 철호는 순간 과거의 기억이 겹쳤다. 맞은편에 앉은 남자들에게 침을 튀기며 옆집 사람들에 대해 험담하던 본인 얼굴이 빠르게 스쳤다. 뒤이어 그 남자의 차를 들이박았을 때의 느낌이 생생하게 기억났다.

"그 녀석들이 경찰이 아니면 아닌 거지!"

순간 얼굴이 달아오른 것 같은 느낌이 들면서 눈을 질끈 감았고 입술을 깨물었다. 어제부터 계속 이어지는 감정이었다.

울컥울컥 올라오는 이 기분을 없애기 위해서는 블랙박스 메모리를 경찰에게 전달해야겠다고 마음먹었다.

"아니면… 아닌 거지."

분수대 위 늑대 동상은 오늘도 고개를 쳐들고 늠름한 자태를 뽐냈다.

"뉴스 봤어요?"

검은색 웨이브 머리를 한 여자가 말하자 여기저기서 한숨이 들렸다.

"그러게, 말이야. 거짓말이지?"

분수대로 모인 여자들은 모두 같은 표정을 하고 있었다.

"입주 시험이 아무 의미 없다니요!"

"전 예상 문제집을 사서 반년을 공부했다고요!"

"누가 그러던데, 인터넷에 있는 심리테스트를 베낀 거라고요. 애들 보는 거."

"어이없어, 정말."

빠르게 주고받던 푸념이 끝나고 잠시 고요함이 찾아왔다.

"아, 의문의 경찰들이랑 했던 조사는 어땠어요? 가까이서 봤는데도 몰랐어?"

머리를 묶지 않고 부스스하게 풀어헤친 여자가 순덕에게 물었다. 모두의 시선이 순덕에게로 쏠렸다.

"모르긴 뭘 몰라? 아니 글쎄, 느낌이 오더라니까."

순덕은 거만한 표정을 숨기려는 듯 검은색 밍크코트를 여미며 요란한 손동작을 곁들였다.

"얼굴을 보는 순간 뭔가 싸하더라고! 내가 관상을 좀 볼 줄 알잖아? 그래서 당황하지 않았죠."

여자들은 요란한 감탄사를 뱉으며 대화를 이어 나갔다.

"보자마자 수상한 기운이 느껴졌어요?"

긴 머리를 높게 묶은 여자가 묻자, 검은색 밍크코트의 어깨에 힘이 들어갔다.

"그럼. 내 집에 맘대로 들어왔다가는 큰코다치지. 내가 누구야? 찍소리 못하게 하고 쫓아냈지. 바로 알아본 거야, 내가. 나의 침착함이 아무 짓도 하지 못하고 나가게 했다고."

"그런데 그 사람들이 조사할 때 자기도 무슨 말을 하긴 했나 보던데?"

"어머, 그게 무슨 말이야?"

"아니, 우리 집에서 자기네 집이 보이니까 살짝 봤지. 그런데 꽤 오랜 시간 얘기하던데?"

순덕의 맞은편에 사는 갈색 쇼트커트를 한 여자가 말을 마치자, 주변의 모든 시선이 묘하게 바뀌는 것을 느꼈다.

빨간색 매니큐어가 발린 손은 잠시 입을 막고 웃었다.

"별말 안 했어."

"아니, 그래도! 궁금해요!"

여자들이 모두 똑같은 눈으로 바라보자, 순덕은 '에라 모르겠다.'

라는 표정으로 말했다.

"그냥 그 집 부인 얘길 했어. 맨날 퀭하게 다닌다고! 아무래도 음침하잖아, 그 여자."

순간 순덕을 바라보는 눈동자들은 서로 마주 보았다. 바로 튀어나와야 할 맞장구를 기대했던 순덕은 무언가 어색해진 것을 느꼈다.

"음침? 그냥 좀 피곤해 보이던데."

누가 말했는지 모르겠지만, 무리 사이에서 정확하게 날아와 순덕의 가슴에 찔렸다.

"맞아. 부부가 밤새 게임을 하면서 취미생활을 했다고 들었어."

"맞아. 게임을 하는 부부라니. 취미가 맞는 거잖아? 서로 얼마나 의지했겠냐고."

"그 경찰 옷 입은 사람들한테도 그렇게 얘기한 거야?"

"오해할 만한 얘기잖아?"

여기저기서 날카로운 질문이 쏟아졌고 순덕은 짜증이 몰려오는 것을 숨기고 싶지 않았다.

"그만 해."

순덕의 표정이 일그러졌다. 그리고 냉큼 쏘아붙였다.

"아니면 아닌 거지! 자기 너무 빡빡한 거 아니야?"

*

아기가 깨지 않게 조심스럽게 눕힌 남자는 까치발을 들고 아기 방에서 빠져나왔다.

"입주 시험 다 거짓말이었대."

조용하게 문이 닫힌 걸 확인한 여자는 소파에 앉은 채 뉴스에서 본 걸 말해주며 입을 삐쭉 내밀며 말했다.

"그렇구나."

남자는 여자 옆에 쓰러지듯 앉아 어깨를 돌리며 근육을 풀었다.

"좀 아쉽네. 시험공부 열심히 했었는데."

남자의 말에 여자가 코를 찡긋하며 사랑스럽게 웃었다.

"몇 개 찍었잖아."

부부는 아기가 깨지 않도록 작게 웃었다.

뉴스는 혜옥마을에 대한 관심이 많은지 곧바로 경찰로 속여 말했던 남자들에 관한 이야기를 이어 갔다.

"세상에. 그때 우리가 만났던 그 사람들 맞지?"

여자는 한 손으로 입을 가리며 놀랐다. 동그란 눈이 더 커졌다.

"그런 것 같아. 베로니카 할머니를 만났을 때잖아."

"별일 없이 지나가서 다행이야 정말. 베로니카 할머니를 부축하는 데만 정신이 팔려서 그 사람들 얼굴도 기억이 잘 안 나."

여자는 눈썹을 늘어트리고 과장된 표정으로 가슴에 손을 올렸다. 작게 한숨을 몰아쉬던 여자는 무언가 생각난 듯 상체를 튕기듯 일으켰다.

"그때 말이야. 베로니카 할머니가 알 수 없는 말을 계속하셨잖아. 기억나?"

남자는 여자의 말에 고개를 갸우뚱 기울였다.

"어떤 말?"

"마음에도 적이 있고 거울 안에도 적이 있다, 였나?"

남자는 미간을 찌푸리며 기억해 내려 애썼다.

"젊으셨을 때 점으로 유명하셨다던 소문 그거 진짜인가 봐!"

여자는 가슴 앞으로 작게 손뼉을 쳤다.

"그게 그렇게 돼?"

남자는 어처구니없다는 듯 살짝 웃었다.

"그럼! 거울 안에 적이 있다는 말은 적이 마주 보고 있다는 뜻 아니었을까? 조사하고 있던 그 남자들이 수상하다는 걸 말씀하고 싶으셨는지도 몰라!"

여자는 눈을 반짝였다. 남자는 아내의 취미가 추리소설을 읽는 것이라는 걸 문득 떠올렸다.

"그러면 마음에도 적이 있다는 말은?"

남자는 사랑스러운 눈으로 여자를 쳐다보며 물었다. 갑작스러운 물음에 여자는 퀴즈를 풀어내듯 턱에 손을 괴고 잠시 고민하더니 밝아진 표정으로 손뼉을 쳤다.

"마음이 아니라 마을 아닐까?"

남자는 진지하게 말하는 여자의 표정을 보면서 웃음을 참지 못했다.

"그리고 또…."

여자는 고민하는 표정으로 동그란 눈을 굴렸다.

"또?"

더 이상 뉴스에 관심이 없다는 걸 느낀 남자는 여자에게서 리모컨을 뺏어 들었다. 보기만 해도 시원해지는 액션영화를 볼 생각이다.

손에서 리모컨이 빠져나가도 아무런 반응이 없을 정도로 골똘하게 생각하던 여자는 무언가를 말하려 입을 조금 움직였다. 하지만 곧 생각을 떨치려는 듯 고개를 가볍게 저었다.

"아니야!"

남자는 사랑스럽게 쳐다보다 피식 웃고는 그녀의 무릎 위에 머리를 뉘며 말했다.

"자기가 아니라면 아닌 거지."

## 2 : 치즈

# 단면 칼

의식하기 전부터 나는 이미 단면 칼을 무서워하고 있었다.

단면 칼은 어릴 적 엄마의 화장대 서랍에서 처음 봤다. 연필같이 생긴 걸로 눈썹을 그리던 엄마는 단면 칼을 화장대 서랍에 넣어 놓고 필요할 때마다 꺼내 연필을 깎는 것처럼 눈썹연필을 깎아 썼다. 칼을 무서워하긴 했지만, 유난히 그것에 대한 거부감은 남달랐다.

5cm 정도의 네모난 모양에 가운데가 뚫려있는 작은 은색의 단면 칼을 보면 이상하게 목덜미 근처의 털이 바짝 서는 느낌이 났기에 엄마가 그걸 사용할 때면 일부러 멀찍이 떨어져 있었다. 사각사각 소리를 내며 눈썹연필이 뾰족해지는 동안 '나는 언제부터 단면 칼이 이렇게 무서워진 걸까?' 곰곰이 생각했지만, 명쾌한 답을 얻을 수 없었다. 내가 살해당했던 전생의 기억을 떠올리기 전까지는.

전생에서 죽임을 당하기 전 나는 어두운 시골길을 혼자 운전하고 있었다. 차 한 대가 겨우 지나갈 수 있을 법한 비포장도로 위로 천천히 차를 움직이며 무언가 깊이 생각에 빠져있었다. 집으로 향하던 길은 아니었던 것 같다. 그 길에 대한 기억은 그날뿐이었고 스스로 느끼기에도 굉장히 날카로운 눈빛으로 경계와 관찰을 섞어 주변을 둘러보았다. 시골길의 노면을 온몸으로 느끼면서 몸이 좌우로 흔들릴 때도 나는 경계를 늦추지 않았다. 목표 지점으로 느껴지는 허름한 주택에 가까워졌고 차를 세우고자 잠시 속도를 줄였을 때, 어디선가 갑자기 차 보닛 위로 두 명의 남자가 올라타서 긴 쇠

파이프로 앞 유리를 때리기 시작했다. 그때의 내 경계는 이러한 상황을 이미 예상하였기 때문이리라.

당시에 나는 당황하기보다는 차를 움직여 두 남자를 떨어트리고 서둘러 자리를 뜨려 했지만, 두 남자가 앞 유리를 깨고 있는 소란을 틈타 누군가가 조수석 문을 열고 불쑥 올라탔다. 조수석에 탄 남자의 얼굴이 기억난다. 정면으로 마주 봤으니까. 그때의 감정은 기억나지 않지만 짐작하건대 나는 거기서 기억을 잃었던 것 같다.

그 뒤로는 블랙아웃.

다음으로 기억나는 장면은 더욱 끔찍하다. 차 위로 올라타 앞좌석의 유리를 깼던 두 명의 괴한은 양옆에 삽을 세워두고 구덩이 안에 있는 나를 내려다보고 있었다. 내 키보다 더 깊게 판 구덩이 안에서 나는 울지도 화를 내지도 않고 그저 분한 숨만 몰아쉬었다. 하지만 여유 있는 표정을 유지하기 위해 온몸의 세포와 신경을 얼굴로 집중시켰다. 이미 도주는 불가한 상황이라는 걸 알고 있었다. 차라리 세 명씩이나 몰려온 수고를 비웃기라도 해서 저들을 약 오르게 만드는 것이 마지막으로 내가 할 수 있는 전부였다.

조수석으로 올라탔던 놈은 우두머리 같았는데 구덩이 위에서 흙에 덮여 가는 나를 향해 쭈그려 앉아 뭐라 말했다. 뭐라고 말했는지는 기억나지 않지만, 표정으로 미뤄봤을 때 나는 배신을 당해 살해당했을 것이다. 살짝 웃음을 머금은 얼굴로 '미안하게 됐다, 친구야.'라고 말했으니까. 또다시 정확히 눈이 마주쳤다. 그 눈을 가까이

서 클로즈업한 것 같이 또렷하게 기억난다. 그리고 내 기억이 끊기기 직전에 또 한 번 클로즈업 되듯이 놈의 손에 들려 있던 단면 칼이 선명하게 가까워졌다. 내 기억 속에 또렷하게 남아있다. 그는 그것이 길에서 주운 돌멩이라도 되는 듯이 적당히 베이지 않을 만큼 장난감처럼 만지작거렸다. 그리고 흙이 날아와 내 눈을 가리기 직전까지 단면 칼의 그 서늘한 은빛은 달빛을 받아 반짝거렸다.

그 기억은 내가 초등학교를 졸업하기도 전에 서서히 고개를 들고 선명해지기 시작했다. 대학생이 된 지금까지 새로운 기억이 추가되지는 않았지만 긴 시간 동안 꾸준히 머릿속에 자리하고 있었다. 마치 흉터가 남은 것처럼.

미스터리를 다루는 TV 프로그램에서 전생의 기억을 가지고 태어난 사람들이 종종 있다는 것을 보고 '아, 이게 나의 전생이구나.' 받아들였을 뿐, 누구에게 털어놓지도 못했다. 왕족이었거나 위인전에 나오는 인물이었다면 여기저기 떠들었겠지만, 상황을 유추해 봤을 때 나 역시 조직에 관련된 사람이었을 것 같다.

인터넷이 발전되고 손쉽게 뉴스 기사들을 검색할 수 있게 되면서 나는 처음으로 내 전생의 사고를 찾아봤던 기억이 난다. 포털 검색창에는 뭐라고 검색어를 입력해야 할지 고민이 많았다. '시골길 사건', '실종 사건', '살인 사건'이라는 검색어로는 특정할 수 없었다. 당시 나는 30대 초반의 남자였다는 것 말고는 차종과 색깔도 정확히 기억나지 않았기 때문에 많은 기사를 모두 읽어보는 수밖에 없었다.

중학교 때부터 고등학교 때까지 휴대전화와 컴퓨터가 생긴 후 혼자 있는 시간에는 늘 그렇게 인터넷 기사를 찾아보았지만, 지금까지 찾지 못했다. 양이 워낙 많았으니까. 고등학교 2학년 때부터는 아예 찾기를 포기했다.


그러나 지금, 나는 내가 왜 전생의 기억을 가지고 환생했는지 깨달았다. 나른한 주말 오후 리모컨으로 무의미하게 채널만 돌리던 나는 단면 칼을 들고 비열하게 웃던 그 우두머리 놈의 얼굴이 나오는 것을 보자마자 넋을 놓고 리모컨을 떨어트렸다. 꿈인지 생시인지 소파에 누워있는 채로 움직이지도 않고 5초 정도 생각하다가 문득 계시받은 것처럼 머릿속에 빛이 들었다.

'전생의 복수를 위해 저놈의 얼굴을 잊지 않고 있었구나.'

그 생각이 들자마자 전생의 내가 얼마나 큰 한을 품었기에 아직도 그 얼굴이 생생하게 기억나는지 궁금해졌다. 그대로 리모컨을 주울 생각도 하지 않고 그의 얼굴을 천천히 뜯어보기 위해 네발로 기어가다시피 TV 앞으로 더 가까이 다가갔다.

유쾌한 분위기로 인기가 많은 토크쇼였는데 전생의 그놈은 현재 중년의 나이로 본인을 배우라고 소개했다. 아, 그렇구나. 본 적 있다. 종종 드라마에 나오지만 대부분 사극이었고 비중 있는 역할을 하지는 않아서 평소에는 눈치채지 못했지만, 오늘은 토크쇼에 나오기 위해 머리를 깔끔하게 올리고 수염도 전부 제거한 뒤 연기가 아닌 자연스러운 표정을 짓고 있던 덕에 알아볼 수 있었다.

'저 녀석인가…?'

잠시 생각했지만 지금 저기 앉아 있는 사람은 그 사람일 리 없다. 그저 나보다 먼저 환생한 것이다. 내 전생의 기억은 흙길 위에서 얇은 핸들을 쥐고 달리고 있던 것 외에 그 시대를 특정할 수 있는 특징이랄 게 없다. 하지만 저 녀석이 내가 죽은 후 얼마 되지 않아 비슷한 시기에 죽었고 성격이 급해 먼저 환생했다면 지금의 나이 차가 가능한 것 아닌가.

중년 배우는 적당히 재치 있는 말솜씨로 토크쇼를 끌어나갔다. 어찌나 재미있던지 자칫하면 그의 애기에 몰입될 뻔했지만, 그럴 때마다 이름도 모르는 가엾은 나의 전생을 생각하며 그를 미워하려고 애썼다.

기억 속의 그는 20대 후반에서 30대 초반 정도였으니 피부의 탄력이나 머리카락의 색도 다르지만, 그도 새로이 환생하고 중년이 되었음에도 변하지 않는 것이 있었다.

바로 눈! 저 잊을 수 없는 눈.

중년 배우의 가느다란 눈은 웃을 땐 천진한 아이 같았지만, 힘을 주고 노려보면 주변이 금세 싸늘해지는 매력이 있었고 까무잡잡한 피부는 그를 더 거칠어 보이게 만들었다.

큰 키도 아니고 오히려 마른 편에 속하지만, 사극에서도 주로 칼을 쓰는 역할을 했던 이유가 바로 이것일 것이다. 눈빛만으로 느껴지는 먹이사슬 포식자의 권위와 위험함. 그리고 중년에 접어들면서 주름이 생기자 묘하게 더해진 무게감.

생을 뛰어넘어서도 희석되지 않고 남아있는 카리스마가 느껴진다. 하지만 그는 하회탈처럼 웃으며 그저 매일 식물에 물을 주고 아내와 함께 평화로운 노년을 보내는 것이 꿈이라고 말한다.

'현생에서는 선한 마음과 조용히 살고자 하는 성향으로 태어났군.'

그렇게 생각하며 중년 배우의 얼굴을 한창 들여다보고 있노라니 순간 단면 칼이 다시 생각났다. 서늘하게 빛나던 은빛 칼날이 달빛을 받아 남의 속도 모르고 예쁘게 반짝이던 그 장면이 기억났다.

하지만 거기서 끝이었다.

그냥 단면 칼이 생각이 났다. 그게 다다.

허무함이 밀려오자 머쓱한 기분까지 들었다.

분노가 끓어오르거나 반대로 겁이 나서 식은땀이 나지도 않았다.

불쾌까지 도달하지도 않는 그저 단면 칼을 가까이하고 싶지 않을 정도의 불편함.

식빵 모서리에 곰팡이가 핀 것을 봤을 때와 비슷한 감정이 들었다. 의아했다. 다시 한번 TV에 나오는 배우를 보며 의도적으로 분노를 담아 노려보았다.

환생을 넘어 드디어 저 사람을 마주했는데 내가 무언가 해야만 한다.

양손으로 주먹을 쥐고 단면 칼을 쥔 배우를 싫어하기 위해 눈에 힘을 실었지만, 그뿐이었다.

전생의 숨이 넘어가는 마지막 순간에도 복수를 위해 단면 칼과 저 얼굴을 기억했을 텐데 지금의 나에게는 아무 감정도 느껴지지 않았다. 오히려 그때의 기억을 심어 둔 전생의 나에게 미안하기까지 했다. 숨이 넘어가는 그 순간까지 애를 썼는데 정작 나는 복수심에 불타지 않았다. 차에 시동이 걸리지 않는 느낌이랄까.

능숙한 말솜씨로 토크쇼를 이어 나가는 배우를 보면서 그가 하는 이야기에 빠져들기까지 했다. 복수라는 단어는 저 사람에게 가까이 다가가면 생명력을 잃고 그저 글자가 되어버리는 것 같은 느낌이 들었다.

복수? 복수라….

오히려 엉뚱한 것이 떠올랐다. 친구 놈에게 빌려준 게임기가 선명하게 머릿속에 그려졌다. 2주 전에 되돌려받기로 했던 것인데 아직 받지 못했다. 벌써 몇 번째인가? 친구 놈의 거짓말에 속은 것이. 지금 나의 마음 안에서 복수심이 뜨겁게 타오르는 것은 저 중년 배우가 아니라 게임기 쪽이다. 과거의 나에게는 미안하지만, 지금의 나에게는 전생의 분노가 닿지 않는다.

'이번 생에서는 평생 단면 칼을 불편해하는 정도로 전생의 복수를 대신할게.'

기도하는 것처럼 눈을 감고 양손을 모아 전생의 나에게 미안함을 전했다. 짧고 어설펐지만, 드디어 무언가 종결되었다는 느낌을 받았다. 그러고는 중년 배우가 선하게 웃고 있는 TV 화면을 뒤로 한 채 용수철처럼 팅기듯 일어나 현관으로 향했다.

당장 친구의 자취방으로 달려가 게임기를 뺏어 들고 냉장고 안에 있는 탄산음료를 모조리 마셔버리겠다. 탄산음료를 물처럼 마시는 친구에게는 가장 강력한 복수일 것이다.

소파 아래서 양반다리를 하고 빨래를 개고 있던 엄마는 갑자기 서둘러 나갈 채비를 하는 나의 뒤통수에 '이제 저녁을 먹어야 하는데 어디 가느냐.'며 소리쳤고 나는 뒤도 돌아보지 않고 비장하게 대답했다.

"복수하러."

천천히 닫히는 현관문 안에서 엄마의 꾸짖는 목소리가 들리는 듯했지만, 나는 엘리베이터도 기다리지 않고 계단을 뛰어 내려갔다.

*

"아들놈 키워봤자 소용없지, 아주!"

뛰어나간 아들의 뒷모습을 보며 큰소리를 냈지만, 대답이 돌아오는 대신 현관문이 굳게 닫혔다.

신경질적으로 빨래를 개던 나는 다시 TV에 시선을 돌렸다.

"저 사람은 늙지도 않아."

97

아들의 뒷모습에 외치던 목소리와는 사뭇 다른 상냥한 목소리가 내 입에서 튀어 나갔다.

갱년기라는 말을 듣는 나이지만 저 사람만 보면 소녀 때의 마음이 되살아나는 기분이다. 같은 중년의 나이에 접어들었지만 어쩜 저 사람은 아직도 그때와 같은지.

날카로운 눈매가 무섭다며 싫어하는 사람도 있었지만, 오히려 그것이 저 배우의 매력 포인트라는 걸 아는 사람만 안다.

30년 전, 처음 라디오에서 흘러나오는 목소리를 듣고 단숨에 팬이 되었다. 지금도 멋지지만, 그때는 조금 더 높은 톤의 목소리였지.

저 배우의 이름을 소중한 보물이라도 되는 것처럼 계속해서 외우고 노트에 써보기도 하면서 두근거리는 마음만 간직해오다 우연히 친구에게 빌려 읽게 된 잡지에서 드디어 얼굴을 봤을 때 나는 양손으로 입을 가리고 소리를 질렀다.

내가 상상하던 왕자님 그 자체였다!

당시 유복한 집에서 살던 친구가 학교에 잡지를 가지고 오면 맛있는 반찬을 주는 걸로 빌려 읽을 수 있었는데, 양손에 잡지를 들고 읽던 그 자리에서 내가 얼마나 호들갑을 떨었는지 주변에 모여있던 친구들 모두 귀를 막을 정도였다.

잡지 한 권을 살 여력은 안 됐으니, 친구에게 사정하여 친구의 첫사랑에게 건네줄 학 천 마리를 대신 접어주는 조건을 걸고 그 배우가 나오는 페이지 3장을 찢어 올 수 있었다.

그렇게 친구의 첫사랑이 이루어졌고 나의 첫사랑도 이루어졌다. 물론 나는 닿을 수 없는 배우였지만.

그 배우는 드라마에 단역으로 종종 얼굴을 비추긴 했지만, 주연을 맡기는 어려운 것 같았다.

그렇게 봄에 꽃이 지듯 내 첫사랑도 빛을 잃고 세월 바람에 사라져갔다. 몇 번의 겨울이 더 지나가고 더는 첫사랑이라는 단어조차 쓸 일이 없을 나이에 우연히 그 배우를 다시 만났다. 지금처럼 빨래를 개면서였다. 당시 막 이사를 했을 때니까 아들이 갓 3살이 됐을 무렵이었을 것이다.

우리 부부는 대출받아 작지만, 아늑한 빌라에 이사했다. 그전까지는 해가 전혀 들지 않는 반지하에서 살고 있었기 때문에 버스 정류장에서 20분이나 걸어 올라가야 하는 오르막 위로 이사를 하였더라도 해가 든다는 것에 심장이 터질 듯이 기뻤다.

이전에 쓰던 전자제품과 가구들도 모두 변함이 없었지만, 괜스레 설레는 마음에 구석구석 물걸레로 닦아 놓았었다. 8평 정도 되는 거실에서 TV를 틀어놓은 채 나는 빨래를 개고 있었고 아들은 내 옆에서 장난감을 조립하며 놀고 있었다. 이사를 온 지 일주일이 채 되지 않았던 시점이었기에 어딘지 모르게 묘한 청결감과 어수선함이 섞인 공기가 집 안을 가득 메우고 있었다. 그래서인지 그 무렵의 나는 낯선 기분을 외면하고 싶었기 때문에 늘 TV를 틀어두고 있었다.

보고 싶어서 틀어둔 TV가 아니었기에 그저 고요한 집 안에 소리라도 채울 생각으로 눈길도 주지 않고 있었는데 어디서 많이 듣던 목소리가 들려왔다.

"어?"

시간은 순식간에 나를 그날의 교실로 되돌려 놓았다.

마음속에 잠자고 있던 어린 내가 고개를 들고 기쁨의 환호성을 지르는 것이 느껴졌다.

'이걸 내가 어떻게 잊겠어!'라는 말이 입 밖으로 튀어 나갈 뻔했다.

나는 돌잔치라고 적혀있는 노란 수건을 접다 말고 TV에서 시선을 뗄 수 없었다. 나의 첫사랑이 영화에 나오고 있었다. 영화 속의 배우는 어둠의 조직에서 중간 두목을 맡은 것 같았다. 서늘한 눈매를 가지고 있더니 '결국 이런 역할을 맡게 되는구나!'라고 생각했다. 정말 잘 어울렸다. 그동안 맡았던 선생님 역할이나 운동선수 역할보다 저 배우의 매력이 몇 배는 더 크게 느껴졌다. 나이가 들어 눈가 근처에 주름이 생겼지만, 오히려 그것이 그의 매력에 멋을 더했다. 저 사람은 오히려 나이가 드는 것을 감사해야 하는 것 아닌가 싶을 정도로 젊었을 때보다 훨씬 더 매력적이었다. 드디어 만개한 꽃처럼 그는 자신이 가장 멋있는 형태를 갖춘 것 같았다.

영화 속 줄거리는 난폭했다. 함께 지내온 동료를 배신하며 기습공격을 하기도 하고 심지어 땅에 구덩이를 파 그 동료를 묻기도 했다. 처음으로 맡는 위험한 역할임에도 배우는 물 만난 고기처럼 능숙하게 험한 말과 교활한 표정을 지어 보였다.

지금에야 촌스럽다고 하겠지만, 당시에 유행하던 갈색 가죽 재킷과 뒷머리를 길게 기른 머리가 위험해 보이는 그의 분위기를 완성했다.

동고동락하던 동료를 배신하고 땅에 묻는 그 순간 배우는 동료를 보고 쭈그려 앉아 '미안하게 됐다, 친구야.'라고 웃으며 인사하는 것으로 영화의 중반부는 극에 달한다.

순간 클로즈업되던 배우의 얼굴을 보고 나는 빨래를 내던지고 작게 소리를 질렀다. 잡지에서 이 배우의 얼굴을 확인하던 그 순간처럼.

소녀의 두근거림도 잠시, 나는 옆에서 작게 달그락거리는 장난감 소리를 듣자마자 순식간에 엄마로 변했다.

현실로 돌아온 그 순간과 동시에 아차 싶었다.

'아이가 보기에 너무 폭력적인 영화야!'

초보 엄마였지만 아마 이렇게 하는 것이 맞을 거라는 생각이 들었다. 그저 본능이었다. 아이에게 이런 걸 보여주고 싶지 않다는 것은.

나는 서둘러 마음을 가다듬고 TV를 껐다.

가만, 저 배우 손에 들려 있던 단면 칼 나도 있지 않던가? 생각난 김에 오늘은 눈썹연필을 깎아야겠다.

잠시 동질감 같은 게 느껴질 때, 꺼진 TV 화면으로 아들의 맑은 눈과 시선이 마주쳤다. 이사를 오기 전 반짝반짝 닦아 둔 탓인가.

아이의 어리둥절한 표정까지 전부 선명했다.

3 : 토마토

# 밤 산책

# 1.

어릴 적 비디오테이프로 봤던 그림자 영화를 떠올리자, 발걸음이 가벼워지는 것을 느꼈다. 일반 만화영화와 달리 주인공들을 비롯해 건물과 물체들은 모두 까만 그림자이고 뒤에서 비추는 배경들이나 주인공들의 액세서리가 화려한 색으로 변하는 영화였다.

주인공들의 생동감 넘치는 표정은 없었지만, 오히려 그윽한 그 매력에 이끌려 몇 번이고 반복해서 비디오테이프를 돌려봤다. 처음엔 기괴한 관절의 움직임에 살짝 거부감이 들었지만, 오히려 그림자 너머의 세계를 마음껏 상상할 수 있다는 것에 만족감이 팽창했다.

정직하게 강렬한 색과 칠흑 같은 검은색의 대비가 더욱 도드라져 절제된 화려함의 극치를 느낄 수 있었다. 그림자 영화에서처럼 나는 지금 짙은 어둠과 밝은 색채의 조화 사이에 있다.

흐트러짐 없는 각도로 높게 서 있는 새카만 건물들과 조명처럼 밝은 빛을 내뿜으며 일정하게 나열된 유리창들을 올려다보았다. 아마 누군가가 멀리서 보면 나도 그림자 애니메이션의 주인공처럼 관절이 움직이는 검은색 그림자 중 하나일 것이다.

내가 주인공인 그림자 애니메이션은 동화성과는 거리가 멀 테고, 아마 고독한 밤거리를 보여주는 탐정물이 어울릴 것이다. 무대 위의 스포트라이트처럼 나만을 비추는 조명 아래를 걷는 것이다. 배경음악은 빈티지 주크박스에서 흘러나올 법한 흐릿한 음악이 어떨까. 냉장고를 닮았지만, 그보다 작고 어린아이의 키보다는 큰 그런 뮤직박스에서 현란한 불빛과 함께 아련한 음악이 나오는 것이다.

그도 그럴 것이, 오늘 나는 무릎 아래로 내려오는 짙은 갈색의 트렌치코트를 입었고 목이 전부 가려질 정도로 코트의 깃을 세우고 걷고 있었다.

누아르 물의 탐정처럼 각 잡힌 중절모를 쓰진 않았지만, 잔머리 하나 내려오지 않게 머리를 고정했고, 아무도 없는 밤의 공원을 걸을 때마다 깨끗한 구두 굽 소리가 공원을 가득 메우듯 울렸다.

하늘에 닿을 듯 높게 솟은 빌딩들에는 아직 많은 창문에서 불빛이 새어 나오고 있었지만, 빌딩 숲 한가운데의 이 공원에는 산책하는 사람도 보기 어려웠다. 주택가가 아니라 기업 건물이 중심으로 모인 지역이기에 더욱 그럴 것이다. 화려하고 빛나는 야경의 건물들 사이에서 어둡고 고요한 공원은 누구도 보지 못하는 다른 세계가 잠시 열린 것 같았다.

퇴근한 사람들이 농구나 조깅을 즐기는 시간도 지난 지금, 달은 잔뜩 몸집을 부풀려 가장 높은 빌딩보다도 더 높게 떠올라 공원을 내려다보고 있었다.

이따금 보이는 사람들은 귀갓길을 재촉하느라 그들과 비슷한 정장 차림의 나를 이상하게 생각하지 않았다. 나를 보지 않는 척하면서 곁눈질로 흘겨보는 달의 눈빛을 애써 모른 척하며, 가을 냄새가 섞인 밤공기를 맡으며 나는 그렇게 자연스럽게 걸었다.

내가 발걸음을 옮기는 곳은 공원의 서쪽 출구.

서쪽 출구 주변으로는 주차장이 없었기에 나는 남쪽 출구에 차를 세워놓고 걸어가고 있다. 평소에 이 공원에 올 때면 늘 관리사무소가 있는 동쪽 출구를 이용했지만, 오늘은 특별한 날이다.

축구장의 2배는 넘는 크기의 공원은 한참을 걸어가야 했지만 이유 있는 밤 산책이 될 거란 생각에 개의치 않았다.

반쯤 가을이 섞인 바람이 나무를 흔들며 옷을 갈아입기를 재촉하고 있었다. 고요하고 고귀한 느낌이 들었다. 숨을 깊게 들이마시자, 내 몸에도 아주 조금 가을이 들어왔다.

계절에도 향기가 있다는 말을 어디선가 들은 적이 있다. 그리고 향기는 기억의 손을 잡고 걸어온다. 바람에 아주 옅게 실린 가을 냄새를 맡자마자 작년에 밟았던 낙엽의 소리가 들리는 듯했다.

시원하고 맑은 향기의 가을을 코로 만끽하며 걷고 있노라니 문득 '그것'이 잘 있나 싶어 오른쪽 코트 주머니에 손을 넣었다.

'그것'은 그대로 있었다. 손에 느껴진 '그것'의 감촉을 느끼며 나는 몸 안에 들어왔던 가을을 다시 내뱉었다.

길게 심호흡하던 나는 여유 부리던 다리를 재촉해 다시 서쪽 출구를 향해 강하게 발을 내디뎠다.

내 인생이 소설이나 영화로 만들어진다면 아마 지금 이 장면은 꼭 쓰일 것이다. 나는 영화광이라는 별명과는 거리가 멀지만 좋아하는 취향만은 확실하게 알고 있다.

달콤한 긴장감이 흐르는 블랙 코미디. 그리고 바로 지금 나의 모습이 그런 영화의 시작에 어울린다고 느껴져 작게나마 두근거리고 있다.

스톱모션은 어떨까? 찰흙으로 만든 인형들을 조금씩 움직여가며 사진을 찍고 그 사진들을 모아 차례대로 이어 보면 찰흙이 움직이는 것처럼 보이는 기법이다. 스톱모션 기법으로 촬영한다면 그림자 영화보다는 클레이 애니메이션으로 지금의 내 모습을 상상하는 것이 훨씬 더 자연스러웠다. 그렇다면 어딘지 모르게 나를 꿰뚫어보고 있는 듯한 저 유난히 밝고 둥근 달은 노란 찰흙보다는 투명한 셀로판지를 구겨 표현하는 게 더 어울릴지도 모르겠다.

게다가 스톱모션 기법을 사용한다면 중간마다 끊어지는 순간에 무슨 일이 있었는지 아무도 모르는 것도 마음에 든다.

내가 '그것'을 꺼내 드는 순간에 보름달은 과연 나를 보고 모르는 척을 해 줄 것인가. 갑자기 코끝에 압력이 모이는 것처럼 찡했다. 콧물이 살짝 나오려는 것을 들이마셨다. 나의 변화를 알아차렸는지 가을이 섞인 바람은 코트 사이로 비집고 들어와 나를 더 움츠러들게 하였다. 나뭇잎을 붉게 물들인 솜씨로 나의 코끝을 빨갛게 만들려는 것이다.

추위를 잊기 위함인지 감정을 떨치기 위함인지 나조차도 알지 못했지만, 나는 서쪽 출구까지 15M라는 표지판을 보자마자 하늘을 향해 한 번 더 길게 심호흡했다.

서쪽 출구에 도착해 '그것'을 꺼내 들 생각을 하니 호흡이 불안정하다.유난히 크고 둥그런 달과 눈이 마주쳤다. 보름달이라는 단어를 사용하기엔 더 크고 둥그렇지 않나?

재미있는 일이 일어날 것을 예상한 것처럼, 그리고 그것을 훔쳐보기라도 하려는 것처럼 달은 성큼 더 땅에 가까워진 것 같았다.


2


서쪽 출구로 나와 2분 정도 걷다 보면 정면으로 보이는 작은 나무집을 보면서 '강 팀장'은 동네 꼬마들이 아지트로 쓰기 좋은 곳이라고 생각했다. 난쟁이의 집처럼 생긴 나무집은 높이가 2M 정도에 1평 남짓한 크기로, 옅은 나무색을 띠고 있는 데다가 뾰족하게 지붕을 만들어 두니 정말 동화 속에 나올 법했다.

서쪽 출구 쪽으로 난 아치형 문에는 성인 주먹만 한 투박한 쇠 자물쇠가 걸려있었고 검붉은 녹이 슨 것으로 보아 꼬마들의 출입은 한 번도 이루어지지 않은 것 같았다. 애초에 이런 으슥한 곳에 아무리 귀여운 집이 있다고 한들 동네 꼬마들은 이 집이 있는 줄도 모를 것이다. 아치형 문을 마주 본 상태로 오른쪽으로 고개를 돌리자, 성인의 허리 정도 오는 높이에 총처럼 생긴 모양의 기구가 두 개 달려있었다. 꼬불꼬불한 노란 호스가 달린 그 기구는 다른 공원에 있었다면 자전거에 바람을 넣는 고마운 도구였겠지만, 여기서는 아마 자주 사용되지 않았을 거라는 확신이 들었다.

높은 나무들에 둘러싸여 있는 이곳은 서쪽 출구라는 이름을 가지고 있지만 이미 낮부터 밤보다 어두운 것이 을씨년스러운 분위기를 풍겼기 때문이다.

'강 팀장'은 녹슨 총과 같이 생긴 공기주입기를 향해 다가갔다. 두 가지의 공기주입기 중 가까이에 있는 그것을 바라보며 '한 번 꺼내어 연습해 볼까.' 잠시 생각했지만 바로 그 생각을 접었다. 일반적인 공기주입기라고는 생각할 수 없는 강력한 소리와 위력이 아직도 불빛이 새어 나오는 건물에 있는 사람들 이목을 집중시킬 테니 말이다.

'만일의 상황에 사용한다.'

'강 팀장'은 지령을 떠올리며 공기주입기에서 한 발짝 물러났다.

주변으로는 자전거를 세울 만한 작은 공간이 있었지만, 한 대의 자전거도 주차되어 있지 않았다. 햇빛이 들어온 적 없다는 듯 짙게 깔린 어둠을 보고 있자니 어제 혹은 한 달 전 밤의 어둠이 태양의 눈을 피해 달아나지 않고 이곳에 남아 어둠을 유지하고 있는 듯했다. 그만큼 깊고 고요하고 무거운 어둠이었다.

제멋대로 자라난 잡초들을 보면서 오싹함까지 느껴졌다. 무언가 주변으로 다가와 차가운 숨을 쉬고 있는 것 같이 서늘함이 느껴지는 정도였다. 그는 불안함을 날리고자 업무 내용을 떠올리며 생각을 환기하기로 했다.

다시 한번 되뇌자면 오늘의 암호명은 '강 팀장'이다.

실제 성도 강 씨가 아니고 직급도 팀장이 아니지만, 오늘 밤 그는 '강 팀장'이다.

이름과 직급 그리고 나이까지 매일 바뀌는 이 생활을 한 지도 12년째인 그는 매번 바뀌는 이름이 낯설지 않았다. 나라와 국민의 안녕을 위해 일한다는 것은 자신을 완전히 감추는 데서 시작한다고 생각하기에 몇 번이고 이름이 바뀌는 것은 불편한 것이 아니었다.

최근 공항 테러 예고를 하던 범인에 대한 정보를 넘겨주겠다는 익명의 제보가 있었다. 테러 예고의 범인을 잡는 일이야 어려운 것이 아니지만, 제보자가 존재한다면 만나보는 것이 좋다는 것이 결론이었다.

테러 예고 범을 잡는 일은 오늘 제보자를 만난 후로 잠시 미뤘다.

오늘 할 일은 간단하다. '강 팀장'이 제보자를 만나 자료를 건네받고 15분 뒤, 그가 옷 안에 부착된 무전기를 향해 암호를 말하면 된다.

그러면 각 공항에 배치된 요원들에게 전달된다. 어떤 암호를 말하느냐에 따라 행동은 달라지겠지만 말이다. 아마 보안 검색이 강화되는 것은 당분간 지속될 것으로 예상한다.

이미 제보자에 관한 정보는 모두 알고 있다. 그는 영화 촬영 스텝으로 일하고 있고 공항에서 촬영 준비를 하던 중 우연히 테러에 대한 정보를 얻게 된 사람일 뿐 위험한 인물이 아니지만 모든 상황에 의심하는 것이 좋으니 미리 공기주입기를 무기로 사용할 수 있게 바꿔둔 것도 그 때문이다.

'강 팀장'이 도착하기 30분 전에 업무지원팀에서 나와 공기주입기를 무기화시켰다고 하니 성능은 믿을 만할 것이다.

제보자에게는 '강 팀장'을 찾으라는 메시지가 전달됐다고 한다. 아마 그는 나에게 와서 신분을 묻고 자료가 든 USB를 전달할 것이다. 그동안 해 왔던 일에 비하면 간단하고 평화로운 일이었지만 유난히 손바닥에서 땀이 멈추지 않았다.

두려움보다는 초자연적인 문제였다.

'강 팀장'은 이런 날이면 더욱 정신을 강하게 붙잡아야 한다고 스스로 느끼고 있었다.

바람은 불지만 구름은 움직이지 않는 무언가에 홀릴 것 같은 날.

할머니가 늘 하시던 말씀을 떠올렸다. 이런 날에 이 아이는 정신을 똑바로 차리지 않으면 귀신에게 삼켜질 거라고. '강 팀장'은 일반적인 사람들보다 아주 약간 영감이 트인 정도지만 경찰과 군인을 많이 배출한 집안의 기운을 그대로 이어받은 강한 기운과 그 영감이 만나 자칫 그의 의지가 꺾인 날 고약한 귀신을 만나게 되면 분명 그 기운들이 엉켜 그를 홀려 버릴 거라고 걱정하셨다. 할머니의 할머니 윗대에 점을 봐주던 사람이 있다는 걸 아는 '강 팀장'의 어머니와 아버지도 그 말을 듣자마자 정신 수양을 외치며 '강 팀장'이 초등학교도 들어가기 전부터 무술학원에 보냈다.

'강 팀장'은 할머니의 목소리를 떠올리자 또다시 귓가에서 누군가 속삭이는 듯한 서늘한 기분이 들었다. 감각들이 예리하게 곤두서고 가슴 속 저편에서 왠지 모르게 감정이 일렁였다. 유난히 큰 보름달을 보면서 들뜬 마음이 달에 닿을 수 있을 거라는 착각까지 들었다.

'오늘은 유난히 할머니 생각이 계속 나네.'

그는 오른손으로 왼쪽 소매를 걷으며 손목시계를 확인했다. 이것도 업무지원팀에서 준비한 시계 겸 무전기지만 시계의 역할도 훌륭했다.

달빛이 유난히 강한 날이라 시곗바늘이 정확하게 자리를 옮기는 것을 보면서 그는 할머니의 목소리가 더욱 선명해진 것을 느꼈다. 돌아가시기 직전까지 '이름이 차다.'라며 내 손을 잡고 주무르셨던 분이다. 증조할아버지가 지어주고 가신 이름이 그의 사주와 맞지 않았지만 어쩔 수 없이 붙여주신 모양이었다.

업무로 인해 다양한 이름을 사용하는 그는 얼마 전 시골에 사는 어머니와의 전화 통화에서 '이름을 바꾸면 따뜻해진다.'라는 말을 들었다.

사주와 이름에 찬 기운이 너무 많다고 이야기를 시작한 어머니는 '이제 개명을 반대할 사람이 없잖니!'라며 이름을 바꿔야 결혼도 할 수 있다며 통화를 이어 나갔다.

결혼이라는 단어가 나오면 어떤 이야기를 하고 있든지 간에 그 쪽으로 방향이 틀어져 버린다. 이름 얘기를 하다가 또 결혼에 관한 잔소리로 연결되었기 때문에 어떤 이름으로 바꾸는 것이 좋을지 듣지 못했다. 애초에 그런 것을 믿는 사람도 아니지만, 오늘은 유난히 신경이 쓰였다.

찬 기운이 너무 많다고 하면 불이 들어간 한자를 써서 이름을 바꿔야 하나? 아니면 순수한 한글로 이름을 바꾸는 것이 좋을까. 엉망진창으로 머릿속을 헤치고 다니던 생각들은 나이 40이 다 되어가는 데 한자까지 바꾸면 변경해야 할 많은 것들이 생각나자 움직임을 멈춰버렸다.

'이제 와서 이름을 바꾸기에는 너무 늦지 않았나?'

'강 팀장'은 나무로 된 작은 집을 등 뒤에 두고 서쪽 출구를 응시하면서 생각했다.

업무지원팀에서 이름을 새로 만들 때마다 따뜻한 기운이 들어간 한자를 써서 만들어 달라고 하면 어떨까. 본명보다 코드명으로 불리는 날이 더 많기에 그는 그걸로 만족하기로 정했다.

"이름을 바꾼다…."

혼잣말처럼 읊조렸다. 생각이 많을 때 늘 이렇게 혼잣말하는 것이 '강 팀장'의 습관이다.

시원한 바람이 몇 번 그를 훑고 지나가자 얇은 셔츠에 카디건을 걸쳤을 뿐인 그는 몸이 급격히 차가워지는 것을 느꼈다. 귀신에 관한 생각을 해서 그런지 평소보다 더욱 오싹할 만큼 싸늘하게 느껴지는 밤공기였다.

그는 소품인 안경을 한 번 추어올렸다.

제보자를 만나면 자연스럽게 대화를 이어나가며 최대한 많은 정보를 얻어야 하기에 어리숙한 태도로 상대의 경계를 허물기로 한다.

새벽 2시가 가까워진다. 이제 곧 익명의 제보자가 나타날 것이다.

그는 최대한 표정에서 감정을 감추고 자세를 고쳐 섰다.

'누군가에게 등 떠밀려 나오게 된 어리둥절한 강 팀장'의 연기를 시작한다.


3


중고 거래에 돈을 주고받는 것 외에도 물물교환이라는 게 있다.

나도 처음 해보는 것이지만 한 번 해보고 괜찮다고 느껴진다면 앞으로도 종종 이렇게 물물교환할 의향이 있다.

내가 가지고 나온 것은 오래된 애니메이션 DVD다.

DVD로만 영상매체를 감상할 수 있는 시대는 이미 지났고 간단하게 집에서 리모컨 버튼만 누르면 영상을 쉽게 접할 수 있지만, 굳이 이것을 원하는 사람은 아마 수집가겠지. 나도 결과적으로는 비슷한 이유로 이걸 가지고 있게 되었으니까, 상대방에게 자세하게 묻지는 않았다. 조금 전, 이것을 팔기 위해 중고 거래 애플리케이션에 판매 글을 올리자마자 10분이 채 되지 않아서 메시지가 왔다.

이렇게 새벽이 깊은 시간에 답장을 바로 받을 수 있을 줄은 몰랐지만, 상대방에게서 무례함보다는 반가움과 절실함 같은 것이 느껴졌기에 나는 흔쾌히 대화를 이어 나갔다.

창고 안 상자에서 먼지를 뒤집어쓰고 있던 이 DVD는 분명 어릴 적 내가 직접 집어 들었었다. 하지만 성인이 되면서 취향이 바뀌었고 오래된 DVD 재생을 위해 시간과 돈을 쓸 열정이 없다.

가격은 제시해달라고 올렸다. 버리느니 오히려 천 원으로라도 바꿀 수 있다면 그걸로 좋았다. 그런데 만 원에 사겠다니. 안 팔 이유가 없었다.

판매 글에 메시지를 보냈던 사람은 우리 집에서 멀지 않은 곳에 살고 있었고 둘 다 잘 생각이 없었기에 옷만 입고 근처 공원 서쪽 출구에서 만나기로 했다. 정확히 중간 지점이 그곳이었다.

집에서 걸어서 30분 정도 거리에 있는 큰 공원은 운동 삼아 가볍게 나가기 좋았지만, 서쪽 출구라는 곳도 있다는 것을 오늘 처음 알았다. 위치는 정확히 모르지만, 스마트폰으로 지도를 보거나 공원 내의 안내판을 보면서 찾는다면 어렵지 않을 것 같았다.

가볍게 걸칠 만한 후드집업을 입고 지퍼를 채우는 도중 메시지가 도착했다.

[그런데 갑자기 왜 파시는 거예요?]

비꼬는 게 아니라 정말 궁금해서 묻는 것 같았기에 별생각 없이 답장했다.

[희귀동전을 모으는 취미가 생겼는데 취미 생활을 위해 미리 돈을 모아두려고요.]

그러자 그 사람은 '이런 거요?'라면서 사진을 보내왔다. 습관적으로 발행 연도를 살피자 1966년도의 동전이었다. 게다가 10원. 희귀동전을 모으는 사람이라면 10원짜리 동전이 1966년에 최초 발행되었다는 건 모두 알 것이다. 지금은 발행 중단된 바로 그 동전이다.

[이 동전과 DVD를 교환해도 될까요?]

30만 원은 줘야 할 것 같은 동전을 DVD로 교환하자니 아무리 희귀동전을 모르는 사람이라고 해도 부담스러워 받을 수 없었다.

[그 동전은 희귀동전을 모으는 사람들에게 파시면 돈을 더 받을 수 있어요. 저는 그럴 돈으니 그냥 DVD 값 만 원만 받을게요.]

[저한테는 그 DVD가 더 값지거든요. 이 동전은 주운 것인데 색깔이 특이해서 가지고 있었을 뿐이에요. 서로에게 의미가 있는 물건을 교환할 수 있다면 더 좋은 거 아닐까요?]

확실히 나에게 저 동전은 가치가 있다. 1966년도는 어머니가 태어난 해이기도 하니까.

과한 친절을 베푸는 상대에게 무슨 꿍꿍이라도 있는 게 아닐지 잠시 걱정했지만 곧이어 도착한 메시지로 경계와 의심은 와르르 무너졌다.

[부담되셨다면 무시해 주세요. 그 DVD를 살 수 있다는 게 기뻐서 뭐라도 해드리고 싶은 마음에 부담드릴 수도 있다는 생각을 못 했

어요. 동전과 만 원을 둘 다 가져갈 테니, 고민해 보시고 만나서 결정해 주세요. 저는 뭐든 좋아요.]

속내를 이리 드러내서야 요즘 세상에 사는 데 어려움이 없을까 살짝 걱정했지만, 오히려 이런 순수하게 기뻐할 줄 아는 친구가 주변에 있으면 즐거울 거란 생각이 들었다. 또래라면 친구가 되자고 제안해 봐도 될까, 라고 생각하며 답장을 보냈다.

[좋습니다.]

가볍게 뛰면서 서쪽 출구에 도착했다. 손에 든 DVD를 보면서 이 DVD를 손에 넣었던 때를 다시 한번 떠올렸다.


초등학생 시절 우연히 사촌 형이 빌려 온 이 DVD를 함께 보고는 적잖이 당황했다. 찰흙으로 빚은 인형이 움직이는 애니메이션을 처음 봤기 때문이다. 일반적인 애니메이션과 움직임이 다르다는 것이 신기하게 느껴졌었다. 하지만 거기서 끝. 더는 파고들지 않았다.

오히려 비디오 가게에 가면 늘 비디오테이프나 DVD보다도 만화 책을 먼저 집어 들던 나였기에 '오~. 신기하네.' 정도로 감탄사만 뱉고 끝난 거다.

고등학교의 방학이 시작되자마자 할머니께서 돌아가셨기 때문에 장례를 치르고 시골에 2주간 머물다 오랜만에 비디오 가게에 간 나는 입구에 붙어있는 종이를 보고 한참 서 있었다.

달력 한 페이지를 찢어 그 뒷면에 쓴 글씨였다.

<폐업 예정>이라고 시작되는 투박한 글씨 아래로 그동안의 성원에 감사한다며 비디오테이프나 DVD 그리고 만화책을 판매하겠다고 쓰여 있었다. 아마도 방학 시작과 동시에 판매를 시작한 것 같았다.

나는 가슴이 철렁했다. 당시 동네에 여러 비디오 가게가 이렇게 갑자기 폐업하고 있었지만 그건 어디까지나 다른 동네 이야기라고만 생각했다.

나의 어린시절이 한순간에 사라지려 하고 있었다. 나의 성장보다 시간이 더 빨랐다. 처음 느끼는 감정에 나는 지금 당장 여기서 뭘 하나라도 사지 않으면 어린 시절 추억이 담긴 이곳을 기억할 수 없다는 걸 본능에 따라 알았다. 나를 두고 시간의 저 너머로 사라지려는 이 가게를 옷자락이라도 쥐듯이 내 손에 쥐고 싶었다.

주머니 사정도 생각하지 않고 무작정 가게 안으로 발을 내딛자, 계산대에서 인기척을 느낀 주인아저씨는 내 얼굴을 보더니 아무 말도 하지 않고 늘 그렇듯이 시큰둥한 표정으로 읽던 신문을 마저 읽었다.

나는 만화책 판매대에 가서 살 수 있을 만한 만화책이 있는지 살폈다. 인기 있는 만화들은 이미 사라지고 없었지만, 남아있는 만화 중에 재미있게 본 만화가 남아있었다. 반가움이 폭죽처럼 터졌다. 무려 신작이었다. 횡재라는 생각에 서둘러 만화책 한 권을 뽑아 들고 계산대로 향하다 머리를 한 대 맞은 듯한 멍한 기분이 들었다.

'이 가게가 사라지면 이제는 한 권씩 빌릴 수 없잖아?'

시리즈 전체를 구매해야만 했다. 역시 신권이 남아있던 이유가 있었다. 완결이 아직 나지 않은 이 만화책은 무려 40권 가까이 되는데 학교 앞에 있던 이 가게의 특성상 손님 대부분은 내 또래다. 이 시리즈 전체를 살 수 있을 리 없고 이걸 사서 엄마 몰래 보관할 장소도 마땅치 않을 것이다.

'언젠가 돈 많은 어른이 이 시리즈를 구매해 주겠지.'

나는 그렇게 믿었다. 그렇게 믿고 싶었다. 아쉽고 씁쓸한 마음에 만화책을 원래 있던 자리에 꽂아 넣으며 동네 사람들에게 외치고 싶었다.

'모두 이 가게를 조금씩 조각조각 집에 가져가서 영원히 기억해 주자고요!'

지금이야 터무니없다고 생각할 만한 말이지만 그때는 할머니의 장례식장에 다녀온 지 얼마 되지 않아서였는지 마음속의 감정이 물이 묻은 팔레트의 물감처럼 굳어있기를 그만두고 흐르는 대로 흐를 때였다. 할머니와 자주 이야기를 나눠 본 적은 없지만, 아버지의 말에 따르면 할머니는 기운이 맑은 사람이라 영감이 좋은 탓에 고속도로 휴게소에서 버스 기사의 어깨에 올라탄 귀신을 보고 쫓아주거나 비가 오는 날이면 물장난하는 도깨비를 보는 사람이었다고 한다. 그런 사람의 집에서 며칠 잠을 자고 나온 탓인지 내 감정도 맑고 투명해졌던 것 같다. 내 인생에서 감정이 마음껏 흘렀던 적은 그때가 마지막이다.

나는 만화책 판매대를 등지고 평소에 가지 않았던 DVD 코너로
갔다. 좋아했다기보다는 그저 DVD라면 한 개만 사더라도 괜찮지
않을까, 해서였다. 비디오테이프와 마찬가지로 DVD도 비어있는
공간이 여러 군데 보였다. 인기가 많은 작품은 대부분 나간 후였다.
방학이 시작하는 날 왔다면 좋았을 텐데.

그렇게 아쉬워하던 찰나에 눈앞에 이 DVD가 보였다.

찰흙으로 만든 사람들의 어딘가 어설픈 움직임의 애니메이션.

눈에 보이는 것 중에 그나마 한 번이라도 본 적이 있는 것이라곤
이것뿐이었다. 일단 가져갔다가 사촌 형이라도 주면 되지 않을까,
싶어서 접어들었다. 계산을 해 주는 심드렁한 사장님을 보면서 그
동안 감사했다고 인사를 했다. 잠시나마 그 무뚝뚝한 얼굴에 미소
가 번지는 듯했지만 바로 들어온 대학생 형들 때문에 금방 다시 차
가운 표정으로 돌아갔다.


서쪽 출구에 도착해 DVD를 만지며 그때 생각을 하니 가슴안에
서 무언가 부드럽게 춤을 추는 것 같은 기분이 들었다. 하지만 아쉽
지 않았다. 나는 DVD로 그 가게와 사장님을 기억하고 있던 것이 아
니었다. 내 어린 시절을 대변하는 그 비디오 가게는 이미 편의점으
로 바뀐 지 오래지만 내 안에서는 아직 비디오 가게인 채로 있으니
그걸로 됐다는 걸 잘 알고 있었다.

순간 인기척이 느껴졌다.

공기주입기 앞에서 안경을 추어올리는 사람이었다.

'저 사람인가?'

가까이 다가가 말을 걸고자 했지만 바로 메시지가 도착했다.

[5분 후 도착할 것 같아요.]

5분이라면 아마 이미 공원 내에 있을 것이다.

가벼운 후드집업을 입고 나오길 잘했다고 생각했다. 조금 쌀쌀하긴 하지만 좋은 친구를 한 명 사귈 수 있을 것 같은 새벽이다.


4


저기, 난 죽기 전부터 여행이 좋았거든?

당연히 유령이 되어서도 여행은 포기 못 하겠더라고. 게다가 이런 몸으로 밤 산책을 하다 보니까 새롭게 안 사실이 있어. 오늘 떠 있는 저 큰 달 보이지? 유난히 땅에 가깝게 얼굴을 들이민 저 자태 말이야, 장난을 치러 내려오는 거야. 그렇다고 위험하진 않아.

그저 달빛이 눈동자에 들어가는 순간 봐야 할 것은 가려지고 듣지 말아야 할 것이 들리는 정도야.

덕분에 여행 모임 회원들을 기다리면서 무료했는데, 간단한 수다를 떨 수 있을 것 같네? 내가 보기엔 당신은 내가 하는 말이 전부들릴 테니까 말이야.

최근에 만든 여행 모임을 자랑하고 싶거든! 작년 겨울이 끝날 때부터 여행을 좋아하는 유령들을 모으고 있어. 우리의 여행도 그저 평범한 여행이야. 버스를 타고 전국으로 여행을 다녀. 하지만 버스터미널이 아닌 공원에서 만나서 이동하는 게 좋지, 안전을 위해서.

사람이 많으면 분명 우리를 볼 수 있는 사람이 섞여 있을 수도 있거든. 버스터미널처럼 밝은 곳에서 우리를 볼 수 있는 사람과 마주치기라도 하면 어떡해. 심지어 그 사람이 기운이 너무 센 사람이라 우리가 작아지기라도 하면? 오, 상상만 해도 무서워. 마른오징어가 불 위에서 타듯이 쪼그라든다고! 다시 펴지기까지 얼마나 오래 걸리는 줄 알아?

그래서 인적이 드문 공원에 다 같이 모여서 비스터미널로 이동하는 거야. 버스터미널에서는 빈자리가 많은 버스를 골라 타고 가. 평소라면 심야버스를 탔겠지만, 오늘은 첫차를 타야 할 것 같네.

우리가 탄다고 해서 버스가 전복되는 거 아니냐는 사람들도 있었는데 전혀 그렇지 않아. 사고는 무섭단 말이야. 오히려 버스 기사가 졸지 않게 옆에서 바람을 불거나 작게 손뼉도 쳐.

게다가 동물들은 우리가 타고 있다는 걸 알아챌 수 있어서 고속도로에서는 고라니 같은 동물들이 버스와 충돌하는 일이 거의 없단 말이지. 오히려 잘 다녀오라고 눈빛으로 인사를 주고받아. 야간에 휴게소에 들를 때도 있어. 음식을 먹지는 못하지만, 그곳에 사는 유령들과 인사도 하고 여행 이야기도 들려주며 시간을 보내는 게 재미있어. 보통 걔들은 어딜 돌아다니는 것보다 한자리에서 계속 생활하는 애들이 많아서 세상 곳곳의 이야기를 들려주면 반가워 해. 지박령이라고 부르지?

기사님 어깨 안마라도 해 주고 싶은데 꾹 참고 있어. 내가 혼자 여행을 다니던 시절에 우연히 본 게 있거든? 그때도 버스가 휴게 소에 들어가자마자 유령들은 각자 친분이 있는 지박령들을 만나러 내리더라고. 나는 당시에 지박령 친구도 없고 버스 여행이 익숙하 지 않아서 어색하게 앉아 창밖만 보고 있었는데, 맨 뒤에 앉았던 유 령이 기사님 어깨 안마를 하기 시작하더라?

그런데 순간 '어깨 위에 유령이 있다!'라고 지나가던 할머니가 소 리치는 바람에 난리가 났었어. 하필 그 밝은 데서 우리를 볼 수 있 는 사람을 만날 게 뭐람. 그 할머니가 운전 기사님 어깨에 소금을 뿌려대는 바람에 우리는 결국 그 소금을 피해 다음 날 야간 버스가 올 때까지 휴게소에 밤새 있었지, 뭐야.

뭐, 나름 재미있긴 했어.

요즘은 신입이 들려주는 이야기가 가장 재미있지만 말이야.

아, 그렇지! 우리 모임에 신입이 들어왔어. 죽기 전에는 영화에 푹 빠져 살았던 사람이래. 저번 주에는 그림자로 된 영화에 대해 말 해줬는데, 그렇게 재미있는 영화인 줄 알았다면 살았을 때 자주 볼 걸 그랬어.

살았을 때 못해서 후회하는 게 많아. 그때 나 예뻤는데!

안 그래도 오늘은 각자 살아있을 때 사진을 가져오기로 했어.

큰 거 말고 주머니에 쏙 들어가는 정도로 작은 거 말이지.

내 사진 보여줄까? 잠깐만 가방 좀 찾아볼게.

그런데 말이야, 내 이야기 듣고 있어? 달빛이 눈에 가득 찬 게 확실히 내가 보이거나 들릴 거로 생각했는데?

게다가 몸 주위로 차가운 기운이 가득하잖아!

내 이야기를 들을 수 있는 사람인 줄 알고 수다나 같이 떨 겸 열심히 옆에서 떠들고 있었는데 전혀 못 들은 것 같은 표정을 하고 있으면 어떡해. 심지어 당신 그 옷부터 시작해서 이름까지 모든 게 진짜 당신 것이 아니네? 뭐 하려는 거야?

어색한 그 안경을 자꾸 추켜올리면서 '이름을 바꾼다.'라고 혼잣말하면 내가 오히려 더 무섭거든!

5

저 수다스러운 유령이 서늘한 인간의 옆에 서서 혼자 떠드는 걸 언제까지 봐야 할까? 동물과 유령은 서로 볼 수 있다는 걸 모르는 건가? 내가 가까이 왔는데도 전혀 눈치를 채지 못하고 있을 정도로 수다를 떠는 걸 보면 아마 저 유령은 어지간히 심심했나 보군.

뭐, 나도 저랬었지만. 나도 다른 고양이들처럼 심심할 때는 책을 읽는 사람들의 뒤에 조용히 앉아 그들의 책을 함께 읽거나 눈을 감고 대화를 엿듣거나 하던 때가 있었지만 '그날' 이후로는 인간과 가까이 가는 것을 상상만 해도 등에 난 털이 곤두선다.

며칠 전, 그날도 이렇게 시커먼 밤이었지.
몇 겹의 밤이 겹쳐 쌓은 것처럼 검고도 검은 밤.
그날도 얇은 달빛을 받으며 한가로이 공원을 걸어 다녔지.
평소의 사람 없는 공원은 나무가 바람을 타고 춤을 춘다거나 쥐나 고양이가 달리면서 나뭇가지를 밟는 등 그 나름대로도 상당히 소란스럽다. 하지만 그날은 뭐랄까, 모두가 숨죽이고 눈짓만 주고받는 그런 밤이었지, 아마.

그날도 낮잠을 오래 잤기에 뻐근한 몸을 풀기 위해 일어나자마자 허리를 쭉 늘이며 기지개를 켜자 금방 몸이 가벼워졌던 기억이 선명하다. 그리고 털 정리를 하고 있을 때 그 사람을 만났다. 유난히 사람이 없는 서쪽 출구에서 사람을, 그것도 이 시간에 만난다는 것은 나로서도 굉장히 당황스러웠기 때문에 나는 그 자리에서 굳어버렸다. 서쪽 출구 앞 공기주입기가 있는 나무집을 지나 큰 나무들 아래에서 그 사람은 내가 뒤에 있다는 것도 모르고 열심히 땅을 파고 있었다. 쪼그려 앉은 뒷모습은 반복적이고 기계적이었다.
가끔 다니는 조경 담당자들이 들고 다니던 것과는 어딘지 모르게 묘하게 다른, 색깔조차 날카로워 보이던 그 원예 모종삽이 그 사람 옆에 아무렇게나 던져진 것으로 보아 처음에 굳은 땅을 파낼 때만 쓰였던 것 같았다.

나는 조심스럽게 그 사람의 옆으로 다가갔다. 그 사람은 손을 써서 일정한 속도로 땅을 파냈다. 하지만 어둠의 일부 같았다.

가까이 다가가서 사람인 것을 확인하지 않았다면 그저 생동감 넘치는 그림자로 보였을지도 모른다. 그 사람은 머리부터 발끝까지 어둡기가 같은 검은색 옷차림이었다. 쪼그려 앉아도 살이 보이지 않을 만큼 목이 긴 양말을 신은 것까지 아마 계산한 것 같았다.

땅을 파는 속도가 빠르지 않아서 큰 소리가 나지 않았다. 손톱을 사용하지 않기 위해 살짝 손을 말아 넣었지만, 비장한 표정 때문인지 조심스럽게 느껴지기보다는 오히려 능숙한 괴기함이 느껴졌다.

30센티미터 정도 땅을 파낸 그 사람은 주머니에서 무언가를 꺼냈다. 지폐를 닮은 노란 종이에 손으로 쓴 글자 같은 것이 있었다.

이 시간에 종이를 묻기 위해 저 단단한 땅을 파내는 건가?

본능에 따라 나는 눈앞에 있는 이 사람이 어딘가 찜찜한 일을 하고 있다는 것을 느낄 수 있었다.

그 사람은 새카만 밤에 나무 그늘서 그 종이를 한 번 뚫어지게 쳐다보고는 뭐라 중얼거렸다. 그리고 정성스레 접어 구덩이 가장 깊은 곳에 뉘듯 내려놓았다.

아마 그때 나와 눈이 마주치지 않았다면 그 구덩이는 삽시간에 채워졌겠지만, 그 사람은 나를 보자마자 '흐어억'이라고 소리를 내며 그대로 엉덩방아를 찧었다.

하지만 그 사람은 바로 일어나 자세를 고쳐 앉았다. 놀라기는 했지만, 나를 아는 것 같았다. 그 사람은 나를 향해 살짝 웃음이 섞인 표정으로 손을 내밀었다. 간식도 없이 흙이 잔뜩 묻은 빈 손바닥을 내려다보고 내가 좋아할 줄 알았나?

짜증이 섞인 내 눈빛을 읽었는지 그 사람은 살짝 웃고 곧 하던 일을 계속해 나갔다. 땅을 파낼 때와 다른 게 있다면 힐끔힐끔 내 쪽을 보면서 의식하는 정도로.

나 역시 이 사람과 멀리 떨어지는 것이 좋다고 생각했지만, 호기심이 불안함을 덮어버렸다.

어느 정도 채워진 구덩이는 옆에 던져두었던 삽으로 잘 다지자 금세 처음과 같아졌다. 물론 흙의 색깔이 주변과 조금 다르긴 했지만, 나뭇잎으로 덮어버리자 감쪽같이 흔적이 사라졌다.

그 사람은 개운한 듯 숨을 몰아 내쉬고는 나를 향해 웃어 보였다. 그 순간 그에게서 풍기는 향수 냄새를 맡자마자 이 사람에게는 오늘의 밤 산책이 의도된 외출이었음을 느꼈다.

"네 구역에 멋대로 들어와서 미안해. 며칠 전부터 계속 널 지켜봐 왔는데… 알고 있었니? 반갑다."

악의가 느껴지지 않는 상쾌한 표정이었지만 나는 반갑지 않았다.

"이렇게 여러 가지 기운이 뒤섞인 땅에서 좋은 땅을 찾는 가장 빠르고 쉬운 방법은 고양이가 낮잠을 자는 곳을 찾는 거로 생각했거든. 어쩔 수 없었어. 뭐, 이젠 부적 덕에 좀 달라졌을 테니 당분간 여기는 좀 서늘할 거야."

부적. 글자 같은 것을 써넣은 종이.

인간들이 평소에 사용하는 글자가 아닌 높은 건물 앞에서 종종 보이는 낯선 글자가 쓰여있는 그것이다. 언젠가 누군가 떨어트린 지갑 안에서 본 적이 있다.

"사람 같은 귀신이나 귀신 같은 사람이나 그걸 볼 수 있는 인간들이 이곳을 걷게 될 수도 있어. 효력은 한 달도 채 안 되는 정도겠지만 확실할 거야. 아마 너도 본능에 따라 이곳에 오면 안 될 거 같다는 느낌이 벌써 들었을 텐데, 갈 곳 없으면 나랑 우리 집에 가지 않을래?"

그 사람은 그렇게 말하면서 발을 들어 땅을 두 번 툭툭 쳤다. 땅이 이렇게 되었으니, 별수가 없지 않겠냐는 듯한 표정이었다.

떠돌이 고양이로 살면서 '함께 가자.'는 말을 가끔 들었지만, 술에 잔뜩 취한 사람들이거나 어린아이들이 대부분이었기에 대꾸하지 않았었다. 꽤 기뻤지만.

"오늘은 땅의 흐름에 개입하기 위해 어쩔 수 없이 손을 댔지만, 집을 뺏은 건 진심으로 미안하게 생각하고 있어. 게다가 너의 눈을 보니까 넌 왠지 좋은 땅을 잘 찾아내는 고양이 같구나. 눈만 봐도 알지. 너와 같은 뛰어난 영감을 가지고 있는 고양이를 예로부터 영물이라 부른다. 어릴 때 들은 적이 있어. 영물의 발톱이 길어지면 그것을 잘라 부적과 함께 사용하면 그 효과가 곱절은 된다고. 아, 걱정하지 마. 네 허락 없이 발톱을 자를 순 없지. 더군다나 현실성 없는 옛날이야기인걸?"

그 사람은 아예 나와 눈높이를 맞추기 위해 쪼그려 앉았다.

"나와 함께 가자. 이 땅값을 치를게."

하지만 왠지 거절해야만 할 것 같았다. 해맑게 웃는 저 인간에게 느껴지는 건 아이와 같은 천진난만함과는 묘하게 달랐다. 빛나는 눈동자 뒤로 섬뜩함이 느껴진 것을 감추고 있다는 걸 느꼈다.

나는 반쯤 고개를 돌려 구경이 끝났으니 이제 가보겠다는 눈빛을 보냈다. 그러자 그 사람은 아기를 달래듯이 양손을 들어 보였다.

"오해하지 마. 정말 너를 해하지 않아. 내가 좋아하는 영화에서는 말이지, 그림자로 고양이를 표현하는데 너는 마치 그 영화에서 <달빛 아래 밤거리를 걷는 검은 고양이>를 표현한 것 같이 생겼어. 새카만 너는 바닥에 있는 것과 꼿꼿하게 서 있는 것, 어느 쪽이 달빛에 비친 그림자인지 어느 쪽이 눈빛이 빛나는 본체인지 구별이 되지 않을 정도로 아름다워. 밤을 닮았잖니. 빛나는 노란 눈을 감고 있으면 정말 모를 거야. 그게 마음에 들어."

나는 그렇게 말하는 그 사람을 뒤로하고 다른 곳으로 자리를 옮겼다. 걸음에 도망이 섞였다. 평소보다 조금 빠른 걸음이었지만 티내지 않기 위해 표정 관리를 했다.

"씁, 섣불렀나? 여기 서쪽 출구에 사는 것 같은데 천천히 친해지자고! 어차피 더는 이 땅에서 낮잠을 자는 것이 편하지 않을 테니까 곧 이사해야 할 거야. 보름달이 뜨면 저 종이를 찢으러 와야 하는데 그날 또 보자. 간식을 사 올게."

한쪽 주머니를 툭툭 치는 걸 뒤로하고 나는 계속 걸었다. 주머니에 넣을 정도로 작은 간식이라면 대충 어떤 것일지 상상은 되었다. 종종 인간들이 지나가면서 나에게 주고는 하니까.

그런 일이 있었던 '그날' 이후 나는 땅의 기운이 바뀌었다는 것은 관심도 없었지만, 그저 찝찝함에 동쪽 출구와 북쪽 출구를 번갈아 오가며 지냈다. 지나다니는 사람이 많아 귀찮은 일이 종종 있었지만 그렇게 지내는 것도 나쁘지 않았기 때문에 당분간 서쪽 출구에 나타나지 않으려 했다.

하지만 이상하게 오늘 밤은 유난히 소란스러워 구경을 와 봤다.

역시나. 장난치기를 좋아하는 달이 초대한 사람들이었다.

정말 그 사람이 다녀간 뒤로 땅의 기운이 변했나?

인간이지만 어딘지 모르게 귀신같은 서늘한 인간과 그 옆에서 유난히 수다스러운 유령의 뒤로 선한 인상의 키가 큰 남자마저 나타났다. 그 남자는 깊게 후드를 뒤집어쓰고 있었기에 고개를 들 때까지 눈을 보기 어려웠지만 잠시 고개를 들어 주위를 살필 때 그의 눈을 보자마자 살짝 놀랐다.

대부분 저렇게 무엇이든 꿰뚫어 볼 것 같은 눈동자를 가진 사람들은 저 시끄러운 귀신을 알아볼 확률이 높다. 태도로 보아 저 사람은 보지 못하는 것 같지만 아마 저 맑은 눈빛이 대대로 내려오는 집 안에서 한두 명 정도는 '보면 안 될 것'을 볼 수 있었을 것이다.

'유난히 요란하군.'이라고 생각하며 나는 평소처럼 가장 어두운 그림자 가운데로 걸어갔다. 그리고 양발을 교차해 턱을 괴고 엎드렸다. 잠시 구경이나 할 생각으로 누워있던 나는 문득 '그날' 맡았던 향수 냄새가 은은하게 다시 나기 시작했고 점점 가까워지고 있다는 것을 느꼈다.


나의 모든 세포는 찢어지듯 곤두섰다.

경계하듯 튕기듯 일어나 멀리서 다가오는 감각에 집중했다.

여유 있게 천천히 걸어오던 그 걸음걸이는 묘하게 들떠있는 듯했다. 웃고 있지만 어딘지 모르게 위험한 빛을 내뿜던 그 눈빛이 단숨에 떠 올랐다. 감각을 집중한 덕에 그의 주머니 속에 있는 것을 대강 느낄 수 있었다.

'뭐야, 간식이 아니잖아?!'

위험한 것. 예리한 물건.

상처를 입을지도 모르는 흉기.

'부적을 자르려 가져온 날붙이가 아니다!'

그 숨겨지지 않는 악의를 느끼며 당황한 그 순간, 여유가 있던 발걸음은 순식간에 따다닥 소리를 내며 빠르게 서쪽 출구로 향했다.

4 : 패티

# 파수꾼

# 1

"통제해!"

고함과 함께 날카로운 사이렌 소리가 요란하게 울리며 검은 밤을 찢어댔다.

여기저기서 곤두선 목소리가 날아다녔고 막 도착한 차에서 내린 경찰들이 일사불란하게 움직였다. 계속해서 도착하는 경찰차와 구급차가 섞여 어디서 나는지도 모를 사이렌 소리가 하늘을 가득 메웠다. 이제 막 어둠이 시작된 주택가의 공원 입구에는 경찰차와 구급차의 붉은 불빛들이 빠르게 넘실거렸고 모여드는 주민 중에는 정장 차림을 한 사람과 잠옷을 입고 있는 사람이 섞여 있었다.

그때 멀리서 한 남자가 넓은 보폭으로 사건 현장에 다가오고 있었다.

"박 형사!"

남자는 자신을 부르는 소리에 시선을 옮기면서도 시원하게 뻗는 걸음은 멈추지 않았다.

"박 대한! 여기야!"

찰나를 참지 못하고 더 큰 소리가 났다. 대한이 소리가 난 쪽을 유심히 살펴보자, 군인처럼 머리를 짧게 깎은 동료 형사 한수가 손짓하는 것이 보였다.

대한은 한수가 있는 곳까지 순식간에 도달했고 한수는 그런 대한을 보며 가볍게 눈인사를 한 뒤 일회용 덧신을 건넸다.

"칼에 맞았어."

한수는 기다렸다는 듯 브리핑을 시작하는 것처럼 말했다.

"퇴근하던 동네 주민이 목격자야. 아직도 쇼크 상태라 길게 설명할 상태는 아니지만."

대한이 주위를 둘러보자, 구급차에 담요를 두르고 앉아 멍한 얼굴로 앉아 있는 20대 초반의 남자가 보였다. 얼마 전까지만 해도 대학생이었을 그 앳된 얼굴은 구매한 지 얼마 되지 않아 보이는 정장 안에 폭 싸인 아이 같아 보였다.

이런 것을 처음 보는 사람에게 다분히 충격적일 것이다. 특히 오늘처럼 선명한 색이 자극적으로 눈에 들어오는 날이라면 더욱.

남색 정장 바지와 하얀 셔츠를 입고 엎드려 있는 시체 주변으로 핏자국이 흥건했다. 흰색 셔츠와 대비되는 붉은색의 피가 곳곳에 번져 현장의 분위기를 더욱 자극적으로 만들었다. 하지만 대한이 그 시체를 보고 표정을 구긴 것은 핏자국 때문만이 아니었다. 엎드려 있는 시체의 등 한가운데에 직각으로 꽂혀있는 투박한 칼 손잡이를 보고 어딘가 노골적이라고 느꼈기 때문이다.

"꽂아 둔 건가?"

"맞아."

한수는 대답을 마치자마자 안경을 추어올리고 주변의 눈치를 보더니 대한의 얼굴 쪽으로 몸을 기울였다.

"살짝 봤는데, 깊게 박혀있지 않아. 오히려 피가 많이 난 곳은 옆구리 쪽이야. 등에 있는 건 그냥 꽂아 둔 거야. 깃발처럼."

한수의 말을 들은 대한은 고개를 좌우로 흔들며 "고약하네."라는 혼잣말을 뱉었다.

눈살을 찌푸리던 두 사람은 등 뒤로 어수선하던 공기가 순식간에 정리되는 것을 느꼈다. 예상대로 인파를 뚫고 모습을 드러낸 건 팀장이었다. 양손을 바지 주머니에 넣은 채 두 사람에게 다가왔다.

정수리부터 흰머리가 가득했지만, 다부진 몸과 큰 키 덕인지 중년이라고는 느껴지지 않는 사람이었다.

느리지만 무거운 발걸음과 감정이 올라오지 못할 단단한 표정의 그는 등장하는 것만으로도 공기에 위압감이 섞여 사람들을 긴장하게 하였다. 눈동자는 나이가 들지 않아 여전히 예리하게 빛났고 살짝 기른 머리카락 사이로 보이는 흰머리는 숱한 싸움에서 승리한 사자의 갈기를 떠올리게 했다.

"오셨습니까?"

한순간에 다른 사람이 된 듯 안경 너머로 보이는 한수의 표정에서 장난기가 사라졌다.

이어서 깍듯하게 허리를 숙여 인사하는 대한을 보면서 팀장은 가볍게 눈짓으로 인사를 대신했다.

"일찍 와서 주변 좀 돌아봤다."

낮고 굵은 팀장의 목소리에 늦게 도착한 대한은 괜히 민망해졌다.

"늦었다고 탓하는 거 아냐. 내가 쫓기는 기분이 싫어서 일찍 다닐 뿐이니까. 그 나이 때 이래저래 바쁘다 보면 늦을 수도 있지."

팀장의 두꺼운 손이 대한의 어깨를 살짝 쳤다.

꿰뚫어 보는 듯한 눈빛은 시체의 등을 향하고 있었지만, 대한은 본인의 속마음을 읽힌 것 같았다.

"뭐 좀 보셨습니까?"

붙임성 좋은 한수는 무언가 생각에 잠긴 듯 팀장의 무거운 표정에도 아랑곳하지 않고 얼굴에 가까이 다가가 물었다. 상사에 대한 예의가 깍듯한 대한은 속으로 동료를 나무랐다.

'격식을 차려야지, 자식아.'

대한과는 달리 팀장은 오히려 대수롭지 않게 여기는 것 같았다.

"자세한 건 국과수 감식이 끝나봐야 알겠지만, 여기가 살해 현장은 아닌 것 같아."

팀장의 목소리에 흔들림이 없었다.

"시체는 살해된 지 얼마 되지 않은 것 같고 과다 출혈이 의심되는 상황이지. 흐르는 핏자국은 있지만 몸싸움을 하면서 튀긴 핏자국은 없어. 혹시 어디서부터 도망쳐 여기까지 온 거라면 그 길을 따라 떨어진 핏자국이 있을까 싶어 공원 주변을 한 바퀴 돌아봤지만, 주변에 흔적도 없어."

팀장의 말에 틈이 생기자마자 대한은 고개를 들어 눈으로 공원 주변을 훑었다. 작은 공원을 품고 있는 오피스텔 밀집 구역은 대부분이 세련되고 깨끗한 외관을 지녔다. 오래된 지역에서 볼 수 있는 외벽의 빛바램이나 고드름의 흔적과 같이 날씨가 변덕을 부리며 칠해놓은 낙서도 보이지 않았다.

'혹시…'

대한은 공원과 가장 가까운 건물의 모든 창문을 유심히 훑어보았다. 불이 켜진 곳도 있었지만 굳게 닫힌 검은 창문도 심심치 않게 보였다. 똑같이 불 꺼진 창문이더라도 생활감이 느껴지지 않는 창문이 더 많았다. 뿌연 먼지가 묻어있는 채 청결함이 느껴지지 않는다던가 블라인드가 달리지 않았다던가 창가에 화분 같은 물건이 올려져 있지 않는다든가 하는 것 말이다. 창문을 향하던 눈동자는 손목시계로 옮겨갔다. 달이 떠 있긴 했지만 잠들기 이른 시각이었다.

"주변 거주지에는 아직 입주가 완료되지 않은 곳도 있는 것 같습니다."

팀장이 흥미로운 표정으로 대한의 말에 귀를 기울였다.

"덧붙여서 대부분 사람이 귀가하는 시간대임에도 불 켜진 집이 많지 않습니다."

"생활의 온기 같은 것?"

팀장의 눈이 지그시 대한을 바라보았다.

"그렇습니다. 건물 대부분이 신축이고 마을도 아직 다져지는 중이니 이럴 땐 옆집에서 큰 소리가 들리더라도 대부분이 인테리어 공사를 예상할 것입니다."

"확실히 아직 잡초가 허리만큼 올라오는 공터도 있고."

대한의 말이 끝나자마자 한수 역시 고개를 천천히 끄덕이며 사건 현장으로 오는 도중 보았던 뒤쪽 공터를 떠올렸다. 그곳은 부탄가스들이 널브러져 있기도 했고 비닐봉지가 나무 위에 걸려있기도 했다.

팀장은 턱을 한 번 쓸어내리며 대한의 다음 말을 기다리는 듯 주시했다. 자신의 새끼가 스스로 발톱을 꺼내 사냥을 할 수 있게 가르치는 수사자의 눈빛이었다.

"주민이 범인이라면 시체를 집 밖으로 꺼내놓으며 이목을 집중시키는 것보다 집 안에 두는 것이 더 부담이 적었을 겁니다. 적어도 새벽을 제쳐놓고 이 시간대를 고르지는 않았겠죠. 그렇다면 외부인일 가능성이 크고, 아직 지하철이 없고 버스 배차간격도 넓어 대중교통이 닿기 어려운 곳이니 차를 이용했을 확률이 높다고 판단됩니다."

대한은 말을 마치자마자 한수의 확신에 찬 눈빛과 마주쳤다.

"주변 CCTV부터 확인해 보자."

한수가 검지를 구부려 안경을 추어올렸다.

*

이제 막 여기저기 공사를 시작하고 있는 도시에서 CCTV를 구하는 것은 생각보다 쉽지 않았다. 부동산에서 설치해 둔 알록달록한 임대 관련 현수막들은 빈 상가들에 덕지덕지 붙어있었고 오히려 입주한 곳을 찾는 것이 더 수를 세기 쉬웠지만, 그마저도 아직 영업을 시작하지 않은 곳이 많았다. CCTV는커녕 사람의 손길이 닿는 곳이 많지 않기에 사건 현장에서 가장 가까이 있는 오피스텔 경비원들에게 얻은 CCTV 파일은 더욱 귀중하게 느껴졌다. 한수는 지금 당장 돌려봐야겠다며 USB를 가지고 먼저 경찰서로 들어갔다. 하지만 대한은 무언가 찝찝한 기분이 들어 한 바퀴 더 돌아보기로 했다.

손바닥을 이용해 한 손으로 부드럽게 핸들을 돌려 편의점 앞에 도착했다. 아직 공터가 많은 곳에 외딴섬처럼 불이 켜져 있는 편의점이었지만 따뜻한 불빛이 새어 나오고 있었다.

대한은 편의점 앞 흰색 승합차 뒤에 차를 세웠다. 흰색 승합차는 편의점 스티커가 붙은 걸로 보아 편의점 차량인 것 같았지만 역시나 매일 바쁘게 움직이는 차량 같아 보이지 않았다. 오히려 어딘지 모르게 동네와 어울리지 않고 어색해 보였다.

"바로 빼줘야 할 일은 없겠지."

대한은 흰색 승합차에 바짝 붙여 주차했다. 편의점 문이 열리는 종소리가 큰 소리를 내자 화들짝 놀란 편의점 사장과 눈이 마주쳤다. 30대로 보이는 사장은 대한을 보자마자 안도하며 얼어붙은 표정이 살짝 풀어졌다.

"뭐 두고 가셨어요?"

가슴을 쓸어내리는 사장을 향해 컵라면을 집어 들고 살짝 흔들어 주었다. 대한의 손에 들린 라면을 보고서야 젊은 사장은 멋쩍은 웃음을 보이며 소매로 이마와 관자놀이에 흐르는 땀을 닦았다.

"밥 먹으러 왔습니다."

시체 발견 장소에서 가장 가까운 이 편의점의 CCTV 자료는 이미 제일 처음으로 USB에 담아 두었다. 하지만 비가 많이 오는 날 천막을 펼치던 사장이 카메라를 잘못 건드리는 바람에 각도가 틀어져 있던 탓인지 사건 현장을 제대로 비추지 못했다. 그럼에도 만에 하나라는 생각에 참고용으로 받아 두었기 때문에 이미 사장과 서로 얼굴을 알고 있었다.

바코드를 찍으며 계산을 하면서도 사장의 이마에서는 땀이 맺혔다. 짙어진 새벽 때문인지 마을은 어느 정도 소란이 잦아들었지만, 문이 열릴 때마다 겁에 질린 표정을 감추지 못하는 사장을 보며 대한은 오늘 밤 장사를 제대로 할 수 있을지 걱정이 되었다.

"범인 잡혔어요?"

뜨거운 물을 받던 대한에게 사장이 물었다. 목소리는 긴장감 때문인지 흔들리고 있었다.

"아직 입니다."

시식 테이블로 걸어가던 대한의 대답은 의도치 않게 말꼬리가 길어지며 한숨과 섞였다.

"주변에 가게도 많이 없어서 CCTV 모으기도 쉽지 않고 인적이 드문 곳이 많아서 구석구석 살피다 보니 시간이 좀 늦어집니다."

대한은 목덜미를 마사지하며 말했다. 하지만 대한의 말이 원하는 대답이 아니었는지 사장의 표정에서 먹구름이 사라지지는 않았다.

"밤새워 수사할 테니 금방 잡힐 겁니다. 걱정 마세요."

서둘러 덧붙인 대한의 말에 사장은 조금 풀어진 표정으로 의자에 앉아 계속해서 땀을 닦았다.

"이 시간엔 사람 좀 있어요?"

대한은 젓가락으로 컵라면의 뚜껑을 톡 치며 물었다.

"글쎄요…."

사장의 얼버무리는 대답에 대한은 묘하게 따져 묻고 싶다는 생각이 들었다.

"'글쎄'라뇨?"

대한은 컵라면의 뚜껑을 열며 자연스럽게 물었다.

"평소에는 이 시간에 문을 안 열거든요."

"그래요?"

대한의 온 신경은 사장을 향해 있었다.

"개인 편의점이에요. 그러니 운영 시간은 제가 정해도 된다는 거죠. 오픈 한 지 두 달 정도 되었어요. 동네에 유일한 편의점이니까 사람들이 줄을 서겠지 싶어서 호기롭게 시작했는데 아직 이사 온 주민이 별로 없으니 이 앞을 지나다니는 사람들이 적더라고요. 아르바이트생을 쓰기에는 부담되고 제가 혼자 하자니 힘에 부치고…."

사장은 쉬지도 않고 말하다 대한과 눈이 마주치자 난처한 표정을 지어 보였다. 대한은 사장이 노골적으로 돈에 대한 집착을 드러내 창피해하는 것 같다고 생각했다.

"그래서 어느 정도 입주가 되고 나면 아르바이트생을 구할 생각으로 지금은 낮에만 잠깐 열고 밤이 되기 전에 닫아요. 집에 가도 어차피 혼자라 편의점 창고에서 쪽잠을 자면서 지내지만 불을 내내 켜두면 전기세만 더 나오게 되니까 아예 열지 않죠."

대한의 의심은 궁금증으로 변했다.

"그런데 왜 오늘은 이 시간에도 카운터에 계십니까, 이렇게 불도 켜고? 새벽인데?"

경찰과의 대화마저 긴장되는지 사장은 다시 소매로 빠르게 이마를 닦았다.

"그게…"

잠시 숨을 고른 사장은 대한과 눈이 마주치자 바로 시선을 돌렸다.

"오늘 같은 날은 계속해서 경찰분들이 왔다 갔다 하실 것 같고 또 주민들도 잠을…"

대한은 사장의 말꼬리가 흐려지는 것을 들으며 충분히 알았다는 표정으로 고개를 끄덕였다.

"잘 알겠습니다."

사장은 뻘쭘한 표정을 지었다.

조그맣게 마련된 테이블에 앉아 고무를 씹는 듯 라면을 대강 집에 입으로 밀어 넣던 대한은 요란한 벨 소리가 들리자마자 움찔하는 사장을 곁눈질로 보며 전화를 받았다.

"어."

"어디야 지금?"

평소와는 다르게 한수의 목소리가 무겁게 가라앉아 있었다.

"아직 현장."

대한은 컵라면을 한 손으로 잡고 국물을 마셨다.

"나왔어."

"뭐가?"

깨끗하게 비운 컵라면을 테이블 위에 내려놓자 텅, 소리가 났다.

"범인."

대한이 용수철에 튕기듯 앉은 자리에서 일어나자, 의자가 바닥을 긁으며 날카로운 마찰음을 냈다. 발끝까지 모든 근육이 긴장되는 것이 느껴졌다. 평소 장난기 많은 한수의 목소리가 이렇게 얼음처럼 뻗어 나올 때는 이유가 있었다.

"뭐?"

격양된 목소리와 얼굴로 전화를 받으며 출입문을 향해 뛰다시피 나가는 대한을 보면서 편의점 사장은 시계로 시간을 확인했다.

"지금 여기 와있어."

대한의 걸음이 멈췄다. 편의점 출입문 손잡이에 손을 올린 채 한수가 이어 할 말을 기다렸다.

"자수했어."

2

힘이 좋은 대한의 팔에 취조실의 문은 바람에 날리는 종잇장처럼 단숨에 열렸다. 대한은 한수의 침착한 눈빛과 제일 먼저 마주쳤다.

경찰 대학 동기인 두 사람은 기숙사에서부터 함께 다녔다. 군인 이었던 할아버지 밑에서 엄격하게 커 온 대한은 깍듯함이 몸에 배어 있었지만 한수는 달랐다. 학원을 하는 부모님 밑에서 커 온 한수는 상대가 누구든 거리낌 없이 먼저 다가가 농담을 건넸고 언제나 환영을 받았다.

말수가 적은 대한에게 먼저 다가온 한수는 좋아하는 운동에 대한 설명을 늘어놓으며 반나절을 혼자 떠들었고, 그를 계기로 가까워졌다. 정반대의 성향이 있는 두 사람이 가까워질 수 있었던 것은 딱 하나의 가장 큰 공통점 때문이었는데, 서로 다름을 인정하는 모나지 않은 성격이 그 연결고리였다. 하지만 대한이 한수를 좋아하는 이유는 그의 밝은 성격 때문만은 아니었다.

장난을 치면서도 선을 넘지 않는 배려심과 결정적인 순간에는 평소와 반대로 냉정해지는 집중력이 좋았다.

골대에 가까워질수록 실수를 용납하지 않기 위해 침착해지는 공격수처럼. 힘이 들어가지 않았지만, 빛을 잃지 않은 한수의 표정이 오랜만에 눈앞에 있었다.

"왔어?"

한수의 물음에 대한은 고개를 살짝 끄덕였다.

"올라오면서 들었어. 피해자 고등학교 동창이라며?"

대한은 한수의 옆에 서서 유리 너머에 앉아 있는 남자에게 시선을 옮겼다.

가전제품 회사 영업부 부장이라는 직함이 잘 어울리는 외모였다. 30대 후반이라는 나이가 믿어지지 않을 만큼 관리가 잘 된 피부 상태와 구겨짐 없는 고급 양복 그리고 여유로운 표정이 인상적이었다.

팔에 차가운 수갑을 달고 있는 남자는 테이블 위로 양손을 깍지 낀 채 맞은편에 앉은 경찰에게 정성스레 말하고 있었다.

"누가 길이라도 물어본 것처럼 친절하네."

한수가 비아냥거렸다.

"이상하지?"

툭 던지듯 감정 없는 목소리가 대한의 입에서 튀어나왔다.

대한은 무언가 잠시 골똘히 생각에 잠긴 표정으로 취조실 안을 유심히 관찰했다.

"잠깐 바람 좀 쐬자."

한수는 잠시 범인을 응시하다가 대한을 따라나섰다.

*

경찰이라는 직업을 갖게 된 이후부터 규칙적인 생활은 어느 정도 포기하고 있었지만, 나이가 들수록 체력이 깎이는 것은 어쩔 도리가 없었다.

한수가 기지개를 켜자, 몸에서 앓는 듯한 소리가 새어 나왔다. 그래도 피곤이 가시질 않았는지 입이 찢어지게 하품하며 자판기 버튼을 눌렀다.

커피를 건네자, 무언가 골똘히 생각하던 대한이 '고마워.'라고 작게 말했다.

"저 사람 뭔가 찜찜하지 않냐."

대한이 말했다.

한수는 대한의 일그러지는 표정을 보면서 아무 말도 하지 않았다.

평소에는 작은 것 하나도 놓치는 법이 없는 대한의 성격이 사람을 피곤하게 한다며 투덜거리기도 했지만, 속으로는 그의 감을 누구보다 믿고 있었다.

"너무 말끔한 게 이상하잖아."

대한의 말이 끝나자마자 한수는 반론했다.

"사람 만나는 직업이라며? 꼭 그게 아니더라도 자수하러 오는 사람 중에 저렇게 정장을 빼입고 오는 사람들 가끔 있잖아? 마음가짐을 단단히 하기 위해서."

진심으로 대한의 말에 반기를 드는 것이 아니라 토론할 때처럼 일부러 반대의견을 낸 것이다. 답을 찾아가기 위해 스스로에게도 하는 질문이었다.

"아니, 분위기 말이야."

"분위기?"

한수가 의아한 듯 눈썹을 들어 올렸다.

"넥타이를 빈틈없이 올렸어. 머리도 젤을 사용해서 넘겼고. 피해자의 나이를 생각해 보면 둘이 10대 때부터 인생의 절반을 함께 했을 텐데, 감정에 흔들림도 없어 보여. 마치 보이는 거에만 집중한 것 같아."

대한은 말하는 내내 종이컵을 빙빙 돌리며 흔들리는 커피를 바라보았다.

"그게 찜찜해?"

한수는 살짝 입꼬리를 올리며 웃었다.

"난 굳이 짚자면 오히려 다른 쪽이 찜찜한데."

"뭔데?"

"질문이 시작되자마자 가슴 앞으로 팔짱을 끼고 있다가 본인이 말할 차례가 되어야 팔짱을 풀어. 방어기제야. 질문을 들으면서 방어할 대답을 고르는 것 같았어. 너는 무대 위에 배우 같은 느낌을 받았다고 한다면 나는 오히려 반대로 뭔가를 숨기고 싶어 한다고 느꼈거든."

대한은 한수의 말을 듣고 요란한 손동작이 끝나자마자 팔짱을 끼던 취조실의 남자가 떠올랐다.

한수는 어떤 장면을 상상하면서 말을 이어 나갔다.

"경찰의 눈을 정면에서 응시하며 말하다 본인 할 말이 끝나면 바로 시선을 지그시 아래로 떨어트려. 티가 나지 않게 소매를 정리하거나 무릎 위의 먼지를 털면서. 이미 알고 있는 거야. 자기 몸 구석구석 세포 하나하나 모두 신경 쓰지 않으면 안 된다는 거."

말을 마친 한수는 영차, 소리를 내며 힘 있게 일어났다.

"복잡한 문제일수록 푸는 재미가 있지."

*

피해자는 이건우라는 이름을 가진 38세 남성으로 공장에서 생산관리직을 하는 사람이었다. 직급은 대리였지만 사장의 외동딸과 결혼했고 경영에 뜻이 없는 외동딸을 대신해 사실상 공장의 후계자인 위치에 있었다. 직원들 사이에서도 성실함으로 평판마저 좋았다. 게다가 특히 아내 사랑이 지독하기로도 유명했다. 그런 사람이 퇴근 시간임에도 집에서 반대 방향으로 30분 정도 떨어진 곳에서 발견된 것이 의아했지만, 뒷장에 있는 피의자라고 주장하며 자수하는 사람의 주소를 보고 단숨에 이해했다. 시체가 발견된 곳이 지금 자수를 하러 온 38세의 신용현이 거주하는 곳에서 5분 거리였기 때문이다.

대한은 취조관의 자리에 앉자마자 은은한 향수 냄새가 취조실을 메운 것을 느꼈다. 묵직하고 기품이 느껴지는 향은 가까이 마주 앉아도 전혀 부담스럽지 않았다. 강한 향수는 코를 찌르는 듯이 불쾌함을 주기도 하지만 취조실 안의 향기는 오히려 부드럽게 코안으로 스며들어 향에 대해 잘 알지 못하는 대한마저 단번에 고급 향수라는 것을 알 수 있었다. 용현의 신사같이 올린 머리와 간단한 몸짓을 취할 때마다 보이는 정리된 손톱을 보면서 '손끝까지 관리하는 사람이라 그런지 본인과 어울리는 향수를 용케도 찾아냈다.'라고 생각했다.

용현은 대한이 자리에 앉자 "취조관님이 바뀌셨군요."라는 말과 함께 귀찮아하는 기색도 없이 반겼다.

"밖에서 듣긴 했지만, 형식적인 거 몇 개 더 물어보겠습니다. 아까랑 질문이 겹치는 것도 있을 거예요. 귀찮으시면 대답하지 않으셔도 됩니다. 하지만 웬만하면 말해주셨으면 하네요. 가까이서 듣고 싶은 게 있어서."

"얼마든지요."

대한의 압박이 섞인 말투에도 그는 부드러운 미소를 지어 보였다. 보통은 잠이 들었을 시간이지만 그는 이 늦은 시간에도 신사적인 목소리를 놓지 않았다. 오히려 말할 때마다 눈에 생기가 도는 것이 느껴질 정도로 대화를 즐기고 있었다.

"피해자 이건우 씨와는 얼마나 알고 지내셨죠?"

"고등학교에 입학하자마자 알고 지냈으니까 20년 정도 됐네요. 끈질겨요, 고등학교 3년 내내 같은 반이었으니."

용현은 안정적인 목소리로 성실하게 대답했다. 웃는 얼굴로 취조관을 비꼬는 사람들도 많이 봐왔지만, 대한은 맞은편에 있는 남자에게서 기이한 친절함을 느꼈다. 향수처럼 은은하게 띤 미소에 거짓이 느껴지지 않았다.

"그런 친구를 살해한 동기가 뭡니까?"

대한의 질문이 끝나자마자 용현은 본격적인 대화를 하려는 듯 테이블 위에 손을 올려 깍지를 끼고 상체를 당겼다.

"우발적인 말싸움이었어요. 어릴 때는 화가 나면 바로바로 주먹질을 해대곤 했는데 나이가 들고 나서는 그럴 수 없으니, 마음속에 쌓아뒀었거든요. 그게 터졌습니다."

"어쩌다 싸우게 된 겁니까?"

"그 자식은 듣는 사람 기분을 배려하지 않고 말할 때가 있어요. 남의 약점을 드러내서 기분 전환용 농담으로 써먹죠. 그때도 그랬어요. 벌써 20년도 더 지난 얘기를 꺼내면서 약 올리더군요. 제 첫사랑이 저를 매정하게 거절한 얘기를요. 친하게 지내는 친구들은 모두 다 알고 있을 정도로 유명한 얘기예요. 쉬는 시간에 반 친구들이 모두 보는 앞에서 차이고 말았으니 한동안 놀림거리가 됐었죠."

용현은 관자놀이를 살짝 누르며 표정을 찡그렸다.

"당시에는 너무 창피했지만 '멋진 어른이 되어서 다시 고백하겠다.'라는 제 말이 친구들 사이에서 좋은 인상을 심어주었더라고요. 아이러니하게도 그 일을 계기로 저는 동성 친구들에게 인기가 많아졌어요. 하지만 저는 그게 싫었죠. 사실 다 허세였거든요. 솔직히 마음 같아서는 거절당하는 그 순간 바로 쥐구멍에라도 들어가 숨고 싶었어요. 물론 티는 내지 않았어요. 그래서인지 친구들이 저만 보면 '고백남'이라며 불러 댔는데 오히려 그 기분 나쁜 이상한 별명이 건우와 친해진 계기입니다. 건우는 겉도는 편에 속하던 친구였는데 저를 보고 '고백남'이니 뭐니, 별명으로 부르지 않았죠. 아니, 못한 건가? 앞에서는 못할 얘기를 뒤에서 하는 친구니까 뒤에서는 씹어댔을 수 있겠네요. 뭐 그래도 얼굴에 대고 놀리지는 않으니 저는 그게 편해서 몇 번 축구에 끼워줬고, 어느새 친해졌어요. 처음 축구 시합을 하자고 말을 건넸을 때 어찌나 눈이 반짝거리던지. 건우 걔는 친구도 없었거든요. 저를 동경했어요. 겉으로 드러내지 않았지만, 항상 자격지심으로 가득 차 있었어요. 성인이 되어서도 남을 깎아내리면서 본인이 더 나은 사람이기를 확인하고 싶어 했죠. 다 알면서도 평소에는 한 귀로 흘려들었는데 그때는 유난히 참을 수 없더라고요? 생각해 보면 별일 아니었는데 왜 그렇게 참기 힘들었는지, 참. 제가 그만하라고 몇 번을 말려봐도 그 자식 멈출 생각이 없더군요. 잠깐 화가 눈 앞을 가리는 것 같더니 정신을 차려보니 이렇게 됐어요."

용현은 '이렇게'라는 부분에서 마술사처럼 양손을 펼치며 수갑을 찬 손목을 살짝 흔들어 보였다.

"오늘 같은 날은 안 왔으면 좋았을 걸…. 원래 만나기로 약속한 건 아니었어요. 퇴근해 보니 건우가 집 앞에서 기다리고 있더라고요. 가끔 퇴근하고 둘이 함께 한잔하기도 했으니까 여느 때와 다름 없이 우리 집에 들렸죠. 전 독신이라 눈치 볼 사람이 없으니까요. 그런데 오늘따라 어디서 속상한 일이 있었는지 자꾸 부정적인 말들을 쏟아내는 데 결국에는 또 돌고 돌아 또 제 약점을 찌르더라고요. '아직도 고백 같은 거 하면 죄다 차이느라 독신인 거냐.'면서요. 그것도 거실 한가운데 서서 발표라도 하는 거처럼 쩌렁쩌렁 큰 소리로 말이죠. 방에 들어간 제가 미처 옷을 갈아입기도 전에요. 순간 아무 소리도 들리지 않았어요. 무슨 버튼이라도 누른 건지 갑자기 가슴 깊숙한 곳에서부터 화가 치밀어 올랐어요. 너무 화가 나서 충동적으로 해를 입힐만한 물건을 찾았죠. 멀리 있지 않더라고요. 제가 가전제품 영업부에 있다 보니 VIP 고객들은 직접 가서 제품을 보여 드리기도 하거든요. 그럴 때 쓰려고 가방 안에 항상 등산용 칼을 가지고 다니는 데 그걸로 찔렀습니다. 작은 커터 칼보다 등산용 칼을 가지고 다니는 게 훨씬 좋아요. VIP들 취미는 대부분 둘 중 하나예요. 골프 아니면 등산이 취미니까, 공감대 형성에 좋거든요. 리모컨으로 TV 채널을 고르며 서 있는 녀석의 뒤로 다가가 처음엔 옆구리를 찔렀어요. 노렸다기보다는 뼈가 없는 곳이 거기니까? 등에 칼이 들어갔을 잠시 멈칫할 때가 있었는데 그때 정신이 들더라고요. 지금 생각해 보니 척추뼈에 튕겨서 그런 것 같네요. 아까도 말씀드렸지만, 범행 시간은 저녁 7시 반쯤입니다."

용현은 말을 하면서 중간마다 눈을 질끈 감기는 했지만 침착하게 이야기를 이어 나갔다.

"정신이 들었다? 그러면 왜 정신이 들자마자 구급차를 부르지 않았습니까?"

대한은 본인의 미간이 찌푸려져 있다는 것을 느낄 수 있었지만, 굳이 표정을 바로 잡지 않았다. 눈앞에 용현이 가슴 앞으로 팔짱을 꼈기 때문에 알아차렸다는 것을 숨기기 위해서이기도 하고 경멸을 느끼기 시작했기 때문이기도 했다.

"정신이야 들었지만, '실수다.'라고 생각되기보다는 '해치웠다.'라는 생각이 들었으니까요. 후련하기도 하고. 시체를 버리고 집에 도착해서 문을 걸어 잠글 때까지 숨도 제대로 쉬지 못했지만, 차츰 이성을 찾아보니 앞으로의 삶이 걱정되더라고요. 가전제품 회사에 근무하고 있으니까 주 고객은 가정주부들인데 주부 네트워크가 상당히 빠르거든요. 저를 비롯한 우리 회사까지 피해를 본다면 그동안 저를 품어준 회사를 배신하는 게 되잖아요? 차라리 사표를 쓰고 자수를 하자고 마음먹었죠. 사직서는 제 집 식탁에 올려두었어요. 일에 미친 독신들은 제 마음을 이해할 겁니다. 기혼자들이 가정을 지키듯이 일터를 지키는 거예요. 제가 애사심이 깊은 편이라."

맞은편에 앉은 남자는 말하는 직업이 천직인 듯했다. 말하는 도중에도 적당한 곳에서 숨을 쉬고 표정을 유연하게 바꿔가며 본인의 말에 귀를 기울이게 하는 소질이 있었다.

덕분에 대한은 입 밖으로 튀어나오려는 욕을 삼키느라 애를 먹었다.

"시체를 버렸다고 하셨는데 그 얘기 좀 자세히 들려주시죠."

"오, 그거요!"

용현은 좋은 질문을 받았다는 표정으로 팔짱을 풀고 가볍게 손뼉을 쳤다.

"건우를 찌른 건 우리 집 거실이다 보니 순식간에 집이 더러워졌어요. 저는 청결한 걸 좋아하는데 집이 더러워졌다는 사실을 참을 수 없더군요. 소파가 얼만 줄 알아요? 천연가죽인데, 그거. 시체… 그러니까 지저분한 것이 눈앞에 보이는 게 싫어서 일단 차에 싣고, 집에 올라와 피를 닦으며 집을 구석구석 청소했어요. 그런데 좀 지나니까 차에 시체가 있는 것도 그거대로 싫었어요. 제가 또 집 다음으로 아끼는 게 차라. 그래서 차를 끌고 나가 사람이 별로 다니지 않는 곳에 시체를 뒀어요. 지나다니면서 봤거든요. 사람 많이 안 다니는 공원 길. 우리 동네 사람 많이 없죠? 저도 처리하면서 사람 한 명을 못 봤어요."

"칼은 어디 두셨죠?"

"칼이라…"

태평한 얼굴로 말하는 용현을 보면서 대한은 주먹에 힘이 들어가는 것이 느껴졌다. 어릴 적부터 할아버지와 아버지에게 '칼을 뽑는 건 사랑하는 것을 수호하기 위해서여야만 한다.'라고 배웠던 것이 뇌리를 스쳐 지나갔다.

"청소하면서 한꺼번에 버렸어요. 말했잖아요, 저 지저분한 거 딱 질색이라고. 청소 끝나고 나서 정신을 차리고 곧장 자수한 거예요. 지금쯤 우리 집 쓰레기통에 있지 않을까요?"

줄곧 말하던 것보다 조금 더 속도를 늦춰서 부드럽게 비단을 풀어놓듯 말을 마무리 지었다.

"이제야 술이 좀 깨네."

용현의 얼굴에 만족스러운 웃음이 희미하게 떠올랐다 가라앉았다.


3


"나갈 생각으로 들어왔나 본데."

유치장을 바라보며 팀장이 나지막이 말하자 한수와 대한의 표정은 더욱 굳어졌다.

용현은 유치장 안에 앉아 있으면서도 허리를 꼿꼿하게 세우고 양반다리를 하고 있었고 가끔 머리를 매만지며 하품을 하기도 했다.

팀장은 가볍게 뒤를 돌아 한수와 대한에게로 시선을 옮겼다. 대한은 온몸에 긴장이 퍼지는 것을 느낄 수 있었다.

"얘기 들었지?"

한수와 대한은 동시에 "네."라고 대답했다.

"저 녀석 집으로 감식반이 가봤지만, 너무 깨끗해. 식탁 위에 사직서도 없고 당연히 어떤 쓰레기통에도 칼이 없어. 버렸다던 흉기가 피해자 등에 꽂혀있었으니 당연한 거겠지. 심지어 루미놀 반응도 없어. 집 안은 당연하고 빌라 엘리베이터 바닥 틈새까지 전부. 혈흔 검출이 안 됐다는 건 혈흔이 뿌려진 적이 없다는 것이지."

한수가 섣부르게 끼어들었다.

"깔끔한 걸 좋아하는 성격이라고 했습니다. 당시 피해자는 거실 한가운데 서 있었다고 했으니, 소파보다는 피가 많이 튀긴 카펫을 버렸을 수 있지 않습니까. 카펫으로 시체를 감싸서 옮겼다면…."

"이성을 잃고 칼을 휘두르는 놈이 카펫에만 피를 튀겼을 것 같아? 빌라 건물 입구 바닥에도 루미놀 반응은 없어. 하다못해 TV 리모컨에도. 설상가상 저 녀석 차도 사라졌다. 네 말마따나 차 안에서 피 묻은 커튼이나 카펫이 나오면 좋겠지만, 차를 발견하지 못할 경우를 생각하고 움직여야 해."

대한은 입 밖으로 나오는 탄식을 차마 상사 앞에서 내뱉지 못하고 어금니로 씹어 삼켰다.

"다른 증거를 찾으면 됩니다."

한수가 참지 못하고 답답하다는 듯이 반론했지만, 팀장은 입술을 무겁게 달더니 고개를 몇 번 끄덕였다.

"진술에서 칼을 버렸다는 얘기가 나오긴 했어도 뒷받침할 증거만 확실하게 신용현을 지목해 주면 좋겠지."

한수는 안경을 한번 추어올렸다. 손가락으로 안경을 추어올리는 버릇은 무언가에 집중할 때 나오곤 했다. 그도 대한과 마찬가지로 팀장의 말 속에 숨소리까지 집중하고 있을 것이다.

"발견된 칼에 어떤 지문도 없고 신용현네 집에서는 이건우의 모발 한 가닥 나오지 않았어. 그 집에 들어간 적이 한 번도 없던 거처럼."

한수의 입에서 하! 하고 헛웃음이 새어 나왔다. 대한은 입 밖으로 내뱉지 못했지만, 뻔뻔한 낯짝이 떠올라 화가 치밀어 올랐다.

"무슨 생각을 하는지야, 저놈 머릿속을 들여다보지 않고서는 모르지만, 순순히 목덜미 내 줄 생각은 아니야. 술이 깨면서 아무것도 기억나지 않는다고 태도를 바꾸고 있어. 실제로 술을 많이 마신 채로 자수를 하러 왔더군. 술 냄새를 향수 냄새로 덮은 채."

팀장이 주머니에 양손을 넣으며 허리를 한번 쭉 폈다.

"해가 뜨자마자 피해자 유족인 이건우 아내와 만나고 왔다. 큰 충격을 받았는지 한참 울면서 '차라리 나를 잡아가지.'라고 소리치다가 쓰러져서 지금은 병원에 있어. 곧 그쪽 부모님이 오셔서 돌봐주고 계시고 나도 계속해서 진행 상황 공유하기로 했으니 아내 쪽은 나한테 맡기고. 자백 보강의 법칙 알지? 보강 증거 찾아야 한다."

팀장이 의미심장한 눈빛으로 한수와 대한을 바라보았다. 대한은 오래전부터 이 눈빛을 좋아했다. 해가 닿는 모든 곳에 닿을 것 같은 눈빛.

"우리는 48시간 내로 신용현이 딴소리 못 할 확실한 증거 들이댄

다. 진술이 지금이야 오락가락한다고 해도 확실한 증거 보여주면
진실을 말하게 되겠지."

대한은 동그란 안경 너머 한수의 눈과 마주쳤다.

"지금 바로 나가서 저 자식 잡아넣을 조그마한 거라도 가지고 들
어와."



*



어느새 해는 중천에 떠서 어젯밤의 어둠을 지우려는 듯 골목길
구석구석을 비추고 있었다.

한수와 대한은 차를 타고 용현의 집에 도착할 때까지 아무 말도
하지 않았다. 화를 식히는 용도의 한숨이 가끔 튀어나오는 것 빼고
는 눈빛조차 주고받지 않았다. 지금 상황에서 욕을 하는 것보다 1초
라도 더 빨리 다양한 가능성을 생각해 내는 것이 효과적이라는 것
을 두 사람 다 알고 있었다.

30분 정도가 걸려 도착한 용현의 집은 확실히 사건 현장에서 가
까웠다. 빌라는 입구부터 고급스러운 외관을 자랑했다. 미끄러지듯
자연스럽게 차를 대고 두 사람이 차에서 내리는 순간 한수가 대한
을 향해 말을 걸며 긴 침묵이 깨졌다.

"야. 신용현이 우리한테 던진 게 자수가 아니라 미끼라고 생각하
니까 떠오르는 말이 있다?"

한수는 은은한 미소를 띠며 말했다.

"기회는 손님 고기처럼 온다."

대한은 한수의 말이 끝나자마자 본인 얼굴의 근육이 살짝 풀어지는 것을 느꼈다.

'손님 고기'란 원래 잡으려던 어종이 아닌 물고기가 낚싯대에 잡혀 올라오는 것을 부르는 말로 기회도 행운처럼 갑자기 찾아올 테니 늘 꼿꼿한 자세를 유지하라며 할아버지께서 항상 해주신 말씀이다. 대학 시절에는 주문처럼 외우고 다니던 말이었는데 옆에서 듣던 한수가 그 말이 마음에 든다며 본인의 좌우명으로 삼겠다고 말한 적이 있었다.

"고요한 물 아래로 어떤 것이 어떻게 지나다니고 있는지 모르겠지만 말이야. 내 낚싯대가 부러지지만 않으면 갑자기 만나게 될 수도 있잖아."

한수는 잠시 생각하는 듯한 표정을 지어 보였다.

"고요한 마음 상태를 유지하자. 물 아래 손님 고기가 눈치채지 못하게."

대한은 살짝 웃음이 터졌다.

"어느 쪽이 물 아래 있는 고기이고 어느 쪽이 낚시꾼인지 아직 모르겠지만 말이다."

가벼운 농담이었지만 두 사람은 팽팽하게 당겨진 낚싯줄과 고요하게 물 위로 머리를 반쯤 내놓고 있는 찌를 상상하자 묘하게 힘이 솟는 것을 느꼈다.

용현의 집은 평수가 넓지는 않았지만, 집 안 구석구석 햇빛이 들어왔고 화이트 톤으로 꾸며진 집 안의 가구들이 햇빛을 받아 반짝거렸다.

"루미놀 반응이 '없다'라…."

대한이 TV 앞에 무릎을 굽히고 앉아 바닥을 유심히 살펴보며 말했다.

아무 일도 없었던 것처럼 청결하고 고요했다. 머리로는 알고 있다. 루미놀 반응이 없다는 것은 지금 서 있는 이 바닥 위에서는 피가 튄 적이 없다는 말이다. 그러므로 대한은 바닥에 매트를 깔고 생활했을 가능성을 염두에 두었다.

작은 실마리라도 찾기 위해 대한은 바닥에 얼굴을 가까이 댔다. 어두운 색깔의 원목 바닥재이지만 상태가 좋아 가까이서 보면 흠집들을 찾을 수 있었다. 상체를 구부려 햇빛이 들어오는 방향으로 고개를 꺾었다. 바닥의 모든 흠집을 빛에 비춰 확인하기 위해서였다.

대한이 사건 현장을 관찰하고 있을 때, 한수는 미리 약속이라도 한 것처럼 현관을 들어오자마자 보이는 서재로 향했다. 지나치게 깔끔한 사람은 생활 구역을 확실하게 분리한다. 그렇기에 오로지 숙면만을 위한 침실에서는 원하는 정보를 찾기란 어려울 거라 판단했기 때문이다.

"정리 잘하는 사람들은 이런 게 쉽지."

한수가 혼잣말했다. 오는 내내 차 안에서 머릿속으로 생각한 것을 그대로 실행했다. 빈틈없이 꽂혀있는 책장 앞에 서서 위에서부터 시선을 훑으며 내려왔다. 그러고는 제일 아래 칸에서 오래된 양장본을 뽑아 들었다. 얼마 전 먼지를 털어낸 것처럼 유일하게 먼지가 덜한 것이었다.

감촉에서부터 느껴졌듯이 피해자와 피의자가 다녔던 고등학교의 졸업 앨범이었다. 짙은 남색 가죽이 빛이 바랬지만 관리 상태가 훌륭했다.

1반부터 10반까지 있는 졸업 앨범은 학교 전경 사진으로 초반 페이지를 채우고 1반부터 차례대로 학생들의 사진을 실었다. 끝에는 동아리 활동이나 축제 사진이 실려있었지만 한수는 뒤 페이지까지 볼 생각이 없었다. 서 있는 채로 책장에 기대어 안경을 살짝 추어올렸다. 1반부터 모든 학생의 얼굴을 확인할 각오로 책을 받치고 있는 손에 힘을 주었다.

1반 학생들의 얼굴을 훑던 중 손에 이상한 감촉을 느꼈다.

"이게 뭐야."

작게 읊조린 한수는 한 장씩 넘기던 엄지손가락에서 힘을 뺐고 순간 절반 이상의 페이지가 순식간에 지나갔다. 이상한 감촉을 느낀 페이지에서 종이의 움직임이 멈추자, 3학년 8반의 단체 사진이 눈에 들어왔다. 한수의 엄지손가락에 닿았던 거슬리는 감촉은 모서리의 구겨진 부분이었다.

"8반이라…."

사진을 찍을 당시 분위기가 느껴졌다. 남학생과 여학생들 모두 다신 없을 졸업 사진을 위해 카메라를 향해 환하게 웃고 있었다.

남학생들의 얼굴을 관찰하던 한수는 낯익은 얼굴을 발견했다.

단정하게 자른 머리와 오목한 광대 그리고 왼쪽 눈 아래 점을 보고 확신했다. 여기 있었군, 이라는 마음으로 다른 학생들도 둘러보던 한수는 무언가 이상한 점을 깨달았다.

"어?"

자신도 모르게 입 밖으로 옅은 탄성이 달려 나왔다.

"뭐야?"

거실에 있던 대한이 이상한 것을 느끼고 큰 소리로 물었다.

"이 자식 이거!"

넓은 보폭으로 단숨에 서재 안까지 들어온 대한은 날숨에 긴장이 섞인 것을 느꼈다.

"무슨 일인데."

한수는 3학년 8반의 단체 사진을 대한의 얼굴 앞으로 펼쳤다.

"맞지?"

"뭐가 맞는다는 거야?"

대한은 답답한 표정을 짓고는 허리를 숙여 단체 사진을 바라보았다.

"왼쪽 눈 밑에 점. 이건우 맞지?"

앳된 얼굴의 건우는 친구들과 어깨동무하고 카메라를 향해 환하게 웃고 있었다. 얼마 전 봤던 창백한 시신과 같은 사람이라고는 생각할 수 없었다.

"친구도 없는 외톨이라더니."

듣던 것과 달리 활달하고 친구가 많은 느낌이 났다. 남학생들 무리 중앙에서 앳된 건우가 돋보이는 것은 밝은 표정뿐 아니라 눈에 띄는 큰 키도 한몫했다. 한쪽 팔에 모든 친구를 다 안으려고 장난을 쳤었는지 모든 학생은 건우 쪽으로 쏠려있었다.

"신용현이 없어."

"뭐?"

"3년 내내 같은 반이었다고 진술했다며. 적어도 3학년 때는 아니야."

20년 전의 사진이라는 것을 고려해도 확실히 신용현으로 보이는 학생은 없었다.

"거짓말에 성의가 없네."

한수는 비아냥거리는 대한을 보며 같은 생각을 했다.

*

한수와 대한은 현장에 들리려던 계획을 바꿔 바로 용현의 빌라에서 나오자마자 차에 몸을 실었다. 허점을 발견했으니 집요하게 파고들 생각이었다.

"괜히 들뜨지 말자."

차가 출발한 지 얼마 지나지 않아 조수석에 앉은 한수가 첫 마디를 뱉었다.

"동감이야. 3년 내내 같은 반이었다는 건 20년도 전이니 단순히 말실수일 수도 있어. 우리가 과장해서 생각하는 것일 수도 있고."

대한이 한 손으로 핸들을 여러 번 감으며 답했다.

경찰서에 도착해 한수가 먼저 차에서 내렸다.

"집중 좀 해볼까?"

목을 돌리며 몸을 풀던 한수는 입구로 들어오자마자 서성거리고 있는 남자를 보고 걸음을 멈췄다.

덥수룩하게 기른 머리는 군데군데 엉킨 자국이 보였고 굽은 어깨는 의기소침해 보이는 남자였다.

"도와드릴까요?"

한수가 특유의 사람 좋은 웃음을 입에 걸고 다가가자 남자는 살짝 뒷걸음질 쳤다.

"아, 저…."

남자는 한수의 눈을 마주 보지 못하고 시선을 피했다.

"편하게 말씀하세요."

한수는 남자와 눈높이를 맞추기 위해 살짝 무릎을 구부렸다. 남자가 허리를 제대로 펴고 있었다면 한수와 체격이 비슷했을 테지만 어깨를 움츠러트린 남자가 무언가에 쫓기듯 불안해 보였기 때문에 상대를 안심시키기 위한 배려였다.

남자는 심호흡을 하더니 주머니에서 무언가 꺼내려 했다.

한수의 눈동자가 재빠르게 남자의 손을 따라갔다. 입은 웃고 있었지만, 혹시 모를 사고에 대비하는 무의식적인 형사의 감각이었다.

주차를 마치고 온 대한의 발걸음 소리가 가까워졌지만, 남자의 손에서 시선을 거두지 않았다.

"뭐해?"

주차를 마치고 들어오던 대한의 목소리였다. 목소리만 들어도 서로가 무슨 생각을 하는지 알 수 있는 형제 같은 사이이기 때문에 한수는 대한의 목소리를 듣고 평소와 다른 분위기를 읽었다는 것을 느꼈다. 수상한 사람을 잡아두고 확인 중이라면 뒤쪽은 본인이 지키고 있으니 걱정하지 말라는 무언의 사인이다.

궁금해서 묻는 것이 아니라는 것을 알기에 한수는 대답하지 않았다.

남자는 머뭇거리더니 곧 주머니에서 손을 꺼냈다. 한수의 눈앞에 구겨진 휴지가 들어오는 순간 그의 입에서 허탈한 웃음이 터졌다. 남자는 두루마리 휴지를 대강 끊어 온 것 같은 기다란 휴지를 구겨 이마의 땀을 닦았다.

"좀 도와드리려고. 헤매고 계셔서."

그제야 한수가 안심하고 대한을 쳐다보며 대답했다. 대한의 눈빛에서도 의심의 그늘이 걷혔고 빠른 걸음으로 다가왔다.

"저…."

남자는 여전히 시선을 바닥에 떨군 채 휴지로 이마를 닦았다.

"제가…."

"맞죠!?"

이야기를 나누던 두 사람에게 도착하자마자 갑자기 대한이 오랜만에 보는 친구를 만난 듯 큰 소리로 손뼉을 치며 말했다. 잔뜩 움츠러든 남자의 목소리는 가까이 귀를 기울여야 간신히 들릴 정도였지만 대한의 목소리는 1층 전체를 울렸다.

"어디서 봤나 했네."

대한이 양손을 허리에 올리고 만족스럽다는 듯 고개를 끄덕였다.

"편의점 사장님이시잖아."

그제야 알아차렸다는 듯 한수는 고개를 끄덕였다.

"아! CCTV 영상 받으러 갔을 때 봤죠?"

한수와 대한의 반가운 목소리에 남자의 당황한 표정을 지었다.

"여기서 뵈니까 또 반갑네요! 아니 근데 여기까지 어쩐 일이세요?"

더는 작아질 수 없을 것 같던 남자의 어깨가 한 번 더 움츠러들었다. 한수와 대한의 신발을 보는 것처럼 보였지만 실제로 남자는 눈에 무엇이 보이는지 관심도 없었다. 마치 머릿속으로 너무 많은 생각을 하느라 시각에 세포들은 모두 잠자코 있는 것처럼.

"무슨 일 있으셨어요?"

대한이 허리를 숙여 남자의 눈을 맞추려 가까이 다가갔다.

"제가…."

두 형사가 남자의 작은 목소리를 듣기 위해 집중했다.

"네."

한수의 부드러운 목소리 덕에 남자는 자신감을 찾았는지 주먹을 꽉 쥐고 비로소 하려던 말을 뱉었다.

"제가 이건우를 죽였는데요."


4


"증거를 찾아오랬더니 범인을 하나 더 달고 왔네."

대한은 팀장의 옆모습밖에 볼 수 없었다.

"잡초를 깎으라고 보냈더니 뿌리째 뽑아오는 게 기특해서 한 소리야."

팀장이 대한의 어깨를 가볍게 쳤다. 두껍고 무거운 손에서 둔탁한 소리가 났다.

취조실이 보이는 유리 너머로 편의점 사장과 한수가 마주 앉아 있었다. 편의점 사장은 아직도 고개를 푹 숙이고 한수를 마주 보지 못했다.

"본인 확인하겠습니다."

한수의 목소리가 낮고, 침착하게 울렸다.

"이름은 노진성. 38세이고 피해자 이건우 씨와 고등학교 동창이시네요. 사건 현장 맞은편에서 편의점 하시고…"

진성이 고개를 끄덕였다. 여전히 고개는 숙인 채였다.

"고등학교 동창을 찌른 이유가 뭡니까?"

한수가 인적 사항이 적힌 파일을 가지런히 치우며 물었다.

진성은 힐끔 한수의 눈치를 살피고는 아래로 눈알을 굴렸다. 테이블 아래로 손을 내려놓고 애꿎은 손가락을 만지작거리는 바람에 수갑의 철컥거리는 소리가 들렸다.

"마음에 들지 않아서요."

"뭐가요?"

"하나부터 열까지 전부 다요."

"고등학교 때부터 잘 지내오다가 갑자기 그런 생각이 들던가요?"

한수가 안경을 살짝 추어올렸다. 안경 너머로 침착하지만, 싸늘한 눈빛을 마주치자, 진성은 잠깐 들었던 고개를 다시 숙일 수밖에 없었다.

"어릴 때부터 그랬어요."

진성의 작은 목소리를 듣기 위해 한수는 평소보다 더 귀를 기울여야 했다.

"고등학교를 입학하자마자 친해졌지만, 걔는 저를 한 번도 친구라고 생각하지 않았을 거예요. 저같이 소심하고 겁이 많은 친구를 데리고 다니는 건, 본인의 평판을 끌어 올리기 위해서였어요."

진성은 잠깐의 침묵을 이어가다가 말을 이어 나갔다.

"호감형인 외모와 큰 키를 보고 누구나 이건우를 좋아했지만, 그 아이의 실체를 알고 있는 건 저밖에 없었어요. 생각해 보세요. 그렇게 잘난 사람이 저에게 먼저 다가와서 친구가 되자고 손을 건넬 이유가 없잖아요? 걔는 항상 친구들에 둘러싸여 사랑받았어요. 혼자 앉아 책을 읽던 저에게 다가와 먼저 축구를 하자고 하더라고요. 친구들을 잔뜩 데리고 와서는…. 모두 앞에서 본인의 다정함을 뽐내려는 거죠. 태양은 그림자가 많아야 더욱 빛이 도드라지잖아요."

작은 목소리로 천천히 말하고 있었지만 더듬거나 망설이지 않았다.

"성인이 돼서도 들러리인 저를 옆에 끼고 다니는 건 계속됐어요. 소심하고 눈치가 없어서 늘 여자한테 차이던 저와 반대로 이건우는 동창 중에 가장 인기가 많은 친구와 결혼했어요. 모두가 선남선녀라고 입을 모아 칭찬할 때 저는 배신감이 먼저 들더라고요. 그 친구가 제 첫사랑이라는 걸 이건우는 알았거든요."

진성은 그제야 고개를 들어 한수와 눈을 마주쳤다. 긴장은 흔적도 없이 사라졌고 장작에 불이 붙은 듯 눈동자 저편에서 무언가 타오르는 것을 느꼈다.

"이혼을 하긴 했지만, 저도 결혼을 했었어요. 그런데 제 첫사랑이랑 결혼하고 살면서 주변에 계속 맴도는 건 다른 얘기 아닙니까?"

진성의 표정에 살짝 비열함이 섞였다.

"어제는 셔츠 주름이 잘 잡혀있는 정장을 입고 갑자기 편의점에 왔어요. 저녁 7시가 조금 넘은 시간이었던 것 같아요. 적당히 맞장구나 치다가 돌려보낼 생각이었는데 갑자기 제 가족의 안부를 묻더라고요? 제가 이혼한 걸 잊어버린 척하는 거죠. 일찍 들어가 가족과 시간을 보내는 게 좋을 거라고 말하는 그 표정을 보면서 순간 화가 났어요. 아르바이트생을 쓸 여유도 없는 제 앞에 와서 제 첫사랑이 다려 준 셔츠를 입고 그게 할 소리입니까?"

진성이 고개를 살짝 꺾으며 정말 궁금하다는 듯 물었다. 1층에서 봤던 소심함은 온데간데없이 사라졌다.

숨 쉬는 한순간도 놓치지 않겠다는 생각으로 집중하던 대한은 진성에게서 묘한 괴기함을 느꼈다. 그런 기분이 든 건 유리 밖에서 취조실을 보던 팀장도 마찬가지인지 쓰읍, 하는 숨을 들여 마시며 알 수 없는 표정을 지었다. 무언가 골똘히 생각하며 턱을 만지자, 면도를 하지 않은 턱에서는 까슬까슬한 소리가 났다.

"칼에서 신용현 지문 안 나왔다고 말했지?"

"네, 그렇습니다."

옆에 있던 대한의 대답을 듣고 팀장은 잠시 무언가 고민하는 듯했다.

"나 뭐 좀 알아볼 테니까 끝나고 전화해."

흔들림 없이 웅장한 목소리가 대한의 귀를 울렸다. 팀장이 나가고 난 후 대한은 더욱 마음이 무거워졌다. 도대체 어떻게 돌아가는 것인지 정확하게 알 수 없었지만, 정신을 바짝 차려야 한다는 건 온몸의 세포가 말해주고 있었다.

"그래서요?"

한수의 눈빛은 여전히 침착하고 무거웠다.

"무거운 것이 있으니 함께 옮겨달라고 창고로 들어가 있으라고 했어요. 칼을 챙겨서 들어가니 창고 안에서 태평하게 쌓여있는 상자들을 구경하며 서 있더라고요. 저는 고민도 안 하고 녀석의 등으로 달려들었어요. 아! 흉기! 등산용 접이식 칼인데 이혼한 전 부인 취미가 등산이었거든요. 사과를 깎아 먹는다나 오이를 먹는다나 예전에 사뒀던 걸 버리기에는 언젠가 쓸 수 있을 거 같아 계산대에 가져다 놨거든요. 발주한 물건들이 오면 이래저래 상자 뜯을 일이 많으니 유용하길래 거기에 두고 자주 썼죠. 칼을 쥔 손이 친구의 등에 가까워지는 중에도 그 짧은 시간 동안 저는 계속 고민했어요. '이게 맞는 걸까?'라는 생각과 '참을 만큼 참았어.'라는 생각이 공존했죠. 하지만 칼끝에 등이 닿자마자 깨달았어요. 이제 나는 멈출 수 없겠구나, 라고요."

진성이 덥수룩한 머리카락 안에 손가락을 넣어 머리를 긁었다. 시간이 갈수록 그의 얼굴에는 여유가 깃들었다. 한수의 얼굴은 잠시 불편한 표정을 지었지만, 이윽고 다시 침착하게 가라앉았다.

"그 녀석이 쓰러지면서 상자 몇 개가 함께 넘어졌고 그 안에 유리병이 있었는데 그게 깨지는 날카로운 소리에 정신이 들었어요. 다행히 매장 인테리어 한 지 얼마 되지 않았기 때문에 페인트칠할 때 썼던 비닐이 깔려있었거든요. 그 덕에 치우는 것도 어렵지 않았죠. 보셨죠? 공원 바로 앞이 저희 편의점인 거. 주민이 거의 다니지 않는 곳이니 시체를 끌고 나가는데도 아무도 마주치지 않았어요. 대강 앞에 버려두고 다시 돌아와서 한 시간 정도 여유 있게 청소했어요. 한 시간이나 청소했는데 아무도 오지 않는다니…. 인간들은 편의점을 뭐로 보는 거야. 편의점 없이 살 수 있다고 생각하는 거야?"

대한은 당장에라도 유리를 넘어 들어가 바닥을 보고 중얼거리는 진성의 얼굴에 주먹을 날리고 싶었다. CCTV 파일을 얻기 위해 창고로 들어갔던 본인은 왜 아무것도 느끼지 못했을까. 끓어오르는 화를 삭이기 위해 숨을 내쉬었다.

"입구 CCTV가 돌아가 있던 건 저도 까먹고 있던 사실이었는데 CCTV를 가지러 오셨던 형사님께 보여 드리면서 알았어요. 솔직히 걱정했거든요. 이건우에 관한 게 찍혔으면 어쩌나, 하고요. 그런데 두 번째로 들어오셨을 때는 정말 놀랐지, 뭡니까. 걸린 줄 알았거든요."

"자수하실 생각이었다면 그때 하셨어도 됐었을 텐데, 왜 굳이 하루가 지난 오늘 오신 겁니까?"

진성이 고개를 들었다.

173

"녀석이 없는 하루를 즐기고 싶었어요."

대한은 진성의 진지한 어투를 듣고 '신용현과는 다른 타입의 싸이코'라고 생각함과 동시에 형용할 수 없는 묘한 기분이 들었다. 덩달아 어젯밤 그곳에서 아무것도 느끼지 못한 본인이 한심하게 느껴졌다.

"청소하셨다고 했는데, 범행 흔적을 지우기 위해서였나요?"

한수가 칼에서 아무런 지문이 발견된 게 없다는 말을 기억하고 한 질문이었다. 창고를 청소한 것과 같이 칼 손잡이가 깨끗한 것에 관해 설명할 수 있다면 증거로서 가치가 생기는 것이었다.

"칼이요?"

진성이 잠깐 천장을 보는 듯하더니 아! 하고 무언가 생각난 듯 얘기했다.

"저는요, 칼을 등에 꽂아놓고 그 이후로는 손댄 적 없어요."

"그게 무슨…."

"창고만 청소했을 뿐이지 시체에 있는 저의 흔적을 지운 적이 없다고요."

"흔적을 지운 적이 없다…."

줄곧 침착하게 무게감을 이어왔던 한수의 목소리에 감정이 실렸다.

"지금 생각해 보니 가물가물하네요. 너무 화가 나도 필름이 끊길 수 있죠? 제가 찌른 게 맞긴 할까요? 제가 칼을 쥐고 있던 건 맞지만, 그 자식 혼자 뒷걸음질 치다가 제 칼에 찔렸을 경우도 있잖아요. 아니 애초에 그냥 모든 게 꿈이려나…. 오픈 준비에 바빠서 3일째 잠을 못 잤거든요. 얼마 전에 봤던 영화 내용 같기도 하고…. 너무 피곤하면 현실과 영화를 구분하지 못하는 사람도 있다고 하던데."

진성은 처음으로 빠르고 정확하게 말했다.

한수는 진성의 후련해 보이는 표정을 보면서 장기전이 될 것이라는 걸 직감했다. 그러고는 의자에 기대며 입을 열었다.

"신용현 씨 아십니까?"

침착했던 한수의 목소리는 한층 더 무거워져 있었다.

"신용현이라…."

길게 말끝을 끌던 진성은 눈을 가늘게 뜨고 고민하는 표정을 지었다.

"아니요?"

한수는 그러면 그렇지, 라는 표정으로 고개를 천천히 끄덕였다.

*

한수는 굳이 들여다보지 않아도 반대편 복도에서 걸어오는 대한의 표정과 자신의 표정이 다르지 않다는 걸 알고 있었다. 그는 자판기 옆에 설치된 벤치에 앉아 뻐근한 목을 가볍게 마사지했다.

"신용현이랑 노진성 분명 둘이 아는 사이일 거야."

대한은 자판기에 동전을 넣으며 한수의 말을 묵묵히 들었다.

커피 두 잔이 나오는 시간 동안 두 사람은 아무 말도 하지 않다가 한 잔씩 커피를 쥐고서야 의자에 걸터앉았다.

"왜 그렇게 생각해?"

대한이 물었다.

"자기 살인 행위를 진술하는 순간에 조사하던 경찰이 낯선 이름을 말할 때, 보통 뭐라고 하는 줄 알아?"

한수는 안경을 살짝 추어올렸다.

"대부분 '그게 누군데요?'라고 물어. 모르는 사람이다, 그 사람이 목격자냐, 그 사람은 내가 죽인 거 아니다, 하다가도 결국 마지막에는 '그래서 그게 누군데요?'라고 되물어."

한수는 깊은 곳에서 한숨을 끌어올려 뱉었다.

"난 자수하는 사람들은 두 가지 부류가 있다고 생각해. 죄책감에 못 이겨 오거나 자랑하고 싶어 오거나. 그래서 더욱 조사하는 사람 입에서 나오는 이름이 누군지 알고 싶어 해. 어떤 의미로든 계산 밖의 생판 모르는 사람 때문에 내 노력이 물거품이 되어버리면 안 되니까. 본인에게 얼마나 영향을 미치는지 알고 싶어 하는 심리지. 내 손으로 마무리를 지으려 했는데 누군가 개입해 버리는 거잖아? 그런데 노진성은 모른다고 대답만 했을 뿐 되묻지 않았어. 이미 누군지 알고 있는 상태에서 한 대답일 거야."

종이컵에 한수의 얼굴이 가까워지자, 안경에 하얗게 김이 서렸다.

"두 사람이 말한 범행 시간은 피해자 사망 추정 시각과 일치해. 하지만 신용현은 옆구리를 향해 먼저 달려들었다고 말하면서 칼은 버렸다고 말했고 노진성은 등을 찔렀다고 말하면서 칼의 행방은 정확하게 말했어. 각각 자상 위치와 범행 도구를 하나씩만 알고 있는 거야 엇갈려서."

대한이 공허한 눈으로 천장을 올려다보았다.

"두 사람 다 피해자 이건우와 고등학교 동창이면서 사건 당일 이건우와 멀지 않은 곳에 있었고⋯."

대한이 한 손으로 세수하듯 얼굴을 비볐다.

"그런데 이건우를 다르게 표현했지. 살해 동기에 차이가 있어."

한수가 말했다.

"신용현은 이건우가 반에서 주목받지 못하는 학생이라고 말했지만, 노진성의 진술에서는 전혀 그렇지 않았잖아. 축구를 위해 먼저 손을 내밀었다는 부분도 그냥 지나칠 수 없어. 신용현은 본인이 이건우에게 손을 내밀었다고 말했지만, 노진성은 이건우가 본인에게 손을 내밀어 줬다고 말했잖아. 그게 꽤 감동을 주는 상황이었는지 20년이 지난 지금도 둘 다 그 얘기를 꺼내는 게 신경 쓰인단 말이야? 20년 동안 별별 일이 많았을 텐데⋯."

"판을 더럽게도 짰네."

비아냥거리는 대한의 목소리가 복도를 울렸다.

"아주 얇게 하나씩 걸어 둔 기분이 드는데."

한수가 대한의 어깨를 꽉 움켜쥐었다.

"대어 두 마리가 스스로 낚싯바늘로 다가와 바늘을 입에 물었다고 해도 어려울 필요가 없어. 확실한 건 이건우, 신용현, 노진성. 셋 다 축구를 위해 손을 내밀었던 그 자리에 있었다는 거야. 거짓말을 한 명이 하면 어디까지 판을 짜놨는지 가늠이 어렵지만, 거짓말을 하는 사람이 두 명 이상이라면 그사이에 균열이 생길 때까지 몰아붙이면 돼. 한 줄의 균열만 생기면 와장창 무너질 거야."

의기양양한 한수를 보면서 대한이 힘없이 웃었다.

두 사람은 머리를 식히기 위해 대화를 나눴지만, 여전히 엉켜있는 실뭉치를 들고 있는 기분이었다.

자리로 돌아와 조서를 쓰고 있던 한수와 대한의 뒤로 팀장의 발소리가 들렸다. 팀장은 두 사람의 모니터를 흘겨보더니 만족스러운 표정을 지었다.

"맞아. 복잡한 일일수록 간단한 거부터 하면 돼. 잘하고 있어."

팀장이 고갯짓으로 회의실을 가리키자 두 사람을 즉각 몸을 움직였다.

수사과 사무실 한쪽에 마련된 회의실은 중앙에 놓여있는 8인 테이블 주변으로 칠판과 빔프로젝터가 놓여있었다.

팀장은 들어오자마자 상석이 아닌 가장 가까이에 있는 자리의 의자를 빼서 앉았다.

"앉아."

한수와 대한이 모두 자리에 앉은 것을 확인한 팀장은 은은한 미소를 띠고 있었다.

"둘 다 얼굴이 말이 아니네."

팀장은 흰머리가 섞인 머리카락을 한 손으로 쓸어 넘겼다.

"신용현은 술이 깨고 나서부터 아무 기억이 나지 않는다고 말했던 것 기억나지? 노진성 역시 갑자기 말을 바꿨어. 친구가 살해당했다는 충격에 언젠가 영화에서 봤던 장면이 생생하게 떠올랐고 그걸 말했을 뿐이라고."

한수와 대한은 표정이 굳어 가는 걸 멈출 수 없었다.

"둘 다 그렇게 말한 뒤 진술을 거부하고 있어. 현장 감식 결과도 난항이고. 족적도 없고 혈흔도 찾기 힘들어서 이동 방향을 알기도 어려워. 말 그대로 시체만 있을 뿐이야. 하늘에서 떨어진 것처럼."

팀장의 눈매가 순식간에 날카로워졌다.

"안타깝지만, 박 형사가 가져온 CCTV도 참고할 만한 게 없더군. 부검 결과가 나와봐야 그때부터 속도가 붙을 거 같다."

대한은 괜히 부끄러운 마음이 들었다.

"나무라는 게 아니야. 사실을 전하는 거지."

팀장의 목소리에서 단단함과 다정함이 섞여 나왔다.

"사건이 좀 길어질 것 같아서 마음 단단히 먹자고 부른 거야."

한수와 대한은 허리를 더 꼿꼿하게 세웠다.

"그래도 아예 진전이 없는 건 아니야. 신용현, 노진성 이 둘 다 이

건우와 통화한 기록이 발견됐다. 둘 다 동창이라는 사실은 숨길 생각이 없었으니, 통화 기록은 지울 생각도 하지 않았던 것 같아."

팀장은 이미 머릿속으로 생각을 끝냈는지 별일 아니라는 듯 한수와 대한의 놀란 얼굴을 보고도 표정의 변화 없이 말을 이어 나갔다.

"통화한 시간은 오후 6시쯤. 이건우는 노진성에게 먼저 전화를 걸고 그다음 바로 신용현에게 걸었어. 통화 시간 자체는 5분 내외로 길지 않아. 신용현과 노진성 둘이 통화한 것도 없고 셋이 한자리에 있었다는 증거도 없지만…."

팀장은 잠시 뜸을 들였다. 그 찰나의 순간은 순식간에 회의실 공기를 긴장감 있게 조여왔다.

"너희도 눈치챘겠지만, 셋이 아는 사이인 것 같지?"

한수는 마른침을 삼켰다.

"근데 그건 생각이야. 생각만으로 범인 잡을 수 없잖아. 제 발로 걸어 들어온 범인을 집어넣고 싶은 마음이야 잘 알지. 아무리 생각해도 눈앞에 앉은 놈이 범인인데 나 말고 다른 사람들을 이해시킬 만한 증거가 없을 때의 그 답답함도 알아. 우리는 신이 아니므로 전지전능하지 못하니까."

팀장이 의자를 살짝 돌려서 창밖을 보며 말을 이어 나갔다.

"근데 그건 놈들도 마찬가지지."

대한은 고개를 들어 팀장을 보았다.

"내가 낚시를 참 좋아하는데 말이야…."

팀장은 창 너머의 먼 곳을 응시했다.

"입질 왔을 때 세게 당기기만 하면 실패해 버려. 설상가상으로 낚싯대까지 망가지면 그날은 낚시도 못하고 미끼를 물었던 물고기가 어떤 물고기인지 알지도 못한 채 기분만 상하고 말지. 다시 그 자리에 앉아서 낚시한다고 해도 그때 그 물고기를 또 만날 수도 없을 거야."

대한은 낚시를 좋아하시던 할아버지가 떠올랐다. 어린 대한이 힐끔 훔쳐보던 할아버지는 낚시할 때만큼은 식사도 하지 않으셨다. 전투력이 증발한 몸이었지만 꼿꼿하게 허리를 세우고 주름이 가득한 얼굴 위로 군인답게 매서운 눈빛을 가지고 있던 할아버지는 말 한마디 없이 밤새 앉아계시기도 했다.

"우리 낚싯줄 좀 풀었다가 당겨보자."

"그 말씀은…"

한수가 왼손으로 안경을 추어올리며 작은 목소리로 물었다.

"이대로 가면 더는 잡아둘 수 없어. 현재로써 자백이 유일한 증거인데 자백을 보강할 수 있는 증거가 아무것도 없지. 유죄 심증만으로는 유죄가 되지 않아. 진술 번복을 해대는 걸 보면 저놈들도 그걸 알고 있을 거야. 두 놈을 잡아둘 명분이 없으니 어쩌겠어? 대신 우리는 부검 결과 나오고 나면 빠져나갈 수 없도록 촘촘하게 그물을 만든다. 미안하지만, 야근은 좀 할 거야. 이상, 질문?"

천연덕스럽지만 확신에 가득 찬 눈빛을 보고 대한은 할아버지가 겹쳐 보였다. 그리고 본인이 왜 팀장을 존경하는지를 다시 한번 피부로 느꼈다.

"없습니다."

한수와 대한이 동시에 대답하자 팀장의 눈은 만족스럽게 빛났다.


5


"우리랑 축구할래?"

씩씩한 목소리가 귀로 날아들었다. 덕분에 책상에 앉아 책을 읽고 있던 왜소한 학생은 깜짝 놀라 소리가 난 쪽으로 고개를 들었다.

"나한테 한 말이야?"

그 말을 들은 키가 큰 친구가 고개를 끄덕였다.

"한 번도 축구하러 나온 적 없잖아. 축구 싫어?"

앉아 있던 학생은 쥐고 있던 책의 모서리를 조금씩 구겼다. 눈앞에 책은 이미 어젯밤 자기 전에 모두 읽어버렸기 때문에 결말을 알고 있었다. 눈이 활자를 따라다녔을 뿐, 집중해서 읽고 있지는 않았다. 오히려 해가 비추는 운동장에 나가 뛰어놀고 싶었다. 하지만 소심한 성격 탓에 반 친구들과 친해질 타이밍을 놓쳐버리는 바람에 입학하고 한 달이 지난 지금도 친한 무리를 만들지 못했다. 이미 남학생과 여학생들 모두 저마다의 친한 무리가 생겨버렸고 이제 와서 끼기도 머쓱한 상황에 대처할 방패가 바로 그 책이었다.

"아니 그런 건 아닌데…."

갑자기 찾아온 타이밍에 좋은 대답이 있을까 고민했다.

"갑자기 왜…."

"왜긴 왜야!"

뒤쪽에서 쾌활한 목소리가 끼어들었다. 축구공을 옆구리에 끼고 나타난 목소리의 주인공은 처음 말을 걸었던 학생에게 어깨동무하며 앉아 있는 학생에게 시선을 마주쳤다. 살짝 어두운 피부색은 그 아이의 미소를 더 밝게 만들어 주는 장치였다. 구김살 없는 성격으로 친구들은 물론, 수업 중에도 선생님에게 산뜻한 농담을 건네기도 하는 교실의 태양. 책상 옆에 서 있는 두 친구는 앉아 있는 학생에게 딱 그런 존재였다.

"운동하는 거 안 좋아하는 줄 알았는데, 너 전 교시 쉬는 시간에도 그렇고 계속 그 페이지만 펼쳐놓고 있잖아. 사실은 너도 그 책 재미없지?"

"뭐?"

놀란 마음에 큰 목소리가 튀어나왔다. 실제로 그랬다. 새로운 책을 가방에 넣어둔다는 걸 깜빡하고, 어젯밤 다 읽어버린 책을 습관적으로 가방에 넣어 그대로 들고 나와버렸기에 그저 멀뚱히 자리에 앉아 있는 것을 포장하기 위해 펼쳐두기만 했을 뿐이다.

창피함이 몰려온 진성은 귀가 뜨거워지는 것을 느꼈다.

"지루하니까 자꾸 페이지 모퉁이를 구기는 거잖아. 안 그래?"

축구공을 든 친구가 허리를 숙여 속삭이자, 구릿빛 피부와 상반되는 상아색의 치아가 환하게 번졌다. 앉아 있던 학생은 그 미소를 보자마자 진심으로 감탄했다. 학생임에도 이미 완성된 친밀함. 누구든 고민도 없이 마음의 문 안으로 이 친구를 들일 것으로 생각했다. 자신이 그런 것처럼.

"이건 그냥 습관이야. 책을 읽든 만화책을 보든. 종이를 구기면서 읽으면 집중이 잘 돼."

또래에게 느낀 동경심을 들키고 싶지 않은지 마음과 다르게 날카로운 목소리가 날아갔다. 말을 걸어 준 친구의 기분이 상하지 않았을까 바로 걱정이 되었다.

"아! 너 내 이름 알아?"

다행이었다. 친구는 상대방의 말투에는 관심이 없는 듯 축구공을 가볍게 던졌다 받았다.

"내 이름은 신용현이야. 너는 노진성 맞지?"

진성은 고개를 끄덕였다. 제일 처음 말을 걸었던 키가 큰 친구는 이에 질세라 서둘러 본인 이름도 이야기했다.

"나는 이건우. 지금 축구하러 같이 갈래?"

진성은 고개를 끄덕였다. 하지만 그 뒤로는 무엇을 해야 할지 몰랐다. 자리에서 일어나서 바로 따라나서도 되는 건지 고민하고 있었다. 그러는 사이 고민하던 진성의 팔을 건우가 잡아끌었다.

"시간 없어. 점심시간 다 끝나겠다!"

진성은 가까이서 본 건우의 왼쪽 눈 아래 점이 있는 것을 깨달았다.

'이런 점은 까먹기 힘들겠네.'라고 속으로 생각했다.

\*

뜀박질하는 경쾌한 실내화 소리가 복도를 울렸다.

"정말 지금 하는 거 맞아?"

숨이 턱 끝까지 찬 목소리로 물은 건우의 말에 함께 뛰던 진성은 한심하다는 표정을 지었다.

"문자 왔어. 지금 바로 고백할 거니까, 와서 분위기 좀 잡아달라고."

3학년이 되면서 혼자 다른 반으로 떨어진 용현은 뜻밖에 아쉬워하지 않았다. 친화력이 좋은 성격도 한몫했지만, 진짜 이유는 따로 있었다. 같은 반에 좋아하는 여학생이 생겼고, 그 아이를 보면 몸이 굳어서 어떤 말을 해야 좋을지 모르겠다며 매일 같이 설레는 얼굴로 말했다. 진성과 건우는 용현이 누군가의 앞에서 긴장한다는 사실을 믿기까지 시간이 걸렸다. 그럴 때마다 용현은 친구들을 향해 말했다. '언젠가 영화처럼 그녀에게 고백할 거고 그때는 너희가 꼭 와서 분위기를 잡아 달라'며 신신당부를 했다.

멀리서도 용현의 고백이 시작됐다는 것을 알 수 있었다. 용현의 반 앞으로 학생들이 모여있었고 여학생들은 손으로 입을 가리기도 하며 꺅, 소리를 질러댔다.

용현의 반에 도착한 대한과 건우는 숨을 고를 틈도 없었다. 창문으로 들여다본 교실 안에서 용현은 이미 친구들이 처음 보는 얼굴로 서 있었기 때문이다.

"분위기를 잡을 필요도 없겠네. 저 자식 얼굴은 왜 저렇게 빨개?"

건우의 말에 진성은 걱정스러운 눈빛으로 모르겠다는 듯 고개를 저었다.

"신용현이 긴장도 하는구나."

진성은 작게 읊조렸다.

학생들이 만든 동그란 원 안에 용현과 여학생이 마주 보고 있었다. 용현은 여학생과 눈도 마주치지 못한 채 억지로 웃고 있는 입에서는 경련이 일어나고 있었다. 애처로운 친구의 모습에 건우는 눈을 질끈 감았다.

"나 너 좋아해."

용현은 어디서 가져왔는지 모를 꽃다발을 여학생에게 내밀었다. 주황색과 노란색이 적절히 섞인 화사한 다발이었다.

꽃다발은 여전히 용현의 손에 있었다. 여학생은 꽃다발에 손을 뻗지 않고 조용히 웃고 있었다.

"안 받는 거 같은데?"

진성이 속삭였다.

옆 모습뿐이었지만 건우와 진성은 왜 본인들의 친구가 저렇게까지 긴장하게 되어버렸는지 알 수 있었다. 고요한 호수에 은은한 파장이 퍼지듯 부드럽게 미소진 여학생의 얼굴은 투명하게 빛났고 웃을 때 말려 올라가는 입꼬리와 턱선에 맞춘 단발머리가 인상적이었다.

누구라도 반할 것이다.

"나랑 사귀어 줘."

여학생의 반응이 없어 초조해진 용현은 다시 한번 승부수를 띄웠다. 하지만 마음만 앞서고 목소리만 큰 그의 고백에 숨죽이고 있던 모든 학생은 직감했다. 오늘 저 꽃다발은 여학생의 품에 안길 수 없다는걸.

학교가 끝나자마자 세 친구는 모두 용현의 집으로 향했다. 컴퓨터 게임과 축구 이야기로 가득했던 평소와는 달리 진성과 건우는 용현의 눈치를 살피느라 아무 말도 하지 못했다.

"나 전학 갈까."

방에 도착하자마자 침대에 쓰러지듯 누운 용현이 드디어 적막을 깼다. 엎드려 앓는 소리를 내던 용현은 이불에 얼굴을 감싸고 괴성을 질렀다.

"좋아하는 애가 따로 있다잖아. 널 싫어하는 게 아니고."

진성이 마치 제 집인 양 책장에서 만화책을 뽑으며 말했다. 추리

만화를 좋아하는 취향은 세 친구의 공통점이기도 했다. 어제까지 읽었던 부분을 능숙하게 펼친 진성은 책상 의자를 차지하고 앉았다.

"그래. 고3이 무슨 전학이야? 그냥 얌전히 졸업하자. 한 달만 있으면 아무도 기억 못 할 걸?"

건우가 웃으며 말했다.

"얌전히? 넌 내가 얌전히 학교에 다닐 수 있을 거로 생각해? 오늘 모인 애들만 몇 명인 줄 알아? 벌써 우리 동네 유치원생들도 다 알고 있을 거야. 오는 길에도 봤지? 유치원생들이 날 보고 비웃었던 거 같아. 맞아, 확실해."

용현은 이불을 쥐어뜯으며 괴로운 소리를 냈다.

"좋아하는 애가 누굴까? 누군지 몰라도 얼굴에 주먹을 날려야 속이 시원할 거 같은데."

용현의 말에 진성은 아무 소리도 들리지 않는다는 듯 대꾸도 하지 않고 만화책을 읽는 데 빠져들었다.

"이왕 이렇게 된 거 피할 수도 없으니 즐겨야지, 안 그래? 조금이라도 덜 창피하게 다니면 되는 거 아니야?"

건우의 말에 창피함에 몸부림치던 용현의 움직임이 멈췄다. 빼꼼히 튀어나온 눈이 희망과 의심이 섞인 눈빛으로 건우를 바라보았다.

"방법이 있어?"

건우가 용현이 누워있는 침대맡에 걸터앉았다.

"계속 그렇게 창피해하는 모습으로 학교 다니다가는 애들이 계속 너 놀리고 싶을 거야. 심지어 그 여자애랑 같은 반이라며, 계속 너희 둘을 주시하지 않을까?"

"맞아, 난 아까부터 쟤 놀리고 싶었어."

진성이 만화책을 읽으며 고개도 들지 않고 말했다.

"그러게, 전화로 하거나 학교 끝나고 따로 만나서 하지. 이벤트는 무슨…."

"저게, 씨!"

용현이 진성을 보며 표정을 구겼다.

"마저 들어봐."

건우가 웃으며 용현을 진정시켰다.

"연연해하지 않는 모습을 보이자. 내일 그 여자애가 너를 어색해하고 눈도 마주치지 않으려 하면 가서 말해 봐. '누굴 좋아하든 친구로서 네가 행복해지길 빌어.'라고."

용현이 코로 한숨을 뱉었다.

"그게 연연하지 않는 거야? 난 다시 말을 걸 엄두도 안 난다고."

"내일이 아니면 못 해! 며칠 지나면 더 이상해져. 너 속 좁은 놈 아니잖아? 꽁꽁 싸매는 거보다 좀 드러내는 게 서로 편할 수도 있어."

건우의 말에 용현이 고개를 천천히 끄덕였다.

"나도 거기에 동감해."

진성은 여전히 만화책에서 시선을 떼지 않고 고개를 끄덕이며 말했다. 진성의 손가락은 만화책 페이지 끄트머리를 잡고 수직으로 세웠다가 힘을 받는 방향으로 구기면서 내려왔다. 구겨진 부분은 나뭇가지 모양과 흡사하게 자국이 생겼다.

"근데 그 여자애 이름이 뭐라고?"

종이를 구기던 진성이 고개를 들어 물었다.

건우도 같은 대답이 듣고 싶었는지 용현을 바라보았다.

"갑자기 그건 왜?"

용현은 짜증이 섞인 표정으로 두 친구를 번갈아 보았다.

"두고두고 놀려 먹으려면 되도록 많은 정보가 필요하잖아. 한, 뭐였는데 한…"

진성이 만화책을 뒤집어 놓고 천장을 보며 눈을 가늘게 떴다.

"그래, 한나리!"

건우는 손뼉을 치며 웃었다.

"야!"

참을 만큼 참은 용현이 이불을 박차고 일어나 진성을 노려봤다.

"한혜리거든?"

말이 끝나자마자 진성의 얼굴에 베개가 날아들었다.

*

4 : 패티 파수꾼

190

"뭐? 다시 말해봐."

용현이 술잔으로 테이블을 내리치자 쿵 하고 큰 소리가 났다.

건우는 고개를 푹 숙이고 자신의 앞에 놓인 술잔에 소주를 따랐다. 진성은 눈을 깜빡거리며 무언가를 생각하는 표정으로 진지해졌다.

"아니, 정리를 해보자. 그러니까 건우 네가 용현이의 첫사랑인 한혜리랑 같은 대학에 간 건 알아. 과는 다르지만, 교양수업을 같이 듣게 됐는데 거기서 그치지 않고 둘이 사귄다는 거야? 지금 내가 들은 게 맞나?"

진성은 놀란 표정으로 건우에게 물었다. 너무 놀란 나머지 물속에 들어온 듯 눈앞에 장면들의 현실감이 사라졌다. 왁자지껄한 대학가 술집의 소음이 귓속으로 들어오지 않았다. 원형 테이블에 둘러앉은 세 친구 사이에 처음으로 험악함이 넘실거렸다.

"맞아."

건우의 말이 끝나기가 무섭게 진성의 입에서 옅은 탄식이 새어 나왔다.

"맞아? 넌 그걸 말이라고 해?"

고함에 가까운 용현의 목소리가 들리자, 주변에 앉은 손님들은 세 친구의 테이블을 한번 흘겨봤다.

"야, 조용히 좀 해. 이미 만난 지 세 달은 됐다잖아. 이제 와서 뭐 어쩔 거야."

진성이 용현의 팔을 잡았다. 화가 난 친구의 팔은 힘이 실려있었다.

　"그게 더 화나. 차라리 시작하기 전에 말했어야지. 이미 한 계절이 지나도록 우릴 속이고 있었잖아."

　진성은 어떻게 좀 해봐, 라는 눈빛으로 건우를 바라봤지만, 건우의 표정은 아무 변화가 없었다.

　"네 첫사랑이라는 거 내가 왜 모르겠냐."

　요동치지 않지만, 묵직한 건우의 목소리가 들렸다.

　"사귀자는 말도 없이 물 들듯이 시작됐고 그래서 언제 시작했다고 콕 집어 말하기도 어려웠어. 좋은 감정을 서로 확인한 후에 바로 말하려고 했지만 가볍게 만나고 끝내버리면 그게 더 너한테 못 할 짓이라고 생각되더라. 그래서 나도 어느 정도 확신이 생기고 나서 말해야겠다고 생각했어."

　건우는 스스로 채운 술잔을 입안에 털어 넣었다.

　"지금은 확신이 들어. 그 애가 하고 싶어 하는 거 내가 다 하게 해주고 싶어."

　진성은 본인이 입을 다물어야 할 때라는 걸 너무 잘 알고 있었기 때문에 용현이 말을 하기 전까지 입을 굳게 다물고 눈치만 보고 있었다. 하지만 용현의 팔을 잡은 손은 놓치지 않았다. 씩씩거리는 친구가 가까스로 이성을 잡고 참고 있는 게 느껴졌지만, 언제든 주먹이 날아갈 수 있다고 생각했기 때문이다.

"내가 아직 걔를 좋아하는 건 아니지만 내 첫사랑이랑 사귄다는 말을 이런 식으로 파전 먹다가 듣게 하는 건 아니지. 나를 따로 불러서 얘기할 생각은 못 했어?"

용현의 목소리가 떨리는 것이 느껴졌다.

"용기가 안 났어. 술이 좀 들어가니까 이제야 말할 용기가 생기네."

진성은 용현이 눈을 질끈 감으며 화를 씹어 삼키는 표정을 보았다.

"건우야, 좀!"

진성이 건우를 나무랐다.

"야, 잠깐만."

순간 용현의 눈이 무언가 떠올랐다는 듯 매섭게 커졌다.

"나 혜리한테 꽃다발 주고 차일 때! 좋아하는 애 있어서 못 받겠다고 했던 거, 혹시…."

"에이, 설마."

진성은 동의를 구하는 표정으로 건우의 시선을 맞추려 했다. 하지만 입에 술을 털어 넣기 바쁜 건우는 아무 대답이 없었다.

"진짜야?"

진성의 목소리가 눈치 없이 크게 울리자 다시 한번 주변의 사람들이 세 친구의 테이블을 흘겨보았다.

"맞아. 그거 나라고 하더라."

어느 감정에도 치우치지 않은 말이었지만 진성은 그 말을 듣자마자 가슴이 철렁했다.

"그게 너라고?"

용현은 자신의 앞에 가득 채워진 술잔을 말없이 쳐다보더니 단숨에 목구멍으로 넘겨버렸다.

"너란 말이지…"

용현은 헛웃음을 치며 고개를 천천히 끄덕였다.

"알겠다."

웃음소리가 들리기는 했지만, 여전히 공기는 세 사람의 주변을 조여왔다. 통쾌한 웃음소리가 아니라 폭풍전야의 긴장감을 담은 웃음소리였기 때문이다.

"오히려 말해줘서 고맙네. 둘이 잘 만나. 나도 그동안 내가 찝찝했던 거, 마침표를 찍을 수 있을 것 같아."

용현은 고개를 끄덕이며 '끝내자, 끝내.'라는 혼잣말을 읊조렸다. 혼란스러운 감정을 스스로 다스리려고 노력하는 것 같았다.

"그래. 고백했던 게 벌써 언제 적이야. 술 한잔하고 풀자, 친구끼리."

눈치를 보던 진성이 분위기를 풀어 보고자 말을 꺼내는 순간 눈앞으로 새카만 무언가가 휙 지나갔다.

연이어 쨍그랑, 유리컵이 깨지는 소리와 수저가 떨어지는 소리가 찢어질 듯 울렸다. 세 친구의 테이블을 흘겨보기만 하던 사람들은 호기심이 가득한 눈으로 구경하기 시작했다.

바닥에 엉켜있는 두 친구를 보며 진성은 한숨을 쉬며 고개를 떨궜다.

건우는 주먹을 맞은 한쪽 볼을 감싸고 놀란 눈으로 용현을 보고 있었다. 용현은 후련한 표정으로 숨을 몰아쉬며 호쾌하게 외쳤다.

"와, 이제 시원하네. 드디어 누군지도 몰랐던 그놈에게 한 방 먹이는구나!"

용현은 건우를 보며 말했다.

"첫사랑 잘 가라!"

*

침묵이 입을 막고 있었다.

진성이 이혼을 하게 된 이후로 늘 진성의 생일은 이렇게 셋이 모여 비싼 술을 마셨다. 하지만 오늘은 금가루를 뿌려 놓은 듯 고고한 자태로 테이블 위에 놓여있는 술잔으로 팔을 뻗기가 쉽지 않았다. 무거워진 공기가 그들의 어깨를 누르며 압박하고 있었기 때문이다.

건우의 말이 끝나고 얼마나 시간이 흘렀는지 모르겠지만 이미 술잔에 담겨있던 얼음은 녹기 시작했고 독한 향이 나는 술은 녹은 얼음에 잡아먹히고 있었다. 평소라면 비싼 양주가 희석되는 것을 내버려두지 않았겠지만, 오늘만큼은 눈앞의 술이 물이 되는 것을 막을 수 없었다.

용현이 손가락으로 코를 훑으며 숨을 들이마시는 소리가 들렸다.

"그러니까 네 말은…."

차마 뒷얘기를 입에 담지 못하고 머쓱하게 눈썹을 추켜세웠다. 취해서 아무것도 못 들었다는 핑계를 대고 싶었지만 그러기에는 두 모금 정도 마시며 목을 축인 게 다였다.

진성도 난감하기는 마찬가지였다. 본인이 아는 단어 중에서는 지금 상황에서 할 수 있는 말이 하나도 없었다.

"진짜야."

건우가 강단이 느껴지는 목소리로 말했다. 평소와 다를 것 없이 태평하게 느껴지는 목소리는 숨 막히는 침묵을 단숨에 테이블 아래로 끌어 내렸다.

"생일 축하해주러 와 놓고 이상한 소리를 하더니 우리더러 그 말을 믿으라는 거야?"

진성의 말에 희미하게 웃음이 섞여 있었다. 모두 농담이길 바라는 마음이 섞이는 것처럼.

"무슨 말 같지도 않은 말을."

참았던 말을 뱉은 용현은 화를 억누르며 손으로 빙빙 돌리기만 하던 술잔을 드디어 입으로 가져갔다.

"내 생각이 아니야."

건우는 결의를 다지는 셔츠의 소매를 걷어 올렸다. 그리고 한 글자 한 글자 힘을 실어 또박또박 말했다.

"사실을 말하는 거야. 내 아내는 나를 죽이려고 해. 근데 아직 방법은 정하지 못한 것 같더라. 하지만 언젠가는 성공하게 될 거야. 한다면 하는 사람이잖아."

'이 술 독하네.'라고, 말하는 듯 가벼운 말투였다. 친구들의 표정에는 노골적으로 황당함이 드러났다. 진성은 헛웃음을 치기도 했고 용현은 미간을 찌푸린 표정이 울상에 가까웠다.

"싸우고 나서 아직 화해를 안 했어?"

"그래. 네가 뭘 잘못했겠지."

친구들의 말에 답답하다는 표정으로 미간을 찌푸린 건우는 양손을 들어 멈추라는 사인을 보냈다.

"잘 들어. 쉽게 설명할 테니까."

건우는 손을 뻗어 뽀얗게 녹기 시작한 얼음물을 벌컥벌컥 들이마셨다. 목구멍에 스펀지가 들어가 있는 것처럼 입안으로 물이 들어가자마자 순식간에 컵이 비워졌다. 그리고 얼음물에 목욕이라도 한 것처럼 개운한 소리를 냈다.

"두 달 전부터 묘하게 나를 보는 눈빛이 변한 것 같더라고. 입은 웃고 있지만, 눈은 텅 빈 느낌이었어."

용현은 불길한 예감이 든 표정을 지었다.

"두 달이라고? 하지만 너희…"

"그래. 유산된 건 6개월 전인데 내가 변화를 느낀 건 두 달 전부터야. 나도 처음엔 다른 문제가 있을 거로 생각했어. 시기가 다르니까…. 그러던 중에 컴퓨터에서 아내의 일기를 보게 됐지."

건우는 쥐고 있던 컵에서 눈을 떼지 않고 말을 이어갔다.

"나는 매 순간 아내의 미래를 짓밟았대."

세 친구의 사이로 무거운 공기가 스멀스멀 올라왔다.

"내가 소파에 누워 TV를 보고 있는 걸 발견했을 때, 화장실 청소를 하며 본 나의 칫솔이 심하게 헤져 있었을 때, 면도용 크림이 다 떨어지기도 전에 미리 사서 채워 놓은 걸 봤을 때, 식탁을 닦으면서 내가 흘린 음식 자국을 발견했을 때, 내가 출근하면서 닫은 현관문이 평소보다 세게 닫힐 때…. 지금 생각나는 건 이 정도네."

잠시 말을 마친 건우가 손에 든 잔을 한 바퀴 가볍게 돌리자, 얼음끼리 부딪치며 맑은소리가 났다.

"자신은 아직 깊은 구렁텅이에 쓰러져 있는데, 나 혼자 멀쩡한 길 위에 올라 걷고 있는 것 같대. 아내는 아직도 밥을 먹을 때 숟가락을 쓰지 않거든. 뭐 좋은 일 있다고 입안 가득히 음식을 채워 넣느냐고 하더라."

"야, 너라고 안 슬픈 거 아니잖아."

발끈하며 진성이 말했다.

"맞아. 난 최대한 빠르게 일상으로 돌아가고 싶었고 그게 내 역할이라고 믿었어. 집에 올라가기 전에 혼자 차 안에서 우는 것도, 샤워기를 틀어놓고 한숨을 쉬는 것도, 양치하다가 멍하게 딴생각하며 시간을 다 보내버리는 것도 아내에게 들키고 싶지 않았어."

쓸쓸하게 춤을 추는 것처럼 건우의 목소리가 귓속으로 슬프게 날아들었다.

"하지만 아내의 생각은 달랐던 거야. 아내와 나 둘 다 슬픔의 속도가 같기를 바랐겠지. 우산도 없이 비를 맞는 부부처럼 서로 꼭 껴안고, 슬픔이 온몸을 적시고, 시야를 가려도 함께 비가 그치길 기다렸어야 해. 비가 그치고 온몸이 덜덜 떨릴 정도로 젖어버린 몸과 옷을 말릴 시간도 필요했겠지. 그런데 어느 날 나 혼자 태양 아래서 젖은 머리를 털고 기지개를 켜고 있다고 생각한 거야. 난 그게 아닌데 말이야."

진성의 입에서 속상한 신음이 터져 나왔다.

"화가 났을 수는 있지. 근데 살인까지 생각한다는 건 좀⋯."

진성의 말이 끝나자마자 건우는 기다렸다는 듯 대답했다.

"아내가 신문 기사를 스크랩하기 시작했어. 뭐, 말 안 해도 알겠지? 살인에 관한 거야. 정확히 말하면 살해 방식을 공부하는 쪽에 가까워. 어떻게 알았느냐는 눈빛인데, 아내 혼자 쓰는 노트북을 빌려 쓰려다가 우연히 발견한 거야. 혼자 쓰는 노트북에는 별것이 다 있다?"

건우는 작아진 얼음이 담긴 잔을 흔들었다.

"네 말이 사실이라면 지금 혜리는 치료받아야 해. 상담이 필요한 상태일 거야."

지끈거리는 이마를 짚으며 용현이 말했다.

"아니."

용현의 말이 채 끝나기도 전에 건우의 냉철한 목소리가 용현의 입을 가로막았다.

"그건 혜리를 잘못됐다 탓해야 하는 일이잖아. 혜리는 잘못 없어. 난 아내의 소원을 들어줄 거야. 아내 일기에 적힌 대로라면 난 두 달 동안 아내를 혼자 내버려둔 게 돼. 함께 하겠다고 약속해 놓고 말이야."

기가 찬 용현이 헛웃음을 쳤다.

"그래. 너희 사랑 대단하다. 네 말이 다 맞는다고 쳐. 그 얘길 왜 우리한테 하냐? 자랑도 아닌데."

진성도 고개를 끄덕였다.

"때가 되면 말이야."

진성이 생각했던 분위기와는 전혀 다른 공기가 그의 어깨를 눌렀다. 건우의 눈에 슬픔과 비슷한 것이 가득 차 있는 것을 보고 당황했다. 그리고 슬픔을 닮은 감정은 목소리에도 실려 용현의 귀에도 닿았다.

무거운 침묵이 사라지고 고요함이 그 자리를 채웠다.

"때가 되면 나 대신 내 아내를 지켜줘."

\*

두 사람은 건우가 탄 택시가 시야에서 사라지고 나서도 서 있는 자리에서 움직이지 않았다. 용현은 화가 난 마음을 가라앉히는 데 시간이 필요한지 계속해서 뜨거운 입김을 한숨과 섞어 뱉어내고 있었고 진성은 무거워진 것이 눈꺼풀인지 어깨인지 구분할 수 없었다.

"한 잔 더 할까?"

진성이 하지 않았다면 용현이 먼저 했을 말이었다. 용현은 기다렸다는 듯 손을 뻗어 택시를 잡았다.

택시를 타고 10분도 채 걸리지 않았다. 용현은 신발을 아무렇게나 벗어놓고 곧장 주방으로 향했다. 깔끔한 용현에게 신발장을 어지럽힌 채로 둔다는 것이 있을 수 없는 일이었지만 오늘만큼은 그거까지 신경 쓸 겨를이 없었다. 그가 아무렇게나 손을 뻗어 잡히는 컵을 정수기로 가져가는 동안 진성은 차분하게 소파에 기대앉았다. 얼음이 깨지는 것처럼 컵을 때리는 맑은소리가 퍼지고 곧 물을 삼키는 소리가 이어서 들렸다.

"한 잔 줄까?"

"물 말고 술."

고개를 끄덕인 용현은 와인셀러에서 와인을 꺼냈다.

"멋지게도 하고 사네. 너 여기 이사 오고 처음 와본다. 매번 술 먹다가 편의점 가기 귀찮아서 내가 너희들 사는 동네에 편의점 하기로 한 건데…. 건우는 아직 이 집 안 와봤나?"

진성이 낮게 웃으며 말했다.

"나 혼자 독신으로 살겠다고 했을 때, 밤새 술 먹고 놀 수 있는 아지트 생겼다면서 좋아하더니만."

용현은 넓은 보폭으로 소파를 향해 걸어왔다. 와인 잔을 버려두고 두 개의 물컵과 와인 한 병을 들고 테이블 위에 올려놓더니 털썩 소리가 날 정도로 온몸의 무게를 바닥에 팽개치며 앉았다.

"결혼하더니 이게 뭐냐? 한 놈은 결혼한 지 1년도 안 돼서 아내 유학 보내준다고 이혼하고 한 놈은 아내가 본인을 죽이려고 한다는 걸 알면서도 기꺼이 목숨을 내놓겠다 하고."

투덜거리며 물컵 가득히 와인을 따랐다. 진성은 컵에 차는 와인을 바라보면서 아무 말도 하지 않았다.

"나라면 병원부터 데려갔어. 이거 방치야, 지금."

화를 내듯 말을 쏟아내고는 고개를 꺾어 와인을 단숨에 들이켰다. 용현의 모습을 보고 진성은 괴고 있던 턱을 들어 눈을 깜빡였다.

"뭐야, 안 마시고? 흘리지 마라."

소매로 입을 닦던 용현이 묻자, 진성은 얕게 웃었다.

"야. 졸업 앨범 어디 있냐?"

"졸업 앨범? 서재에. 그건 왜?"

"오래간만에 좀 보자."

소파에서 튕기듯 일어난 진성은 망설이지 않고 서재로 발걸음을 옮겼다.

책들은 깔끔하게 제자리에 꽂혀있었고 먼지가 앉은 책은 찾아볼 수 없었다.

"남자가 이렇게 깔끔한 체하고, 네가 이러니까 여자가 없는 거야. 피곤하게 사니까."

진성은 제일 아래 칸에 있던 졸업 앨범을 단번에 알아보고 뽑아 들었다.

"내가 알아서 해."

어느새 서재에 들어와 있던 용현은 뾰족한 말을 던지며 들어왔지만, 졸업 앨범을 보고 은은하게 웃음이 번지는 것을 숨길 수 없었다.

"오랜만이네."

두 사람은 상체를 숙이고 졸업 앨범을 들여다보았다. 용현은 지금까지 흔들리던 흙탕물에 이제야 진흙이 가라앉는 기분이 들었다.

"좀 아쉽긴 하네. 1, 2학년 때는 셋이 같은 반이었는데 3학년 때만 떨어지다 보니 한눈에 셋 다 찾기 힘들어."

진성이 3학년 8반의 사진을 펼쳐놓고 말했다.

"난 가끔 까먹어. 계속 셋이 같이 다녔으니까 반은 상관없었던 거 같아. 쉬는 시간이며 점심시간이며 집에 갈 때도 다 같이 있었으니까."

용현의 말이 끝나자 두 사람은 잠시 아무 말 없이 사진을 들여다보았다. 술기운 덕분인지 마치 사진이 움직이기라도 하는 것 같은 착각이 들었다.

"야!"

집중한 나머지 졸업 앨범의 페이지를 구기고 있던 진성을 발견하자마자 용현은 소리쳤다.

"미안."

용현은 화들짝 놀란 진성의 손에서 졸업 앨범을 뺏어 들었다.

"이건 돈 주고도 못 사는 거야, 이제."

축구공을 뺏고 뺏기던 표정으로 단숨에 졸업 앨범 앞쪽으로 페이지를 넘겼다.

"3학년 2반. 오랜만이네."

진성이 용현의 눈을 보며 말했다.

"너랑 혜리랑 같은 반이었지."

용현이 고개를 끄덕였다.

"추억이지 추억. 고백하다 차인 것 생각하면 아직도 자다가 깨. 너무 창피해서."

머쓱한 용현의 웃음에도 진성의 굳은 표정은 풀어질 줄 몰랐다.

"야. 어색하게 왜 그래."

"용현아."

진성이 왼손으로 살짝 관자놀이를 긁으며 낮게 말했다.

"우리 건우 말대로 해주자."

"뭐?"

용현의 입에서 큰소리가 튀어나왔지만, 진성의 눈빛은 흔들리지 않았다. 이미 예상하던 반응이었다.

"너 여태 혼자 있는 거, 아직 마음에 다른 사람이 들어올 자리가 없어서라는 거 알아."

진성의 말에 용현의 동공이 커졌다.

"무슨 말을 하는 거야, 너? 취했냐?"

"난 네가 건우 얼굴에 주먹 날릴 때부터 알고 있었는데 10년 넘게 모르는 척했어. 네가 여자 때문에 우리 배신할 사람 아니란 것도 알고 그 눈치 없는 건우가 네 맘 알아챌 수도 없다고 생각했거든. 처음엔 솔직히 반신반의했는데 지내보니까 내 판단이 맞더라. 그리고 잘 숨겨지더라고. 그래서 나도 모른척하면서 계속 숨기려고 했어. 우정을 지키고 싶어서. 못됐지? 근데 나 후회 없어. 난 너희 아니었으면 이런 우정 꿈도 못 꿨을 성격으로 태어났잖아. 매사에 소심하고 대치하는 상황을 피하려 하고 늘 막연한 불안에 찌들어 있는 나는 짧은 쉬는 시간에 하는 축구나 몰래 담을 넘어 학교를 나가는 추억도 모르고 살았겠지."

"야!"

"서로 지키고 싶은 게 있잖아."

용현은 진성의 눈을 보고 황당해했다.

"너 진짜 미쳤어?"

탁, 큰 소리가 날 정도로 감정을 실어 졸업 앨범을 닫았다.

"너 지금 네가 무슨 말을 하는 줄 알아?"

천천히 고개를 끄덕이는 진성을 보고 용현은 어처구니없는 탄성을 내뱉었다.

"이렇게 하자."

결심이 들어선 듯한 진성의 표정은 용현을 불안하게 만들기 충분했다.

"서로 지킬 걸 지키는 거야. 난 우정을, 건우는 아내를."

진성의 표정에 드러났던 결심은 어느새 확신으로 물들었다.

"너는⋯."

용현은 본인을 응시하는 진성의 표정을 똑바로 마주할 수 없었다.

오랫동안 마음속에 품고 있던 첫사랑을 들켜버린 사람처럼.

6

멀리서 들리던 무거운 발걸음 소리가 일정하게 타격음을 내며 회의실로 가까워졌다. 날이 선 듯한 발소리는 강한 기세를 몰아 가까워졌고 대한과 한수는 앉은 자세에서 허리에 힘이 들어갔다.

"오래 기다렸지."

팀장은 문을 닫고 자리에 앉을 때까지도 감정이 얼굴로 드러나지 않았다.

"감식 결과 나왔다."

한수는 목구멍으로 침이 넘어가는 소리가 들렸다. 풀었던 낚싯줄을 다시 당길 준비가 되어있었다. 테이블 아래로 살짝 쥔 주먹에 힘이 들어가는 것을 느낀 건 대한도 마찬가지였다. 두 사람의 얼굴에 열의가 선명해졌다.

"어떻습니까?"

대한은 회의실에 앉아 있는 시간조차 아까웠다. 낚아채야 할 타이밍을 놓쳐 고기가 도망가는 상상이 자꾸만 머릿속을 헤집었다.

"자상만 봐도 범인을 특정할 수 있을 겁니다."

한수가 왼손으로 안경을 살짝 추어올리며 말했다.

"피해자 자상…."

팀장이 말끝을 뭉갰다. 한 손으로 머리를 쓸어 넘기자, 흰머리가 섞인 머리카락이 부드럽게 흔들렸다.

"피해자 자상에서 새로운 가능성이 제기됐다. 가해자가 양손잡이일 확률이 있어."

팀장이 의자에 기대며 팔을 교차해 팔짱을 꼈다.

"등에 꽂혀있던 상처는 그저 칼을 발견되게 하기 위한 장치였던게 맞아. 그 증거로 상처의 깊이가 깊지 않아. 치명타가 아니란 소리지. 옆구리 양쪽으로 하나씩 자상이 있던 거 기억하지? 두 자상의 칼날 방향이 달라. 오른손으로 한 번, 왼손으로 한 번. 시차를 길게 두지 않고 곧바로 칼을 바꿔 잡고 찔렀어. 허리를 마주 본 상태에서 척추를 향해 직각으로 찔러 넣은 게 아니라 칼을 옆으로 잡고 옆구리로 바로 들어간 거지. 기이한 자상이지만 오른손잡이가 이런 자상을 만들려면 오른쪽 옆구리를 먼저 찌르고 손목만 돌려 칼을 쥔 손 그대로 왼쪽 옆구리로 찌르지 손을 바꾸지 않아. 그렇게 만들어진 자상이라면 처음에 칼날의 방향이 아래를 향하고 있지만, 손목을 돌린 쪽은 칼날의 방향이 위쪽으로 바뀌잖아? 근데 아냐. 둘 다 칼날이 아래로 향해 있어. 즉, 오른손으로 오른쪽 옆구리를 찌르고 나서 바로 왼손으로 칼을 옮겨 쥐고 그대로 똑같이 칼날을 아래에 둔 채로 왼쪽 옆구리를 찌른 거지. 등에 꽂힌 칼과 다르게 깊고 망설임 없는 자상이야. 그런데 어설퍼. 그렇게 어설프게 휘두른 칼날에도 방어흔조차 없어. 그런데 더 어처구니없는 건….”

잠시 뜸을 들인 팀장은 팔을 풀고 테이블 위로 올렸다. 그러고는 깍지를 껴 단단한 주먹을 만들었다.

“피해자 이건우의 사인은 청산가리 중독이다.”

한수와 대한이 눈썹을 꿈틀거리며 의아한 표정을 지었다. 두 사람의 표정을 보고 난 팀장은 턱을 당기고 무게감을 더한 말을 이어나갔다.

“이건우의 몸에서 우리가 흔히 청산가리라고 부르는 사이안화나트륨이 발견됐어. 청산 나트륨 말이야. 무려 2g이 넘는다더군. 치사량이 0.15g 정도인 것을 생각하면 치사량의 10배가 넘는 양이야.”

“이해가 되지 않습니다. 청산 나트륨이 체내에 들어간 것을 알고

서도 칼을 꺼낸 이유가 뭘까요?"

대한은 당황스러웠다. 본인도 모르게 격양된 목소리를 냈다는 걸 자각하고 나서야 본인이 당황한 것을 알아차렸다.

"그게 바로 내가 지금부터 너희와 하고 싶은 말이야."

팀장은 다시 몸을 뒤로 젖혔다.

"현장에서 발견된 칼은 입문자용 등산 칼로 유명한 모델이야. 어디서든 쉽게 구할 수 있고 어디서나 발견되어도 이상하지 않지. 차라리 어딘가 버려두는 게 더 찾기 힘들었을지도 모른다. 그런데 범인은 왜 그걸 그렇게 뒀을까?"

팀장은 대답을 원하는 것이 아니었다.

"피해자 몸에서 발견된 독극물을 감추기 위해 등장한 것이 칼이라는 게 내 생각이야. 시선을 끌기 위해 그 위치에 꽂혀있던 거겠지. 관련성이 있을 거로 생각해. 게다가 망설인 흔적 없이 깔끔하고 깊숙하게 찌른 자상은 범인이 범행에 익숙해서가 아니라 단번에 치명상을 입히기 위해서 남긴 거라는 생각도 들더군. 마치 청산가리로 시선이 가는 걸 필사적으로 막기 위해 존재감을 부풀리는 것처럼 혹은 피해자의 고통을 조금이나마 빨리 끝내주기 위한 것처럼."

잠시 무거운 공기가 이들 사이에서 맴돌았다.

"어디까지나 내 생각이지만 말이야."

팀장은 두 사람을 번갈아 보았다.

"지금부터 우리는 독극물과 칼을 동시에 한 곳으로 몰아가야 해.

물론 관련성을 놓치지 않는 힘 조절을 해야겠지? 낚싯대가 부러지지 않게 조심해야 할 거야."

\*

7인승 승합차에 모여 탄 세 사람은 운전석과 조수석을 비우고 2열과 3열에 모여 앉아 있었다. 용현과 진성은 건우의 말이 끝났음에도 그의 손에 들린 보온병을 바라보며 어떤 말을 해야 할지 감을 잡을 수 없었다.

"표정이 왜 그래?"

일상의 대화처럼 가볍고 친근함이 섞인 건우의 목소리였다.

"확실해. 그동안 내 눈도 마주치지 않던 아내가 이걸 건네면서 마주 보고 웃어줬으니까. 내가 퇴근하고 항상 가볍게 조깅하는 걸 알고 있으면서도 그동안 한 번도 나와보지 않았었거든. 오늘은 웬일인지 현관까지 나와서 나에게 이걸 주더라? 운동하면서 마시라고. 난 단번에 그 눈빛을 읽었어. 그래서 일부러 운동복을 입지 않고 정장을 입고 왔는걸? 검은색 운동복보다 흰 셔츠 위에 피가 번지는 편이 시야에 확 들어오잖아. 멀리서 봐도 칼에 찔린 사람이라고 생각하게 만들기 위해서 말이야. 또 마지막이잖아? 갖춰 입어야지. 이렇게 입고 나와도 평소처럼 운동복을 입지 않았다는 걸 알아차려 주지도 않았지만."

건우는 친구들의 표정을 한 번씩 번갈아 보며 말했다.

"느낌이 왔어. 이 보온병 안에 든 걸 마시면 난 죽을 거야."

"퇴근하는 사람 불러서 이게 뭐 하는 짓이야. 새벽부터 내 차도 빌려 간다고 가져가서 나 오늘 버스 타고 다니느라 피곤하거든? 나는 또 한잔하자는 건 줄 알았는데. 뭐 어쩌라고. 편의점 차에 태워서 30초 거리의 공원 입구까지 온 게 다야? 캠핑이라도 가지."

용현이 표정을 구기며 평소처럼 투덜거렸다. 가볍게 넘기려는 생각이었다.

"미안, 미안. 오늘이 바로 그날이야."

건우는 묘하게 들떠있었다.

"아내는 나를 죽이는 데 성공하고 너희가 내 부탁을 들어주는 날."

확신에 차 있는 건우의 표정을 보고 결심을 돌릴 수 없다는 걸 느낀 용현은 창밖을 보며 작게 욕을 읊조렸다.

"지금이라도 다시 생각할 순 없어?"

건우의 생각을 돌리기에는 부드럽고 낮은 목소리였다. 진성은 마지막으로 확인하고 싶었다.

"아내가 하고 싶어 하는 것 모두 내가 해주겠다고 다짐하며 살았어. 이건 내 신념이야. 이 차, 안 쓰는 거 확실하지?"

"당분간 쓸 일 없어. 편의점 개점 때 중고 물품들 한꺼번에 사면서 싸게 넘겨받은 거야. 전 주인이 매장 운영하면서 이런 차는 꼭 필요하다고 해서 일단 나도 사두긴 했는데, 계속 놀고만 있네. 사람도 안 다니는 이 동네에서 이렇게 큰 차 끌 일이 별로 없어. 혹시 몰라서 CCTV는 살짝 돌려뒀으니 이 차에 지금 우리 셋이 탔었다는 것도 알 수가 없지.”

“그건 그렇지만…. 정말 계속 편의점 앞에 세워둬도 괜찮을까?”

“그동안 편의점 앞에 세워뒀어도 딱히 누가 관심을 두지 않았어. 편의점 앞에 편의점 스티커가 붙은 차가 있는 거니까 오히려 자연스럽지.”

두 사람의 물 흐르듯 자연스러운 대화에 용현이 불편한 기색을 숨기지 않았다.

“너희 정말 미쳤구나.”

용현의 말이 끝나자마자 진성은 그를 노려보았다.

“그럼 그냥 다 무너지게 둘까?”

용현은 혀 차는 소리를 내며 고개를 돌렸다.

“너희 둘한테 정말 미안해.”

세 사람은 말없이 시선을 굴렸다. 창밖을 보다가, 손톱을 보다가, 폐 깊숙이 숨을 들여 마시고 내뱉는 시간 동안 처음 축구를 하던 순간부터 잊을 수 없는 순간들을 하나씩 떠올렸다. 싸우고 울고 웃던 생생한 시간이 머릿속에서 스쳐 갈 때마다 그리움과 슬픔이 가슴을 먹먹하게 눌렀다. 머리로는 이해가 가지 않는 상황이었지만 추억이 지나간 용현의 마음이 간단하게 정리가 되었다. ‘이 정도 행복이었다면 가치가 있겠다.'라는 생각이 들고 혼란스러웠던 가슴이 차갑게 내려앉았다.

"그래서 계획이 뭔데?"

비협조적이었던 용현의 표정이 바뀌자, 건우의 표정에서 반가움이 번졌다.

"간단해. 내가 이걸 마실 거야. 그리고 얼마 지나지 않아 죽게 되겠지. 그러니 너희는 내가 이걸 마시는 걸 확인하고 나면 바로 내 옆구리를 칼로 번갈아 찌르면 돼. 급소인 복부나 목을 노리는 게 확실하겠지만 내가 스스로 움직일 힘이 좀 남아있어야 하니 그곳은 피해. 만약을 대비해서 꼭 약 먹은 다음에 찌르는 거 잊지 마. 아! 칼은 내가 준비해 왔어. 지문이 남지 않게 조심하고, 한 번씩 번갈아 찌르도록 해."

건우는 친구들의 눈을 번갈아 보며 온 정성을 쏟아서 설명했다.

"지문 없는 칼이 바로 발견되는 편이 좋으니까, 내 등에 그대로 꽂아줬으면 해. 거기까지 하고 나면 나 스스로 문을 열고 저기 공터로 뛰어내릴 거야. 핏자국이나 발자국이 많이 남지 않게 하려고 한 번에 최대한 멀리 뛸 거고 떨어진 자리에 그대로 자연스럽게 엎드릴 생각이야. 하늘에서 뚝 떨어진 것처럼."

건우가 가방에서 손수건으로 감싼 등산용 칼을 꺼내 들었다.

"그 뒤에 나랑 용현이 너는 이 차를 다시 편의점 앞에 주차하면 돼. 눈에 띄니까 바로 버릴 순 없고 좀 지난 다음 자연스럽게 처분

할 거야. 네 차는 아까 낮에 새로 생긴 아파트 주차장에 옮겨뒀어. 눈에 띄기까지 시간이 꽤 걸릴 거야. 최대한 경찰 수사에 혼선을 주는 게 포인트니까 여러 번 꼬아 두는 게 좋지. 증거가 없어도 범인을 못 잡지만 애매한 증거가 너무 많아도 범인을 특정하는 게 복잡해져. 뒷일은 차차 설명할게. 미리 생각해 둔 게 있어."

진성이 싱긋 웃었다.

"질린다, 진짜. 내가 오기 전에 둘이 벌써 얘기 다 끝내놓고 있었던 거야?"

용현이 질린다는 표정으로 두 친구를 번갈아 보았다.

"그런데 궁금한 게 있어. 그 보온병 안에 든 게 뭔 줄 알고 바로 죽을 거라고 확신해? 그냥 에너지 음료일 수도 있잖아. 그렇게 되면 우린 너무 어리석은 짓을 하게 돼."

"아, 그거! 그건 걱정하지 마."

건우가 보온병을 내려다보며 말했다.

"내가 장인어른 공장에서 일하고 있다는 건 다들 알지? 최근 아내가 몇 번 같이 저녁 먹자고 퇴근 시간에 맞춰 공장에 찾아왔었어. 내가 퇴근하길 기다리면서 이것저것 구경을 하기도 했지. 내 예상이 맞는다면, 아마 이건 사이안화나트륨일 거야. 청산가리 알지? 어릴 때부터 자주 뛰어놀던 곳이 공장인 여자야. 아무도 모르게 이런 거 손에 넣는 건 불가능한 일도 아니었겠지."

진성은 왼손으로 머리를 긁적이며 쓴웃음을 지었다.

"나랑 용현이 너는 목장갑을 끼기 전에 손을 보호할 붕대를 여러 번 감을 거야. 칼을 쓰면 손에 상처가 남는 걸 방지하기 위해서. 어느 쪽 손을 썼는지도 숨기는 게 좋잖아."

용현은 진성의 말을 알아듣고는 작게 고개를 끄덕였다.

"낯 뜨거운 거 하지 말고 인사나 하자."

무거워 보였던 어깨를 펴고 건우가 웃었다.

진성은 순식간에 뜨거운 무언가가 코와 눈으로 올라왔다.

"또 축구 하자."

진성의 말이 끝났음에도 용현은 바로 입을 열기가 어려웠다. 뜨거운 숨이 입 밖으로 튀어 나가려는 것을 입술에 힘을 주어 참았다.

"여기는 걱정하지 마. 혜리도."

건우는 눈물이 가득 찬 눈으로 친구들을 번갈아 바라보다 고개를 끄덕이며 마음을 굳혔다.

"더 늦기 전에 하는 게 좋아. 너무 늦은 시간에는 오히려 작은 소리에도 귀를 기울이게 되잖아. 이 동네 사람이 별로 없다고 해도 편의점 차가 계속해서 동네를 도는 건 눈에 띄어."

그는 분위기를 전환하고자 경쾌한 목소리를 냈다.

건우는 재킷을 벗고 셔츠만 입은 채 한 손으로는 미닫이문의 손잡이를 잡고 앉았다. 다른 손으로는 뚜껑이 열린 보온병을 쥔 채 잠시 생각에 빠졌다.

"굉장히 빠르게 독극물이 퍼질 거니까, 망설이지 마."

마음의 준비를 끝낸 건우는 아내가 챙겨 준 보온병을 입으로 가져갔다.

*

"노진성 왼손잡이야."

한수는 핸들을 한 손으로 여러 번 감으며 말했다.

"어떻게 알아?"

대답보다는 근거를 묻는 대한의 질문이 채 끝나기도 전에 한수의 답변은 이어졌다.

"어제 잠이 안 와서, 노진성 진술 영상 다시 돌려보다가 깨달았어. 그냥 지나쳐버린 게 허무할 정도로 쉽더라."

두 사람은 휴일임에도 불구하고 이른 아침부터 내비게이션도 켜지 않고 사건 현장으로 향하고 있었다. 사건이 길어질수록 사담은 줄어들고 머릿속은 온통 사건에 관한 생각으로만 가득 찬 형사들은 대부분 툭툭 생각나는 대로 말을 던질 때가 있기에 대한은 한수의 갑작스러운 말을 느닷없다며 나무라지 않았다.

"내가 안경을 올릴 때 왼손을 쓰잖아? 이건 안경을 쓰는 사람들한테 '오늘 하루 몇 번 안경을 만지셨어요?' 물어보면 대답할 수 있는 사람이 없을 정도로 숨 쉬는 것처럼 익숙한 습관이야. 그런 습관은 보통 주로 사용하는 손을 쓰지."

한수가 대한을 바라보며 왼손으로 안경을 추어올렸다.

"너무 억지 아니야?"

"처음 자수를 하러 온 노진성을 만났을 때, 땀 닦는 손이 오른손이라 왼손잡이인 걸 자각하지 못했어. 하지만 객관적인 시각으로 영상을 보니까 보이더라. 왼손잡이라는 걸 숨기고 싶어서 의식적으로 계속해서 오른손을 쓴 거야. 우리가 왼손잡이라는 키워드를 놓치길 바라면서. 하지만 심문을 받는 순간에 빠져들면서 꾸며뒀던 장치를 챙기지 못하고 무의식적인 습관이 나와버린 거지."

대한은 고개를 천천히 끄덕였다.

"넌 신용현한테서 이상한 거 못 느꼈어?"

"신용현…. 유능하다더니 역시 사람이랑 대면하는 데는 선수야. 언어를 사용하지 않고도 본인의 몸짓 하나하나 모두 의사전달이 될 거라는 걸 알고 행동하는 사람이라 노진성처럼 무의식적 습관을 드러내진 않았을 거로 생각해. 다만…."

"다만?"

"그냥 좀 궁금해. 초등학교, 중학교 졸업 앨범은 모두 먼지가 가득 쌓이도록 깊숙이 넣어뒀으면서 왜 고등학교 졸업 앨범만 손이 자주 닿는 곳에 두고 비교적 깨끗하게 보관해 온 것인지."

"누군가의 사진이 소중해서 아냐?"

"무슨 소리야?"

"그런 게 있어."

두 사람은 천천히 익숙한 골목으로 가까워졌다.

진성의 편의점 안으로 앳된 얼굴의 아르바이트생이 계산대에 앉아 있는 것이 보였다.

"아르바이트생이 있네."

대한의 말에 한수는 가볍게 "어."라고 대답하며 시선은 그대로 편의점 안에 두었다.

움직이는 것을 본 적 없는 편의점 승합차 뒤에 차를 세우고 둘은 가볍게 기지개를 켰다. 휴일을 반납하고 여기까지 와서 그들이 하려는 것은 그저 생각이다. 침대에 누워 생각하는 것보다 사건 현장에서 생각하는 것이 더 마음이 편했다.

하지만 누가 봐도 형사인 두 사람이 굳은 표정으로 사건 현장을 뚫어지게 응시하려면 아무래도 차 외엔 적당한 장소가 없었다. 편의점에 앉아 라면을 먹으며 시간을 보내는 것도 생각해 봤지만, 노진성의 경계만 돋굴 뿐 좋은 방법이 아니었다.

운전석에 앉은 한수가 차 시트의 등받이를 살짝 넘겨 편한 자세를 찾았다. 대한 역시 가볍게 목을 풀고 등받이를 넘겼다. 그는 눈을 감고 사건이 일어난 그날부터 천천히 곱씹기 시작했다.

공기가 어수선한 저녁 시간, 귀가하기 위해 집이라는 목적지가 정확한 사람들의 걸음걸이, 오히려 그런 상황에 섞여 눈에 띄지 않았을 대범한 살인사건, 가해자라고 나선 두 명의 동창….

그러나 갑자기 귓속으로 한수의 못마땅한 한숨이 들려오자마자 대한의 머릿속에서 영화 필름처럼 선명하게 나열된 장면들이 갑자기 멈췄다.

"왜."

눈을 감은 채로 짜증이 섞인 대한의 물음에 한수는 답을 하지 않았다. 대신 몸을 움직여 자세를 고쳐 앉는 소리만 들릴 뿐이었다.

"묻잖아. 왜?"

대한이 눈을 뜨자 운전석에서 허리를 꼿꼿하게 세운 채 바로 앞에 세워진 편의점 승합차를 빤히 쳐다보고 있는 한수가 보였다.

"뭐하냐."

한수는 살짝 무거운 숨을 몰아쉬고는 대답했다.

"지금 내 자리에서 사건 현장이 제대로 보이지 않아. 큰 나무가 있어서 현장이 가려져 있거든."

"애냐? 투덜거리기나 하고."

"근데 저 차라면 말이 다르지."

한수는 보물 상자에서 찾아낸 암호를 보는 듯 생각에 잠긴 눈으로 편의점 승합차를 응시하고 있었다.

"뭔 소리야?"

"저 차. 저 자리. 사건 현장을 보려고 일부러 저기 차를 댄 것처럼 각도가 완벽한데."

한수는 갑자기 차 문을 열고 튕기듯 차에서 내렸다. 대한 역시 덩달아 차에서 따라 내렸다.

"이러는 거 노진성이 보기라도 하면 긁어서 부스럼이야."

대한의 나무람에 한수는 손가락을 입에 가져다 대며 말했다.

"그러니까 몰래 봐야지. 지금 우리 자리에서는 잘 안 보여서 차 좀 옮겨볼 생각으로 주변에 차 댈 만한 곳이 있나 찾고 있었는데 이 차 위치가 제격이더라고. 어디로 봐도 나무가 걸리는 데 여긴 아니거든. 내가 사건 현장을 보고 싶은 사람이면 난 여기 차를 댈 거야."

한수는 작은 목소리지만 또박또박 대한에게 말하며 편의점 승합차에 가까이 붙었다.

"역시 이 각도가 가장 잘 보이네. 차 안에 있었다면 오랜 시간 이 자리에서 사건 현장을 보고있어도 아무에게도 들키지 않았겠어."

그들은 천천히 차 주변을 걸으며 내부를 살폈다. 그리고 이상한 감각이 그들의 본능을 자극했다. 그 이상한 감각이란, 눈을 감고 잠을 자고 있을 것 같던 빛바랜 승합차가 그들이 가까이 다가가자, 무언가 숨기는 듯한 기분을 느끼게 하는 감각이었다.

여기저기 흠집이 난 낡은 차량에 반짝이는 신형 블랙박스를 달아 둔 것이 이질감으로 다가와서인지, 기척을 숨기는 것 같은 차 안의 고요함 때문인지 알 수는 없었다.

"야."

한수의 낮은 목소리에 대한이 시선을 옮겼다.

한수는 왼손으로 조용히 하라는 듯 검지를 입술에 한 번 가져다 댄 뒤 오른손으로 차 안을 가리켰다.

대한은 재빠르게 반대편으로 밀착해 차 안을 살폈다.

기묘한 느낌이 들었다. 그리고 곧 그 기묘한 느낌이 어디서 나는지 알 수 있었다. 흠집이 여기저기 나 있고 사용하지도 않는 차량의 문손잡이 부분은 걸레로 닦은 듯이 깨끗했다. 손가락이 닿는 부분을 제외하고 손잡이의 가장 안쪽 구석은 대부분 먼지가 쌓이기 마련인데 그냥 세워만 두는 차량의 손잡이 부분만 이렇게까지 꼼꼼하게 깨끗하다는 것을 보고 '뭔가 있다.'라고 생각이 들었다.

이상한 청결함과 반대로 차 안은 엉망이었다. 쓰레기가 버려져 있는 것은 아니었지만, 음료를 흘린 것처럼 찐득찐득한 것이 가득했고 거기서 나는 묘한 냄새는 두 형사의 코에도 닿았다. 그리고 그 냄새가 어떤 것인지 단숨에 알아차린 두 사람은 천천히 고개를 들어 눈을 마주쳤다.

"봤어?"

한수의 질문에 대한은 대답하지 않았지만 두 사람은 이미 같은 생각을 하고 있었다.

그들의 눈에는 팽팽한 긴장감이 뒤엉켜 가득 차 있었다.

"손님 고기다."

대한이 작게 속삭였다.

5 : 양상추

# 소나무

1

   현관에서 아들과 며느리가 출근하기 위해 신발을 신는 소리가 들렸다.

"다녀올게요."

   아들은 인사를 마치자마자 휴대전화로 걸려 온 전화를 받으며 현관문을 열었다. 활기차게 일 얘기를 하는 아들의 목소리를 들으며 거동이 불편한 할아버지 또한 소파에 앉아 아들을 보지도 않은 채 손을 들어 대답을 대신했다.

   뒤이어 신발을 신던 며느리는 시아버지를 향해 살짝 고개 숙여 인사하고는 아이 쪽을 바라보고 '잘 놀고 있어.'라고 소리 없이 입 모양으로만 말했다.

   현관문이 닫히는 소리가 나자마자 소파에 앉아 있는 할아버지의 무릎 아래서 "할아버지."라는 소리가 들렸다. '하부지'와 '아야부지'의 중간에 있는 발음과 애교가 섞인 목소리였다.

   아이와 살갑게 놀기엔 무뚝뚝한 성격을 가진 할아버지는 부름에 아무 대답도 하지 않았지만, 소파 아래 바닥에 앉아 늙은이의 무릎에 턱을 괴고 자신을 올려다보는 아이의 눈을 보면서 재미있는 이야기를 해달라는 사인이란 걸 단번에 알아챘다.

   혼자만의 시간을 보낼 계획이었던 할아버지는 귀찮지만 이내 곧 어쩔 수 없다는 듯 삐쭉하게 입을 내밀며 '내가 어릴 때 말이야.'로

이야기를 시작했다.

할아버지의 이야기가 시작되려 하자 사랑스러운 목소리가 다시 들렸다.

"할아버지!"

이번에도 발음이 정확하지 않았지만, 할아버지는 그것이 기쁨과 고마움이 섞인 소리라는 걸 느낄 수 있었다.


2


할아버지는 6살쯤 서울에서 지금의 도시로 이사를 왔다. 당시 서울은 경성이라 불렸고 줄행랑이라고 일컫는 낮은 아파트들이 들어서면서 예전에 없던 큰 변화를 맞이하고 있을 때였다. 할아버지의 아버지는 어디서 무슨 소문을 들었는지 하루는 엉덩이 도화선에 불이 붙은 사람처럼 새빨개진 얼굴로 집에 뛰어 들어와, 산처럼 쌓인 빨래 더미를 옆에 두고 탁탁 빨래를 털어 널던 할아버지의 어머니에게 '시장이 커져 별천지가 되었다느니', '지금이 아니면 안 된다느니', '옆집 팔동이네는 엿새 전에 벌써 갔다느니' 같은 이야기를 쏟아냈다. 할아버지의 어머니는 뒤죽박죽 쏟아지는 이야기를 들으면서도 중간마다 고개를 끄덕일 뿐 어떤 말도 하지 않은 채 빨래를 마저 다 널었다. 그 뒤로 얼마 뒤, 간단한 짐을 챙겨 가족들을 전부 데리고 지금, 이 지역에 내려온 할아버지의 아버지는 시장 뒤편 작은 방에 가족들을 지내게 하고 지인과 함께 공설시장에 섞여 들어가 곡물과 식료품을 팔았다. 작은 키에 까무잡잡한 피부를 가진 할아버지의 아버지는 '군밤'이라는 별명으로 불리며 솜씨 좋은 입담으로 단골을 끌어모았다.

할아버지의 어머니 역시 '군밤 댁'이라는 별명으로 불리고 있었지만 정작 본인은 남들이 어떻게 부르던 신경 쓰지 않았다.

지혜롭고 온화한 '군밤 댁'은 이웃들로부터 좋은 사람이라는 말을 들어왔다. 온 식구가 연고도 없는 그 먼 곳에 내려와 금방 제 몫을 하며 살 수 있던 것은 장사 수완이 좋은 '군밤' 덕이 아니라 그를 알아본 '군밤 댁'의 혜안 덕이라는 소문이 퍼졌다.

총명한 그녀를 일찍이 알아본 것은 그녀의 시아버지였는데 죽기 전에는 아들인 '군밤'보다도 '군밤 댁'을 불러 긴히 집안에 관한 이야기를 나눌 정도였다.

뜨겁게 구운 밤이 손안을 굴러다니듯 이리저리 밖으로 다니던 군밤 할아버지와는 다르게 군밤 할머니는 말이 별로 없었다.

성격뿐 아니라 외형도 전혀 반대였다. 군밤 할머니는 밀가루보다 더 하얀 얼굴에 먹보다 더 까만 머리카락을 가지고 있었고 참새 부리처럼 작은 입술을 가지고 있었다.

말수가 별로 없는 군밤 할머니가 유일하게 목소리를 아끼지 않을 때는 외아들인 할아버지를 위해 재미난 이야기를 들려줄 때였다. 주변 상인들에게서 빨래 일감을 받아 온종일 하천에서 빨래하면서도 옆에 할아버지를 앉혀두고 재미난 이야기를 들려주곤 했다.

할아버지는 빨래터에 따라온 다른 아이들과 뛰어노는 것 보다 어머니의 이야기를 듣는 것이 더 좋았고 빨랫방망이를 두드릴 때마다 묵은 때가 씻겨 나가는 시원한 소리처럼 큰 목소리를 내는 어머니를 보면서 어딘지 모르게 신이 난 것처럼 보였기 때문에 덩달아 들떴다.


3


빨래터에서 이야기하는 사람은 '군밤 댁'이지만 늘 '너희 할아버지께서는'이라고 이야기를 시작했다. '군밤 댁'의 시아버지를 거슬러 올라가면 그 집안에 입담 좋은 전기수가 많았다고 한다.

집안사람들에게 입담을 물려준 것이 소설책을 접하기도 어려운 시대에 글을 모르는 사람들을 위해서 책의 내용을 맛깔나게 읽어주던 낭독가였던 것이다.

사람들의 왕래가 잦은 곳이면 그곳이 다리 밑이든 마을 입구든 저잣거리든 어디든지 불쑥 나타나 이야기를 시작했고 얼마 지나지 않아 씨름판 구경이라도 하러 모인 듯 사람들이 가득 모였다.

얼마나 이야기를 재미있게 하느냐에 따라 전기수에게 던져지는 돈의 액수가 달라지니 입담이 좋으면 좋을수록 찾는 사람들이 많아졌으리라.

입담 좋기로 소문이 자자한 그 집안 사람 중에서도 손꼽히는 인기를 자랑하는 전기수 하나가 있었다.

사람들을 찾아다니는 여느 전기수와 달리 특이하게도 구경꾼들이 직접 이야기를 듣기 위해 그를 찾아왔다. 사람들은 그자를 이름이 아니라 '일송'이라고 불렀다.

당시 마을이 생기기도 전에 서쪽 길 한가운데 큰 소나무가 있었다. 사람들은 그 나무를 피해 걸었고 그 걸음으로 생겨난 길의 주변으로 집을 지어 살았다. 자연스레 나무 주변으로 둥글게 공터가 생겼고 마을의 샛길은 모두 나무 주변으로부터 시작되었다.

그 큰 소나무 아래 작은 평상을 두고 앉아서 해가 떠 있는 시간 내내 이야기를 들려주었기에 생긴 별명이 '일송'인 것이다. 일송의 발걸음 소리만 들려도 우는 아이들은 뚝 울음을 그쳤고 일송이 소나무 아래 앉았단 소문이 퍼진 날에는 저잣거리 비단 장수마저 장사를 접고 제일 앞에 자리를 잡고 앉아 있었다.

유행하던 이야기를 맛깔나게 전하기도 했지만, 일송은 타고난 만담꾼답게 머릿속에 있는 이야기를 즉흥적으로 만들어내는 솜씨도 좋았다. 어찌나 재미나는지 집 안에서 잠을 자던 사람들도 뒷이야기가 궁금해 자리를 털고 일어나 와 앉을 정도였다.

사람들의 마음을 이리 당겼다가 저리 밀었다가 혓바닥 위에 참기름이라도 두른 듯하여 지나가던 콧대 높은 기생 해월이까지 힐끗거리고 입소문을 타던 어느 날, 붉은 해가 서쪽으로 기울기 시작하고 사람들의 그림자 역시 길게 늘어지기 시작할 때 이야기하던 일송의 눈에 이상한 것이 보였다.

평상 아래로 그림자 하나를 발견했다. 등지고 있던 소나무의 그림자 옆으로 살짝살짝 움직이는 것은 필시 어린아이의 그림자가 분명했다.

모여있는 사람 중 어린아이들은 어른의 양반다리 위에 앉아 있었기에 혼자 멀뚱히 서 있는 어린아이가 없다는 것을 알아차린 일송은 당황했다. 주인 없는 그림자를 발견했으니 말이다.

조선을 전부 돌아다닌 것은 아니나 발길이 닿는 모든 곳은 샅샅이 돌아다니던 능청스러운 만담꾼 일송은 지난겨울 산속에서 호랑이 발자국을 본 뒤로 처음으로 등줄기가 서늘해졌다.

하지만 하던 이야기를 갑자기 멈출 수 없기에 최대한 본인이 본 것을 외면하며 이야기를 이어 나갔지만, 일송의 모든 감각은 어린아이의 그림자에 꽂혀있었다.

얼핏 돌아봤을 때 그림자의 주인 또한 그림자라는 걸 단번에 알았다.

'그림자도 그림자가 생길 수 있구나.'

일송은 속으로 생각했다.

목덜미로 연약한 기척이 느껴졌다. 등 뒤에 있던 그림자는 소나무에서 내려와 사람들 사이에 섞여 앉았다.

어린아이 그림자는 다른 사람들과 마찬가지로 극에 이른 이야기를 멈춘 일송을 재촉하며 돈을 던지는 시늉을 하기도 하고 재미난 부분에서는 배를 잡고 웃기도 하고 뱀에 관련된 이야기를 할 때면 덩치가 큰 쌀장수 뒤에 몸을 숨기고 얼굴만 빼꼼 내밀며 이야기를 경청하기도 했다.

악의가 없다는 것을 느낀 일송은 그런 그림자에 경계를 풀고 호기심을 가지기 시작했다.

해가 산 뒤로 완전히 모습을 감추고 어둠이 깔리기 시작하자 사람들은 아쉬움을 뒤로한 채 엉덩이를 툭툭 털고 일어났지만, 일송은 평상에 앉은 채로 움직이지 않았다.

사람들이 모두 사라진 것을 확인한 일송은 소나무를 등지고 앉아 호기심과 장난기가 섞인 얼굴로 허공을 향해 말했다.

"게 누구냐."

해가 하늘에 검은 장막을 치는 순간부터 소나무 뒤 그림자는 모습을 감췄지만, 내내 자신의 뒤에 있었다는 것을 느낄 수 있었다.

그리고 일송의 말이 끝나자마자 깜짝 놀라 하는 그림자의 행동까지 느껴졌다.

"소나무 근처의 공기는 아주 적게나마 다른 곳에 비해 공기가 깨끗하다는 것을 아느냐? 허니 내가 반나절을 떠들어대도 목에 쉿소리 하나 나지 않는 게야. 어찌나 공기가 맑은지 네 녀석의 움직임까지 모두 느껴진다."

일송은 소나무를 향해 돌아앉았다.

"지금은 너와 나 둘뿐이다. 일부러 몸을 숨기지 않아도 돼."

일송은 검붉은 소나무 기둥 뒤로 움직이는 희미한 그림자를 느꼈다. 얼핏 보면 어둠과 구분할 수 없지만 한 번 형체를 찾으면 계속해서 눈에 띄었다. 밤의 어둠보다 더 맑고 투명감 있는 그림자는 형체 주변으로 은은하게 은빛을 두른 것 같았다. 눈도 입 모양도 보이지 않았지만, 순수한 표정까지 느낄 수 있었던 것은 그림자의 빛이 탁하지 않기 때문이었다.

"내 너를 해치지 않으마. 약조하지. 이야기꾼으로 사는 내게 세상의 모든 것은 스승이니라. 허니 너도 내 스승이 아니냐. 스승을 해칠 수 없고 하물며 내 어찌 세상의 것인 너를 해칠 수 있겠느냐. 보아하니 한이 맺힌 악귀는 아닌 듯한데, 저기 뒷산 산신령의 심부름꾼쯤 되는 게야?"

그림자는 일송의 눈앞에서 없는 척을 하기 그른 것을 깨달았는지 천천히 고개를 저었다.

"옳거니! 고갯짓할 수 있구나! 내가 질문을 하면 고갯짓으로 답을 주겠느냐? 네가 누군지 맞춰보고 싶구나. 나는 세상 모든 것이 궁금하거든."

잠시 망설이던 그림자는 작게 고개를 끄덕였다.

"내 너의 형체는 읽을 수 있으나 표정을 훤히 볼 수 없구나. 마치 어두운 밤 우물 안을 들여다보는 기분이야. 아무것도 보이지 않지만 내 모든 게 읽히는 기분이 이런 것이렷다. 언젠가 사람을 빨아들인다는 어둠의 이야기를 들어 본 적이 있다. '어둑 시니'라는 이름을 가지고 있었던 것 같아. 혹, 네가 그 '어둑 시니'인 것이냐."

이번에도 고개를 젓는 그림자를 보며 일송은 더욱 호기심으로 가득 찼다.

"그것도 아니란 말이지…. 보자, 보자. 나와 생김새가 다른데, 땅에 발을 붙이고 있는 것은 매한가지다…."

일송은 무언가 생각났다는 듯 손뼉을 치며 물었다.

"삼도천 코앞에서 도망을 쳤다던 아이가 너구나? 내 이 년 전, '술막골'에서 밥을 먹던 무녀들이 하는 이야기를 어깨너머로 들었다. 어찌나 뒷이야기가 궁금하던지 그 추운 날 주막에 그리 오래 앉아 있던 적은 처음이었어. 그래, 그 뒤로 사자들을 피해 여기까지 오게 된 게야?"

일송의 큰 목소리에 깜짝 놀란 그림자는 양손을 앞으로 뻗어 좌우로 흔들었다.

"그것도 아니란 말이지…."

호기심이 빠져나간 자리에 약간의 고민이 섞인 표정으로 일송은 미간에 주름을 만들었다.

아무리 생각해도 일송의 머릿속은 뿌연 구름이 가득 찬 것처럼 명쾌한 답을 찾지 못했다.

바로 그때, 일송의 오른쪽 눈썹 옆으로 작은 반딧불이의 불빛이 가까이 왔다가 멀어졌다.

춤을 추는 것 같은 불빛을 보며 일송은 무언가 생각난 듯 눈알을 굴리며 아득한 기억 속의 이야기를 떠올리려 했다.

"그럼 이건 어떠냐, 내 언젠가 사람도 아니고 귀도 아닌 신비한 것에 관한 이야기를 들은 적이 있다."

달구경을 갔던 바닷가 옆 고갯길에서 온화한 얼굴의 노인에게 들었던 이야기를 떠올렸다. 고갯길 아래 어촌마을에 살던 그 노인은 젊어서부터 어부의 삶을 살았던 탓에, 집에 있는 시간보다 배를 타고 바다에 나가 있는 시간이 더 많았는데, 하루는 일을 끝내고 배를 정리하던 중 우연히 본 달이 하얗고 예뻐 넋을 놓고 바라보다 그대로 바위에 기대 잠에 들어버렸다고 한다. 얼마나 잤을까? 자기 또래의 젊은 남자가 다가와 노인의 손등을 꼬집는 바람에 화들짝 놀라 깨어보니 밀물이 들어와 발아래까지 쫓아와 있었다고 한다.

서둘러 일어난 노인은 자신을 깨워 준 남자와 함께 도망치기 위해 주변을 둘러보았지만 까만 바다가 천천히 가까워지는 것 말고는 움직임이 느껴지는 것은 아무도 없었고 이상하게 얼굴도 목소리도 기억나지 않는 그 남자가 꼬집은 손등은 게의 집게 자국이 남아 있었다는 이야기다.

일송은 그 노인의 얼굴을 떠올리며 조심스럽게 말을 이어 나갔다.

"순수한 영혼을 가진 것에 바람이 스치며 숨을 불어넣어 주면 생긴다지? 꽃이며 나무며 강이며 돌이며 심지어는 꽃게에게도. 하늘 아래 모든 것에 말이야."

그림자는 조금 더 상체를 가까이 당겼다.

"오, 이건 네 이야기인 것 같구나?"

일송은 허리를 펴며 소나무를 한 번 올려다봤다.

"네 경우는 소나무에서 생겨난 것 같군. 이 소나무가 꼭 어딘가 영험하다 했더니 네가 태어날 정도로 순수한 영혼을 지닌 나무였구나."

그림자는 일송과 마찬가지로 소나무를 올려다보았다.

"나보다 나이는 곱절로 많아 보이는 나무인데 속은 이런 어린아이였다니."

감탄과 경이로움이 섞인 표정으로 힘 있게 뻗어 나간 소나무 가지를 보며 일송은 은은하게 웃었다. 그의 표정을 본 그림자는 일송을 향해 더 가까이 한 발 앞으로 나왔다.

"네 너의 그늘서 참 많이도 더위를 식혔다. 사람들을 모아 반나절을 내내 이야기하기도 하고 너에게 기대 낮잠을 청할 때도 있었지. 고마웠다. 내가 뒷산에서 나무를 모아 어설픈 평상을 만든 것도 한 해 전인데, 갑자기 이리 모습을 드러낸 것은 그간 내 이야기가 네 맘에 든 것이냐?"

그림자는 머리를 긁으며 머뭇거렸다. 하지만 일송은 그것이 겁을 먹은 것이 아니라 쑥스러워하는 것이라는 것을 느낄 수 있었다.

"그렇다면 다행이구나. 내 그늘에 대한 값을 치를 수 있겠어."

일송은 어린아이처럼 천진난만하게 웃었다.

"의아하다는 듯한 몸짓이구나. 내 원래 셈이 정확하다. 우리 집은 원래 장사꾼 집안이거든. 그런데 어느 순간부터는 나와 같이 이야기하는 이가 종종 나오더니 이제는 장사꾼 반 이야기꾼 반이지만 말이다. 아버지가 장사꾼이셨다. 비록 내 이야기꾼이지만 값을 치르는 셈에 관해서는 어미 젖을 떼자마자 보며 자랐다. 내 옆에서 내 이야기를 들어주지 않으련? 그래야 내가 그늘을 맘 놓고 쓸 수 있지 않겠느냐."


4


그 뒤로 그림자는 사람들에 섞여 일송의 이야기를 들었고 사람들이 모두 돌아가고 난 뒤 저녁이면 둘은 평상에 마주 앉아 대화를 나눴다. 그런 둘의 뒤로 계절은 여러 바퀴를 돌았다.


노란 개나리가 마을 어귀를 물들일 때면 "내 연하에게 말이나 한 번 붙여보면 소원이 없겠다, 송아야."

멋대로 일송이 부른 이름이 나쁘지 않았는지 그림자는 아무 말 없었다.

　"봄바람에는 누군가 실어 보낸 연정이 담겨있어서 그런 것이냐. 봄바람이 내 어깨를 치고 지나간 듯싶다. 그 야속한 바람이 나를 꾀어 연하만 보면 목덜미에서부터 뻣뻣해지고 이 가슴이 답답해지게 만든 것이 분명하다. 저잣거리 사내들이라면 누구나 마음에 품었다던 기생집의 해월이가 나를 향해 웃어 보여도 저 주막 뒷집에 사는 연하 뒷모습을 스쳐본 것만 못하느니. 손톱 같던 달이 어린아이 이마처럼 부풀어 오르는 날에는 동그랗고 하얀 달이 어느새 연하의 얼굴로 보이기 시작한다. 웃지 말거라. 그저 봄바람 꼬임에 넘어갔대도! 어차피 꽃이 지면 봄바람에 홀린 것도 끝이 날 터. 내년에 두고 보아라. 내 봄바람 향기도 맡지 않을 터이니. 아주 어깨를 접고 다닐 것이야. 봄바람 이놈이 내 어깨에 앉지도 못하게 말이다!"

　송아는 일송이 떠드는 내내 하품했다.


　매미 소리가 가득한 거리에 모시옷으로 갈아입은 사람들이 보일 때면 "내 어제 탁족을 하였다. 쓰읍-. 네게 탁족이 필요치 않겠구나? 그게 무엇이냐면 말이다. 저 뒷산에 있는 계곡에 발을 담가 더위를 씻는 것이다. 네게선 땀이 나는 것 같지 않고 더위를 모르는 것 같으니, 오늘처럼 이리 무더운 날 이 마을에서만큼은 네가 신선이렷다. 옳거니! 너와 함께 소나무 아래 앉아 있는 내가 바로 '신선

놀음'을 하는 것이구나. 하하."

하지만 말과 다르게 일송은 송아에게 부채질해 주는 것도 잊지 않았다.

송아는 평상 위에 앉아 있는 일송의 무릎을 베고 누워 하늘에 구름이 흘러가는 것을 보는 것이 즐거웠다.


마을을 품고 있는 뒷산이 붉고 노란 색으로 변할 때면 "다른 나무들은 고운 색으로 변했다지만 내 눈엔 여전히 푸른 네가 가장 곱다. 벗이란 자고로 변하지 않는 것이 으뜸 아니냐. 전국을 뒤져보아라. 나보다 더 변치 않는 벗을 가진 이가 있는지 말이다."

뒷산을 보고 있던 송아는 고개를 돌려 일송을 쳐다보았다.

"뭣이? 너도 저 단풍나무를 보고 있던 게야? 내 너의 칭찬을 하고 있지 않았냐."

일송은 머쓱하게 다시 뒷산을 향해 돌아앉은 송아를 보며 다정한 목소리로 말했다.

"부러워하는 게냐? 내일 날이 밝으면 네게 여러 가지 색의 나뭇잎들을 주워다 주마. 아마 송아 너는 붉고 노란 나뭇잎을 가져본 적이 없으니, 저것이 더 아름다워 보일 수 있겠지."

송아의 주변으로 빛나던 은은한 은빛이 달빛처럼 더욱 영롱해졌다.

기뻐하는 것을 느낀 일송은 피식 웃었다.

"모두 모아놓고 보면 눈에 보이는 모든 나뭇잎 중에 아름답지 않은 것이 없을 것이야. 네 솔잎처럼 말이다."

햇살을 받아 밤새 내린 눈이 더욱 빛나는 하얀 아침일 때면 "간밤에 찬바람이 어찌나 들어오던지 오늘에야말로 창호지에 기름을 바를 것이다."

송아는 아침 일찍부터 자신을 찾아온 일송을 보고 눈을 비비며 어리둥절해 있었다.

"밤새 눈이 이리 많이 온 것을 보고 혹시 네가 무겁기라도 할까, 걱정되어서 한달음에 달려왔다."

일송은 간단히 송아에게 아침 인사를 하고는 평상에 올라가 기다란 나뭇가지로 소나무 위에 두껍게 내려앉은 눈들을 툭툭 치기 시작했다.

평상에 누워 잠을 자던 송아는 부드럽게 퍼지는 작은 눈송이들을 힐끔 보더니 아직 잠에서 완전히 깨진 않았는지 누운 자리에서 일어나지 않았다. 하얀 나무 같아 보이던 소나무가 다시 푸른 녹색을 되찾은 것을 보고 일송은 만족스러운 표정을 지었다.

"이제 되었다. 오늘은 날이 추우니 사람들을 불러 모으진 않을 것이지만 내 창호지를 더 구해 저녁에 다시 오겠다. 나무 기둥에 둘둘 말고 있으면 오늘 밤에 찬 바람 부는 줄 모르고 잘 수 있을 것이다."

송아는 일송이 무슨 이야기를 하는지 알 수 없었지만 몰려오는 잠을 이기지 못하고 다시 잠이 들었다.

둘은 대부분 날을 함께 지냈지만, 마을 사람들은 송아의 존재에 대해 알지 못했다. 일송이 소나무를 보고 마주 앉아 중얼중얼 혼잣말하는 것처럼 보여도 아무도 이상하게 생각하지 않았다. 송아를 만나기 전부터 워낙 괴짜로 통하던 일송이기에 그런 그의 뒷모습을 보며 또 얼마나 재미있는 이야기를 들려줄지 기대하는 사람들이 늘어날 뿐이었다.


세월이 흘러 태양과 같던 일송의 눈가에도 주름이 생기고 머리가 새하얗게 변했다. 나이가 든 일송이 이야기꾼으로 사는 것을 그만둔다고 선언한 것도 벌써 3년 전이다.

이제 더는 긴 이야기를 할 수 없게 된 일송이지만 소나무 아래 평상에 누워 생각나는 가락을 흥얼거리는 것은 게을리하지 않았다.

"고뿔에 걸린 것 같다, 송아야."

대자로 누워 하늘을 보고 노래하던 일송이 옆에 앉아 있던 송아에게 말했다.

"고뿔의 기세가 강하니 내 당분간 앓아누울지도 모른다. 이야깃거리를 찾아 오랫동안 집을 비우고 마을에 다시 도착했을 때도 연하가 있는 집보다 이 소나무 앞에 먼저 와 너에게 내가 본 신기한 것들을 알려주던 것이 생각나는구나. 그 건강한 사내는 이제 없다네. 네 머리 위에 눈을 털어주던 때가 엊그제 같은데 이제는 내 머리 위에 하얀 눈이 가득 앉은 것이 보이느냐."

송아는 일송을 한 번 쳐다보고는 고개를 끄덕였다.

"내 제일가는 이야기꾼이라 불린다지만 어찌 날마다 길했겠느냐. 머릿속이 새카매지고 입이 떨어지지 않던 날에는 나는 너에게 기대었다. 내 이야기를 듣고 즐거워하는 너는 주변이 눈부시게 은빛으로 빛나지. 달빛과도 비슷하다. 그 빛을 꺼트리지 않겠다는 생각으로 뒷이야기를 급히 만들어내고는 했지."

일송이 잠시 눈을 감았다. 깊게 주름이 파여 있었고 얼굴 곳곳에는 얼룩덜룩한 검버섯이 피었지만, 그의 표정만큼은 처음 소나무 아래 평상을 만들던 장난기 많은 청년의 것이었다.

"우리가 벗이 되고 나서 계절이 몇 번이나 바뀌었는지 아느냐. 그 계절이 바뀔 때마다 꽃잎만 떼어간 것이 아니라 나에게서 조금씩 젊음도 빼앗아서 달아났다. 내 이리 빨리 노인이 될 줄 몰랐고 서글프기도 하지만 세상에 이리 멋진 소나무와 벗이 된 자가 또 어디 있겠느냐 싶어 여한이 없다."

송아는 아무 말 없이 누워있는 일송을 응시했다.

"내 몸집이 작아지고 목소리에서도 힘이 빠지는 동안 너는 하나도 변하지 않았구나. 혹, 내가 세상에서 사라지면 너도 사라지는 것이냐."

일송은 좌우로 고개를 젓는 송아를 보며 작게 끄덕였다.

"모르는구나. 알았다. 아, 내 아들들은 아주 어릴 적 보았지? 아주 오래전부터 겨울마다 소나무에 눈을 털어주러 함께 왔었지. 하루는 아들들을 모아놓고 너에 관해 이야기를 해주었는데 알 수 없는 표정을 짓더구나. 아직 때가 되지 않은 것 같아서 그날 이후로 아무 말도 하지 않았네만 자주 데리고 올 걸 그랬어. 아들 중 나와 같은 눈을 한 그 녀석이라면 분명 이야기꾼으로 클 것 같았거든. 그 아이라면 나를 대신해서 너와 함께 있어 줄 수 있을 텐데. 네가 좋아하는 재미있는 이야기도 실컷 해주고 말이다."

송아는 어떻게 대답해야 할지 모르겠는지 고개를 움직이지 않았다.

"내 아버지께서 나에게 해주신 말씀이 있다. 아이를 낳으면 부모가 아이가 건강하게 크기를 기원하며 허리춤에 해와 달을 묶어준다는 것이다. 너는 이 소나무에서 태어나 해와 달을 묶지 못했다면 내가 하늘에서 해와 달을 따다 너의 허리춤에 묶어주마. 소나무를 떠나 멀리 걸어 다녀도 해와 달은 언제나 너의 머리 위에 둥실 떠다니며 너를 내려다봐 줄 것이야. 정말이래도? 내가 재미난 이야기를 찾아 떠돌아다닐 때, 따스한 해는 내게 그림자를 만들어 방향과 시간을 알려주었고 청명한 달은 깜깜한 밤 산 고개를 몇 개나 넘어 다녀도 나의 발밑을 비춰주었다. 그것처럼 내가 해와 달을 찾아 너에게 묶어주마. 너를 지켜주고 건강하기를 바라며 늘 보듬어주는 것이지. 그 전에! 해와 달에게 허락을 구해야 하지 않겠느냐? 나는 이제부터 너의 해와 달을 찾아 여행을 갈 뿐이다. 그러니 나를 따라

저승으로 올 생각은 추호도 하지 마라."

송아는 흠칫 놀란 듯 어깨를 움츠렸다. 당부를 마친 일송은 목소리에 힘을 뺐다.

"행여나 네가 정 나와의 시간이 그립다면 나 대신 내 자식들이 크는 것을 지켜봐다오. 재미난 이야기를 해주는 녀석이 분명히 있을 것이다."

송아는 머뭇거리다 작게 끄덕였다.

"네가 나를 따라 말을 할 수 있지 않을까 싶어 일부러 입 모양을 쩍쩍 벌리며 이야기한 적도 있었는데 그게 좀 아쉽구나. 아니, 너의 탓을 하는 것이 아니다. 그저 네 목소리 한번 들어 보고 싶었을 뿐이니. 하지만 이제 되었다. 말로써 마음을 나누는 것이 결코 지금보다 더 값지다 할 수 없다는 것을 알겠다."

잠시 눈을 감았다가 뜬 일송은 고개를 돌려 송아를 보았다.

"참으로 고마웠네. 나의 벗 송아. 멋대로 부른 송아라는 이름도 좋아해 줘서 고맙네."

일송은 힘겨워하며 평상에서 몸을 일으켰다. 생기를 잃어 거칠어진 피부와 깊게 세로로 패인 주름들을 보자니 일송의 모습이 어느새 소나무와 닮아있었다.

송아는 그런 일송을 보며 걱정스러운 듯 손을 뻗었다.

"이제 가야겠군. 고뿔이 심하면 말이야, 앞도 제대로 안 보인다네."

일송은 평상에서 천천히 일어났다. 그의 뒷모습은 굽었고 작았다.

그는 어딘지 모르게 은은한 미소를 머금고 송아를 향해 돌아섰다.

얼굴에 걸린 미소는 점점 아련함으로 변했다. 그의 눈은 의아하게 쳐다보던 송아를 천천히 뜯어봤다.

그러고는 별안간 웃어른을 대하듯 허리를 천천히 굽혔다.

송아는 처음 보는 일송의 모습에 놀라 평상에서 튕기듯 일어났다.

"그간 이놈이 주제넘었지요?"

일송은 정성 들여 굽혔던 허리를 천천히 펴며 고개를 들었다. 인사를 마친 일송은 후련함과 아쉬움. 그리고 그리움이 섞인 묘한 얼굴로 송아를 한참 바라보았다.

송아는 이 모든 것을 가만히 응시할 뿐이었다.

"절을 올려야 마땅하나 이 몸이 낡아서 이리 대신합니다."

무언가 아쉬운 듯한 표정으로 한참을 서 있던 일송은 곧 표정을 다시 고쳐 썼다.

"간다, 이놈아."

평소와 같은 장난스러운 목소리로 인사를 하고 뒤를 돌아가는 일송의 뒷모습을 보며 송아는 나무 위로 올라가지 않고 한참을 그 자리에 선 채로 있었다.

5

그날 이후 마을 사람들은 일송의 호탕한 목소리를 영원히 듣지 못하게 되었다.

일송의 장례를 치르는 동안 조문객들 사이로 그림자가 일렁이던 것을 일송의 둘째 아들이 발견했다.

어린 시절 아버지를 따라 평상에 갔다가 봤던 그것이자 아버지의 둘도 없는 벗이라는 것을 알아차린 그는 그림자와 조문객들이 놀라지 않게 장례가 끝날 때까지 아무 말도 하지 않았다.

그림자는 사람들 사이에 섞여 어깨를 들썩이며 울기도 하고 대문에 앉아 한숨을 쉬기도 하고 일송의 상여가 나가는 날에는 상여꾼 옆에서 함께 터벅터벅 걸으며 따라오기도 했다.

'지금 내 막내아들만 하겠군. 이름이 송아라 했던가…. 소나무에서만 사는 줄 알았는데 멀리까지 나올 수 있게 되었나 보군.'

어린아이의 그림자만큼 작고 얇은 그 그림자가 축 처진 어깨로 상여와 함께 걷는 것을 본 일송의 아들은 이렇게 생각했다.

그의 막내아들이 이제 막 8살이 되던 해였기에 그림자의 나이도 그쯤 비슷할 거라 알아본 것이다.

아버지를 닮은 눈 때문인지 본인 외에는 아내조차도 그 그림자를 볼 수 없다는 게 확실해지자 그는 그림자에 대해 아무에게도 말하지 않았다.

아버지의 벗을 지키고 싶었기 때문이다.

시간이 지나 그가 처음으로 소나무 그림자에 대해 누군가에게 털어놓은 건 병상에 눕게 되면서였다.

자식 중 막내아들만을 불러놓고 아버지가 평상에 걸터앉아 해주시던 소나무 그림자에 관한 이야기를 천천히 그리고 정성스레 전했다.

여러 명의 아들 중 막내아들을 고른 것은 아버지와 똑 닮은 자신의 눈이 막내아들에게도 보였기 때문이다.

맑고 동그란 그 눈은 아버지가 소나무의 그림자에 관해 이야기하는 내내 상체를 구부려 귀를 기울였다. 그리고 숨소리마저 외울 기세로 경청했다.

그렇게 봄에서 가을이 되었다.

일송의 둘째 아들이던 그는 계절이 바뀌는데도 아버지가 누워있던 그 병상에서 일어나지 못하고 여전히 누워있었다. 계절은 젊음을 데리고 가기 위해서 아름다운 꽃과 선명한 색을 보여주며 눈속임하는 것이라는 아버지의 말이 선명하게 다시 들리는 듯했다.

그리고 마지막으로 막내아들을 다시 병상으로 불러들였다. 지금도 마당에서 모래놀이하는 어린아이 그림자를 위해 재미난 이야기를 들려주는 것을 게을리하지 말라는 말을 천천히 전했다. 할 말을 모두 마치자마자 마당의 나뭇잎이 떨어짐과 동시에 그 집에서도 곡소리가 울렸다.

막내아들은 장례를 치르는 동안 집 마당에 나타난 송아를 보며 아버지의 이야기를 처음부터 다시 되새겼고 신비한 감동에 휩싸였다. 신기한 일이었다. 아버지가 돌아가시자마자 막내아들의 눈에도 그동안 보이지 않던 송아가 보이기 시작한 것이다. 아버지에게 가문의 비밀이라며 처음 소나무 정령에 관해 이야기를 전해 들었을 때부터 어렴풋이 일렁이는 연기처럼 보이기 시작했던 그것은 마침내 완벽한 어린아이 형태의 그림자로 완성되어 있었다.

그렇게 송아의 이야기는 입담으로 유명한 그 집안에서 유난히 반짝이는 눈을 가지고 있는 자식들에게로 계속해서 전해져 내려왔고 동시에 철저하게 비밀에 부쳐졌다. 송아를 지키기 위해.

그렇게 대가 이어져 오던 어느 날, 병상에 있던 만담꾼 할아버지 방에 자식이 아닌 며느리가 불려 들어간 적이 있다.

집안의 가장 큰 어른이 죽기 직전 자식 중 하나를 불러놓고 가문의 비밀을 공유하는 것을 알고 있던 가족과 친척들은 의아해했다. 집안의 큰 어른이 위독하다는 소식을 듣고 찾아왔지만, 편히 앉지도 못하고 그 집 외아들의 눈치만 살폈다. 그때 외아들은 그 집에 있던 모든 사람을 돌아보며 이렇게 말했다.

"나와 달리 아내는 사람의 마음을 헤아리는 사람이지요. 그런 나의 아내라면 아버지 말씀의 깊이를 더 잘 헤아릴 테니 오히려 기쁩니다."라며 살짝 웃었을 뿐이다.

시아버지의 병상에 불려 간 그녀에게도 똑같이 송아에 관한 이야기가 전해졌다.

그리고 그 끝에 "아들은 정(情)보다는 셈에 중을 주고 있으니, 눈앞에 송아가 있어도 알아보지 못할 것이다. 허니 네가 대신 이어다오."라는 말을 덧대었다.

총명하고 맑은 눈빛을 가진 그녀는 그 방에서 나오자마자 집 마당에서 일렁이는 흐릿한 그림자를 발견하게 되었다. 그렇게 손자를 안아 올릴 만큼 오랜 세월 비밀을 지켜오다 남편보다 먼저 병상에 눕게 되었다.

그녀의 병상에는 아들이 아니라 시아버지의 하나뿐인 아들이자 남편이 들어가게 되었다. 남편은 아내의 방에서 나오면서 은은하게 웃고 있었다.

"아버지가 사람 보는 눈이 정확하셨어."라고 말하면서.

그리고 얼마 가지 않아 곧 그도 병상에 눕게 되었고 아들을 불러 가문의 비밀을 일러주게 되던 그 순간 "나와 같이 장사꾼의 눈을 타고난 네 아들에게 아내는 꼭 총명하고 밝은 눈빛을 가진 여인을 만나도록 일러두어라. 우리가 보지 못하는 것을 대신 봐 줄 귀인들이니."라는 말도 더했다.

그 뒤로 그 집안에서는 종종 며느리의 입을 빌려 가문의 비밀을 이어오게 되었다.

# 6

"늘 그렇듯 이야기는 여기까지다."

할아버지는 긴 숨을 몰아쉬었다.

"빨래가 끝나고 집에 오면 거짓말처럼 입을 굳게 다무셨어."

할아버지는 아이를 향해 그렇게 말했다.

"'군밤 댁'이라는 별명으로 불리면서도 이웃들의 농담에 한 번도 웃질 않으셨던 어머니께서 빨래터에만 가면 나보다도 어린 소녀처럼 신나서 이야기를 해주셨지. 워낙 사는 낙이 없으셔서 그랬나 늘 같은 이야기만 해주셨어. 그래도 나는 빨래터에 가는 게 좋았지. 처음에는 이야기가 재미있었는데 점점 어머니 웃는 모습이 좋아져서 계속 앉아 있었다."

어머니 생각에 평소보다 빠르게 말했다는 것을 자각하자마자 순간 그리움이 몰려왔다.

멀리서 들려오던 전차 소리, 깨끗하진 않았지만 쉼 없이 흐르던 하천, 머리에는 양동이를 이고 포대기에 갓난아기를 업은 채 수다를 떨던 사람들, 돌로 아궁이를 만들고 그 위에 올려진 솥에서 나던 밥 짓는 냄새 그리고 으득으득 흙 밟는 소리.

"할아버지?"

잠시 말없이 생각에 잠긴 할아버지를 보며 어눌하고 귀여운 목소리의 발음이 들리자, 할아버지는 곧 자세를 고쳐 앉았다.

"잠시 빨래터를 기억하고 있었단다. 이제는 말을 잘하는구나."

할아버지의 칭찬에 '히-.'하고 웃는 소리가 들렸다.

"내가 사라지더라도 며느리가 너의 말동무가 되어 줄 것이다. 아직 아들놈에게는 네가 보이지 않을 것이야."

갸우뚱 고개를 기울이자, 할아버지는 작게 속삭였다.

"믿을 리가 없다. 아들은 아버지를 닮아 장사꾼이거든. 눈에 보이는 숫자가 더 먼저인 놈이야. 얼마 전 며느리에게 전해두길 잘했지."

할아버지는 손을 뻗어 아이의 머리를 쓰다듬었다.

"내 언젠가 하늘에서 할아버지와 아버지를 만난다면 네 목소리를 들을 수 있었다고 꼭 전하마. 그리 기다리셨는데 분명 기뻐해 주실 게야."

아이가 달빛처럼 빛나자 할아버지는 그제야 조금 웃었다.

"그렇지, 송아야?"

6 : 빵

# 커튼콜

1

"귀신 때문에 출근이라니 어처구니가 없군."

한주는 핸들에 손을 올린 채 혼잣말을 뱉었다.

새벽 1시에 가까운 시간이었지만 그의 자세는 흐트러짐이 없었다. 젤을 이용해 깔끔하게 머리를 올렸고 고급스러운 남색 넥타이는 이 시간에도 그의 목에서 완벽한 자태를 뽐내고 있었다. 50대 중반인 나이에 주름이 생기는 건 당연했지만, 그 어떤 주름도 그의 얼굴에서 멋을 빼앗아 갈 수 없었다. 눈가에 난 주름마저 그의 눈빛을 더욱 그윽하게 만들어 버렸으니까.

멀리 보이는 노란색 신호가 붉은색으로 바뀌는 것을 보고 차를 세웠다. 잠시 숨 고를 시간이 생긴 것이다. 그는 코로 숨을 들이마시고 입으로 천천히 내쉬며 생각을 가다듬었다.

호텔 경력만 30년에 이제는 총지배인인 그는 사람을 상대하는 직업이니만큼 여러 가지 일을 경험해 봤다고 자부했지만, 오늘만큼은 두고두고 기억에 남을 거라는 확신이 들었다. 긴장감과 기대감이 섞여 만들어낸 묘한 감정이 배 안에서 꿈틀거렸다.

모두가 잠이 들어있을 시각 그가 갑자기 출근하게 된 이유는 말 대로 어처구니가 없었다.

'룸 거울에서 귀신이 보이니 방을 바꿔달라.'라는 컴플레인이 들어왔기 때문이다.

프런트 직원은 물론 당직 지배인에게까지 소리를 지르며 스위트 룸을 요구하는 고객의 문제로 자고 있던 한주에게까지 전화가 간 것이다. 물론 투숙객의 주장만으로 깊은 새벽잠을 자고 있던 총지배인이 잠에서 일어나 부리나케 차를 몰고 나온 것은 아니었다.

갑자기 방 안을 울린 벨 소리에 한주는 마치 깨어있던 사람처럼 튕기듯 일어나 바로 전화를 받았다. 벨 소리가 세 번이 채 울리기도 전이었다. 24시간 언제나 투숙객에게 열려있는 호텔에 근무를 시작하고부터 잠을 잘 때도 늘 머리맡에 휴대전화를 두고 '벨 소리가 세 번 울리기 전에 받는다.'라는 것은 자신과의 약속이었다.

간단하게 인사를 마친 당직 지배인은 간결하고 정확하게 상황을 설명했다. 당직 지배인은 이성용이라는 이름의 남자로 어딘지 모르게 편안한 무게감이 느껴지는 사람이었다.

"프런트에서 했던 최초 항의 내용은 '방에서 귀신이 나온다'라는 것이었습니다."

그는 공손하게 말하고 있었지만, 목소리는 지쳐있었다.

"방이 어디죠?"

"1723호입니다."

호수만 듣고도 단번에 프리미엄 디럭스 룸이라는 것을 알았다. 스위트 룸 다음으로 호텔에서 두 번째로 좋은 방이었다. 호수를 말하고 당직 지배인의 말이 잠시 멈췄지만, 한주는 전화를 건 목적을 아직 듣지 못했다는 직감이 들었기 때문에 당직 지배인의 말이 이어지기를 기다렸다.

"같은 등급의 프리미엄 디럭스 룸은 거절하시고 업그레이드를 요구하셨습니다. 현재 스위트 룸이 모두 풀 부킹이라 당장 변경이 어렵다고 안내를 드렸는데도 직원이 거짓말을 하고 있다며 17층에 있던 소화전 유리를 깨고 비상벨을…."

한주는 침대에 누워있던 몸을 일으켰다.

"17층의 대부분 투숙객이 잠에서 깼고 지금 프런트 앞에 모여있습니다. 17층뿐만 아니라 소란을 들은 몇몇 투숙객들도 나와 계시고요. 상황 설명을 충분히 드렸음에도 총지배인님이 오셔서 사과하지 않으시면 절대 들어가지 않겠다는 분들이 꽤 계십니다. 죄송합니다."

난처해하는 당직 지배인의 목소리를 들은 한주는 의도적으로 부드러운 목소리를 내며 그를 안심시켰다.

"죄송은 무슨. 그럴 거 없어요. 이런 게 우리 일인데요, 뭘."

그는 한 손으로 덮고 있던 이불을 치웠다. 여유가 있는 목소리와는 상반되는 재빠른 손놀림이었다.

"금방 갈게요."

곁에서 자던 아내가 통화 내용을 들었는지 덩달아 졸린 눈을 비비며 일어났다.

"자기한테 전화가 올 정도면 꼭 가야겠네."

간단한 주먹밥이라도 만들어 주겠다는 아내의 말을 거절하고 서둘러 나갈 채비를 했다.

아내는 한주가 나가는 순간까지도 잠이 가시지 않았는지 눈을 가늘게 뜨고 있었지만, 현관에 나와 그가 나가는 모습을 끝까지 보고 인사해 주었다.

차로 호텔까지 가는 30분 동안 그는 여러 개의 신호를 만났다. 그리고 그 신호를 기다리는 동안 당직 지배인의 작게 오므린 입이 떠올랐다.

키는 작아도 매서운 눈에 작은 입을 가진 그는 모두에게 적당한 거리를 두고 지냈기 때문에 자칫 차가운 성격으로 오해하기 쉬웠다. 하지만 남에게 일을 떠넘기지 않고 솔선수범하는 성격을 가진 사람이었다. 그 책임감을 높이 산 한주는 언젠가 성용이 총지배인의 자리에 올라도 손색이 없는 사람이라고 생각하고 있었다.

평소 군더더기 없이 확실한 성격의 그는 한주에게 전화를 걸기까지 자신이 할 수 있는 모든 것을 해 본 뒤에 고민을 거듭했을 것이다. 한주는 그것을 헤아릴 수 있는 상사였다.

서울 시내에서 손꼽히는 관광 거리에 있는 고급 호텔 중에서도 한주가 근무하는 가루다 호텔은 특히 예약하기가 어려웠다. 높은 고층을 자랑하는 호텔답게 37층에 있는 레스토랑의 야경은 어떤 말로 형용해도 부족할 정도로 아름다웠다.

이 때문에 국내 투숙객은 물론 외국 투숙객을 맞이하는 일도 많았기 때문에 직원 모두 외국어에 능통했고 지각을 하는 사람을 손에 꼽을 만큼 근무 태도도 좋았다. 그런 프로 의식 가득한 직원 중 아무리 오래된 베테랑이라고 해도 이런 컴플레인 건은 세월이 지나도 익숙해질 수 없었다.

"데이터라는 게 무의미하니까, 사람 마음은."

늘 되뇌던 말을 소리 내어 말하고는 호텔 주차장으로 들어가기 위해 핸들을 꺾었다.

직원용 주차 구역에 주차를 마친 한주는 차에서 내리기 전 간단하게 표정 스트레칭을 했다. 입을 크게 벌렸다가 오므리기도 하고 쪽 내밀기도 했다.

누군가 보면 굉장히 우스꽝스러워 보였을 것이다.

"가볼까."

결의가 느껴지는 목소리로 힘차게 차 문을 열고 나갔다.

그는 호텔 내부로 바로 연결되어 있는 직원용 통로로 들어가지 않고 차로 들어왔던 길을 다시 걸어서 주차장을 빠져나갔다. 정문으로 들어가기 위해서였다. 호텔 안쪽에 있는 직원용 통로를 이용하면 엘리베이터 옆문을 열고 나오게 되기 때문에 보는 사람으로 하여금 '숨어 있다가 나오는' 듯한 모양새로 오해되기 쉬웠다. 그래서 될 수 있으면 이러한 상황에서 직원용 통로 사용을 하지 않았다.

정문이 가까워지자, 한주는 가볍게 뛰기 시작했다.

금빛 테두리의 유리 정문은 새벽임에도 여전히 크고 밝게 빛났다.

문을 열고 들어가자마자 정면의 독수리 동상이 그를 맞이했다.

1m 정도 되는 원형 대리석 테이블 위에 돌을 깎아 만든 동상이 세워져 170이 조금 넘는 한주의 키와 비슷했다. 돌로 만들어졌다고 해도 몽돌 같은 매끈한 표면과 금방이라도 깜빡일 것 같은 매서운 눈 그리고 단단한 힘이 느껴지는 날개를 표현한 정교한 조각은 누구나 걸음을 멈추기에 충분했다.

'힘을 줘.'

한주는 독수리 동상의 눈을 마주 보고 주문을 외듯 속으로 생각했다. 객실 안내원 시절부터 선배에게 혼이 날 때나 곤란한 일이 생기면 늘 이 독수리 동상을 보며 힘을 얻었다. 한주는 순간 독수리 동상의 눈에서 무언가 느꼈다. 정교함 때문일까? 동상은 고고한 표정을 지으며 어딘지 모르게 한주를 응시하는 것 같았다.


2


새벽을 뚫고 출근한 노력이 무색하게 호텔 로비에는 아무 소리도 들리지 않았다.

'뭐지?'

한주는 주위를 살폈다.

입구에서 가까운 컨시어지 데스크를 쳐다보았지만, 당연히 아무도 없었다. 새벽 시간에는 당직 지배인이 컨시어지 데스크에 앉는 것이 일반적이지만 지금 당직 지배인은 자리를 지킬 여유가 없을 것이다.

천천히 컨시어지 테이블을 지나 프런트로 향했다. 프런트 앞에 있는 푹신한 보라색 소파에는 누군가 앉아 노트북으로 바쁘게 일하고 있는 모습이 보였다. 새벽 시간에 투숙객이 나와 있는 것은 이례적이기 때문에 재빨리 표정을 살폈지만, 화는커녕 뒤에 누군가 있다는 사실도 알아채지 못하고 머리를 긁적이며 하품하는 투숙객을 보고 한주는 마음을 놓았다.

프런트에 있는 직원들도 모두 어디론가 전화하고 있었다.

'다른 호텔에 전화해서 스위트 룸을 알아보는 중이겠군.'

한주는 바빠 보이는 프런트 직원에게 다가가지 않고 멀리서 가볍게 눈인사만 하고 지나쳤다. 아마 그들은 한주를 보지 못한 것 같았다.

혹시나 해 프런트를 지나 안쪽에 있는 커피숍으로 가보았다. 로비에 나와 있는 인원이 많다면 서서 대화하는 것 보다 의자를 제공해 상황 설명을 하고 있지는 않을까, 생각했다. 하지만 불 꺼진 커피숍 안에서는 희미한 인기척도 느껴지지 않았다.

다시 한번 고개를 돌려 로비를 살폈지만, 프런트에 있는 직원들이 전화기를 들고 있는 모습만 보일 뿐 특별한 건 없었다.

'과연 베테랑들이야. 벌써 어느 정도 처리한 것 같군.'

한주는 속으로 생각했다. 그리고 그는 이제부터 그가 해야 할 일을 정확하게 알고 있었다. 시원한 걸음으로 로비를 지나쳐 엘리베이터 앞에 도착했다.

하지만 엘리베이터 버튼을 누르지 않고 큰 화분이 가리고 있는 작은 손잡이로 손을 뻗었다. 벽지 색깔과 같은 연한 베이지색 철문을 열기 위해서였다. 주차장에서 올라오면 연결되는 바로 그곳이었다. 의식하지 않으면 눈치채지 못하고 지나갈 정도로 벽과 흡사하게 만들어 둔 직원 전용 통로는 카드키가 없이도 전 객실에 갈 수 있으므로 이 엘리베이터를 이용할 생각이었다.

"긴 밤이 되겠군."

그는 한 손으로 철문을 힘차게 밀었다. 세상이 갑자기 흑백영화로 바뀐 것처럼 화려한 호텔과는 정반대의 무채색 공간이 있었다. 옅은 회색으로 페인트를 칠한 벽과 상아색의 바닥 타일은 수수하고 차분한 분위기를 내고 있었다. 멋도 부리지 않고 실내 장식도 하지 않은 내부 공간은 '호텔이 화장을 지운다면 이런 모습'이라는 말이 가장 잘 어울렸다. 하지만 어딘가 압박감을 내려놓은 듯한 자연스러움은 편안함을 자아냈기 때문에 직원들은 이곳에 와서 계단에 앉아 도시락을 먹거나 구두를 벗어놓고 휴식을 취하고는 했다.

한주는 신입 사원 때부터 이곳이 참 좋았다. 당시 함께 근무하던 선배 중 몇은 환기가 제대로 되지 않아 식어버린 국수 냄새가 난다며 싫어했지만, 한주는 이곳에서 말린 장미 향이 느껴진다고 생각했다. 어머니가 사용하던 화장품에서도 말린 꽃향기가 났기 때문에 괜히 좋아하게 된 것이다.

직원용 엘리베이터가 도착하자 그는 중후한 구두 소리를 내며 엘리베이터로 발을 내디뎠다.

허리를 펴고 표정을 가다듬었다. 엘리베이터 안에 작은 거울이 붙어있었지만, 그는 거울을 보지 않아도 지금 본인의 표정이 어떤지 세포에 전달받은 감각으로 생생하게 느낄 수 있었다. 그는 손가락을 사용하는 것처럼 표정을 사용하는 것이 자유로웠다.

진중하고 품위 있는 표정을 완성한 한주는 17층 버튼을 눌렀다.

엘리베이터는 천천히 올라가면서 희미하게 철 소리를 냈고 한주의 위엄있는 표정 때문인지 엘리베이터 안은 비장함이 가득 찼다.

문이 열리고 17층에 내렸다. 직원용 통로는 1층과 17층이 다를 게 없었지만, 굳이 차이점을 꼽자면 사람의 온기가 덜하다는 것 정도였다. 다섯 걸음을 채 걷지 않아 객실 복도로 이어지는 문을 열자, 엘리베이터 앞에 놓인 테이블 꽃병에서 나는 향기 덕분에 공기가 달라진 것이 느껴졌다.

'꽃을 교체했구먼.'

며칠 전과 다른 꽃향기가 났다. 명도와 채도를 꼼꼼히 따진 따뜻한 조명이 텅 빈 엘리베이터 홀을 가득 메우고 있었다.

신입 시절, 직원 통로에서 객실 복도로 나갈 때는 전장으로 나가는 투사가 된 것처럼 임하라는 선배의 말이 문득 떠올랐다. 생선요리를 먹으면서 '붕어와 잉어를 구분하는 방법은 수염'이라는 것이

나, 벤치마킹하러 함께 지방의 어느 호텔을 가면 '방금 지나온 호텔에는 밤에 고스톱을 치는 할머니 귀신들이 나오기 때문에 이를 알고 있는 가이드들은 저 호텔에 배정받으면 일부러 호텔에서 나와 작은 여관방에서 잠을 잔다'라거나, 휴가를 다녀와서는 '이번에 묵었던 호텔에는 가운을 걸어뒀음에도 불구하고 드레스 룸 서랍 안에 잠옷도 함께 넣어뒀다. 이런 것을 발견하는 것이 호텔 방 관찰의 행복.'과 같은 말을 하던 어딘가 모르게 괴짜 같은 선배였다.

갑자기 그 선배의 얼굴이 떠오른 것이 의아했지만, 덕분에 그는 잠시 멈춰 숨을 들이마시는 여유를 가질 수 있었다.

서 있는 자리에서 천천히 한 바퀴 돌아 눈에 띄는 이상이 없는지 확인했다. 구석구석 직원의 손길로 관리되고 있는 호텔 복도는 연극 무대처럼 흐트러짐 없었다. 꽃병 테이블 아래 놓여있는 두 개의 금색 의자 역시 고고한 자태를 유지할 뿐, 소란이란 모르는 것 같았다.

엘리베이터 홀에 특이 사항이 없는 걸 확인한 한주는 객실 안내가 적혀있는 벽을 지나쳐 왼쪽으로 돌았다. 객실 복도와 엘리베이터 앞은 모두 소음을 최소화하기 위해 카펫을 깔아뒀기 때문인지 한주의 망설임 없는 걸음에도 복도에 구두 소리는 울리지 않았다.

복도 제일 끝, 1723호 앞에 도착한 그는 다시 한번 문 앞에 서서 청각에 집중했다.

아무 소리도 들리지 않았다.

'사무실에 있겠군.' 한주는 혼자 생각했다.

심야에 큰소리가 나는 것을 걱정한 당직 지배인은 아마도 투숙객을 달래 호텔 지하에 있는 사무실로 이동했을 것이다.

그리고 17층에 있던 다른 손님들은 이미 사과와 안내를 받고 휴식을 위해 방에 들어간 것 같았다.

당직 지배인에게 전화를 걸기 위해 휴대전화를 꺼냈을 때 갑자기 툭, 소리가 나면서 1723호의 문이 열렸다. 누군가 안에서 열어줬다면 문고리를 잡은 손이 보였겠지만 살짝 열린 문틈으로 보이는 것은 그저 새카만 어둠뿐이었다.

한주는 세상의 모든 것이 지금 자신과 함께 멈춘 것 같았다.

등에서 목덜미까지 순식간에 오소소 소름이 돋는 것이 느껴졌고 머리 위로 얼음이 떨어진 것처럼 귓바퀴까지 오싹해졌다. 잠시 숨 쉬는 것도 잊어버릴 뻔했지만 아득하게 멀어진 의식을 가까스로 다시 붙잡았다.

그는 망설였다. 방 안에서는 어떠한 인기척도 들리지 않기 때문에 '사람'이 문을 열어줬을 리는 없다고 생각했지만, 정말 귀신이 나온다면 지금이 만날 유일한 기회라고 생각했다.

'들어오라는 건가.'

휴대전화를 양복 안 주머니에 넣고 손잡이를 향해 천천히 손을 뻗었다. 그와 동시에 영화에서 긴장한 주인공이 마른침을 꿀꺽 삼키는 장면이 과장이 아니었음을 알게 되었다.

'손님과의 공감을 위해.'

주문처럼 외웠다.

당연히 귀신이 있을 거로 생각하지 않았다. 하지만, 불만을 제기한 투숙객을 만났을 때 '1723호에는 아무것도 없습니다.'라고 당당하게 말하기 위해서 본인의 말에 근거가 있었으면 하는 바람에 문을 열기로 한 것이다.

'귀신이 없는 거라면 이건 뭐지?'

그의 마음 안에서 의문과 긴장감이 뒤엉켜 엉망진창으로 굴러다니는 것이 느껴졌다. 하지만 그는 곧 긴 숨을 몰아쉬며 자신을 문안으로 밀어 넣기로 했다. 모두가 잠든 시간 입 밖으로 소리를 낼 수 없었기에 그는 마음속으로 기합을 넣으며 문을 잡아당겼다.

"실례하겠습니다. 총지배인입니다."

정중한 목소리로 말하며 방으로 들어섰다. 당연히 대답은 들리지 않았다. 처음부터 대답을 바라고 한 말이 아니었기에 그는 발걸음을 방 안으로 옮겼다.

현관 불이 들어오고 정면으로 작은 거실이 보였다. 깨끗한 상태의 방을 보고 한주는 움츠러들었던 목을 세웠다.

"아무도 없는 것 같군."

혼잣말이었지만 무서움을 날려버리기 위해 조금 크게 얘기했다.

현관에 있는 스위치 하나를 켜자 거실 전창의 은은한 조명에 불이 들어왔고 그 때문에 스산한 분위기는 순식간에 모습을 감췄다.

그는 느린 걸음으로 방 깊숙이 걸어 들어갔다. 정면으로 보이는

2인용 소파는 정갈하게 쿠션이 정리되어 있었고 낮은 소파 테이블 위에도 개인 소지품 하나 올려져 있지 않았다.

'가방을 내려놓을 새도 없이 들어오자마자 귀신을 봤다는 거겠군.' 한주는 속으로 생각했다.

거실로 들어가기 전 오른쪽을 바라보면 작은 복도 형태의 공간이 있다. 그 공간에 서서 왼쪽으로 고개를 돌리면 화장실과 샤워실이 있었고 오른쪽으로는 옷장과 전신 거울이 있었다. 바로 이 전신 거울에서 귀신을 봤다는 것이었다. 이대로라면 들어오자마자 침대가 있는 방으로 이동하면서 봤을 가능성이 있다. 한주는 최대한 거울을 의식하지 않고 트윈베드가 있는 방으로 향했다.

"역시."

그가 말을 내뱉은 이유는 침대와 리모컨의 위치가 모두 청소를 마친 그대로의 상태였기 때문이다.

하얗고 빳빳한 침구는 손자국 하나 없이 팽팽하게 펴져 있었고 침대 옆에 있는 갈색 협탁 위에는 티슈와 리모컨이 같은 방향으로 정리되어 있었다.

구석에 있는 화장대 위도 마찬가지였다. 정갈하게 놓여있는 메모지와 펜을 꽂아 넣는 각도까지 모두 청소 지침 그대로였다.

한주는 침대 주변으로 가까이 다가가 화장대 옆에 있는 냉장고도 열어보았다. 기본적으로 제공되는 물과 맥주 그리고 간단한 과자들도 그대로였다.

"아무것도 사용하지 않았네."

입 밖으로 작은 혼잣말을 내뱉던 한주는 이제부터 본인이 해야 할 일을 미룰 수 없다는 걸 직감했다.

그는 화장대 의자를 끌고 방과 거실이 이어지는 짧은 복도로 이동했다.

"이쯤이면 되려나?"

의자를 전신 거울 앞에 내려놓으며 말했다.

그러고는 재킷 단추를 풀고 거울을 마주 앉았다.

거울 안의 본인과 눈이 마주쳤다.

'나를 바라보는 시간이 얼마 만인지.'

잠시 말없이 거울 안의 본인을 바라보던 한주는 오른손을 들어 보았다.

투숙객이 봤다던 귀신이 혹시 둔갑하고 있지 않을까, 하는 생각에서였다.

다행히 거울 속 한주도 마찬가지로 손을 들자, 그는 머쓱한 표정을 지으며 손을 내렸다.

휴, 하고 안심하는 숨소리를 뱉었다.

시계는 새벽 2시를 가리키고 있었다.

"한 시간은 앉아 있어야 할 말이 있겠지."

그는 당직 지배인에게 문자 메시지를 보냈다.

[지금 1723호. 한 시간 정도 확인하고 내려가겠습니다.]

무슨 이유인지 계속해서 메시지 전송은 오류를 일으켰다.

숨이 턱하고 막히는 긴장감이 몰려왔다.

하지만 이제 와서 다시 방을 뛰어나갈 수도 없었고 전송이 되지 않는 메시지에 매달려있다가는 더 큰 공포를 느낄 거라는 생각이 들었다.

그는 하는 수 없이 휴대전화를 다시 양복 주머니 안에 넣었다. 그리고 고개를 들어 거울에서 눈을 떼지 않았다. 거울 속의 자신을 하나하나 뜯어 보았다. 언제 생겼는지도 모를 주름들과 늘 잊지 않고 달고 다니는 회사 배지 그리고 나오기 전 아내가 골라 준 남색 넥타이를 바라보다가 마지막으로 눈동자를 응시했다.

'절대 귀신일 수 없어.'

한주는 확신했다. 어머니에게서 물려받은 짙은 흑갈색 눈동자를 마주 보자 그는 적어도 거울 속의 자기 모습은 귀신이 아니라는 것을 느낄 수 있었다.

마음을 내려놓자 서서히 졸음이 몰려왔다.

그는 머리를 좌우로 흔들어 조금씩 찾아오는 잠을 날려버렸다.

오랜 시간 근무하면서 처음 맞이하는 상황이니만큼 어떤 선례로 남기느냐가 가장 중요할 것이다. 그는 어디선가 책임감이 자신을 보고 있는 듯한 기분이 들었다.

TV도 틀지 않고 의자에 앉아 조용한 방 안에서 거울을 마주 보고 눈을 떼지 않는 것은 쉬운 일이 아니었다.

하지만 그는 리모컨이나 휴대전화에 손을 뻗을 생각도 하지 않고 수시로 자세를 고쳐 앉았다.

오로지 한 시간을 거울 속 나와 함께 시간을 보내야 한다.

'재미있는 상상이라도 해 볼까?'

그는 양복 겉옷을 벗고 얼굴을 찡그리며 하품했다.

과장해서 하품 소리를 내는 것은 잠을 깨우기 위해서이기도 했지만 무서움을 떨치기 위함이기도 했다. 정신을 바짝 차리지 않으면 홀려버릴 수 있다는 생각이 들었다.

어릴 적 놀이터에서 나뭇가지와 돌멩이로 전쟁놀이하던 상상력으로 행복한 기억을 떠올리려고 애썼다.

객실 안내원으로 시작했던 첫 호텔 생활, 신입 시절 자리를 비운 선배 대신 걸려 온 전화를 받았을 때 영어가 들리자마자 깜짝 놀라는 바람에 당황하며 전화를 끊어버렸던 일, 홀어머니를 모시고 처음으로 호텔 레스토랑에서 밥을 대접한 일, 프런트에 근무하던 아내와 첫 데이트를 했던 일, 승진할 때마다 자식들에게 축하받았던 일.

행복했던 기억에는 모두 호텔과 가족들이 있었다.

'아내가 처음 임신했을 때 쏟아지는 잠과 꽉 끼는 유니폼 때문에 고생했었지.'

그는 피식 웃었다. 아내 생각을 하다 보니 결혼기념일이 얼마 남지 않았다는 것을 깨달았다.

'아내가 좋아하는 프리지어를 사야겠군. 직접 들고 들어가는 것

은 쑥스러우니 꽃 배달 서비스를 이용하는 게 좋겠어.'

이런저런 생각을 하고 있을 때, 갑자기 거울 구석에서 무언가가 휙 지나갔다.

따뜻하게 불빛을 뿜어내던 회전목마가 갑자기 멈추고 사라져 버린 것처럼 순식간에 따스한 기억에서 현실로 되돌아왔다.

누군가 머리 위를 잡아당긴 것처럼 한주는 허리를 꼿꼿하게 세워 다시 거울을 살폈지만, 뒤쪽에 있는 샤워실 타일만 보일 뿐이었다.


3


"거짓말 좀 하지 마요!"

여자 화장실 거울을 보고 화장을 고치던 혜수가 깜짝 놀라며 소리쳤다.

"목소리 좀 낮춰."

정연은 손가락을 입 앞으로 가져다 대고 상체를 숙이며 말했다. 큰 키를 가진 그녀가 상체를 숙이자, 혜수와 눈이 마주쳤다.

덩달아 혜수도 숨을 죽였다. 두 사람은 금일 야간 근무 조로, 당직 지배인이 프런트를 봐주는 동안 간단히 식사를 마치고 양치를 하기 위해 프런트 뒤에 있는 직원 화장실에 있었다.

"밖에서 다 들려. 새벽에는 여기 화장실에서 말하는 게 프런트까지 다 들린다고."

정연은 고개를 돌려 화장실 문을 살폈다. 그녀는 잔뜩 들떠 있었다. 선배 중에서도 후배들에게 가장 장난치기를 좋아하는 그녀는 후배들 사이에서 호불호가 갈렸다.

혜수는 불호였다. 근무 시간에 시시한 농담을 하는 선배라고 생각했기 때문에 별로 마음에 들지 않았다. 하지만 손댈 곳 없는 업무 능력과 고객의 소리에 칭찬이 가득한 그녀는 윗사람들에게만큼은 인정받고 있었다.

성가신 상황에서 벗어나기 위해 누군가 들어와 나무라 주길 바랐지만, 화장실 앞은 아무도 없는 듯했다.

"거짓말 아니야. 정말이라니까?"

정연은 더욱 목소리를 낮추며 말했다.

"요즘 세상에 귀신이 어딨어요. 선배 지금 장난치시는 거죠?"

혜수는 뾰로통한 얼굴로 칫솔에 치약을 짰다.

쉬는 날, 출근길에 가벼운 교통사고를 당한 동기에게 근무를 바꿔 달란 전화를 받고 어쩔 수 없이 하게 된 출근이었기 때문에 모든 것이 불만스러웠다. 장난기 많은 선배의 유치한 농담을 일일이 받아 줄 기분이 아니었다.

"사람 말을 못 믿네. 어제부터 난리야. 방에서 귀신이 나오는 바람에 그 손님 잠도 안 자고 프런트에 나와 있는 거래!"

정연은 어린이에게 동화를 읽어 주는 것처럼 쓸데없이 친절하고 과한 설명을 덧붙였다.

"소파에 앉아 계시던 분 맞죠? 아까 제가 뭐 필요한 게 있는지 여쭈러 갔었을 때도 친절하게 웃어주셨어요. 화가 나 있는 상태가 아니라고요."

말을 마친 혜수는 칫솔을 입안에 넣고 거품을 만들었다.

"그게 미스터리야."

정연은 벽에 기대며 알 수 없다는 표정을 지었다.

손에 칫솔을 들고 있기는 했지만, 치약을 짤 생각이 없어 보였다.

"어제 새벽에 프런트로 내려오더래. 직원들이 말을 걸었더니 글쎄, '방에 뭐가 있어서 나와 있어요.'라는 말을 하고는 웃었다는 거 있지? 화도 안 내고! 책 읽고 노트북하고 그렇게 시간 보내다가 해 뜨면 올라간다나 봐. '뭐가' 나왔다는 게 뭐겠어? 어떻게 해달라는 요구 사항도 없고, 방을 옮겨 드리겠다고 해봐도 '이게 편합니다.'라고 대답할 뿐이라던데. 모레 체크아웃까지 저렇게 지낼 모양이야."

혜수는 믿을 수 없다는 표정으로 정연을 쳐다보더니 세면대에 거품을 뱉었다.

"진짜예요?"

그녀의 목소리에서는 궁금함보다 비웃음이 더 강하게 느껴졌지만, 정연은 아랑곳하지 않았다.

"그렇다니까! 그렇지, 참! 너는 오늘 갑자기 대타로 나오게 된 거라 근무 교대 시간에 없었구나? 인수인계를 아직 못 받았겠네. 어제 일했던 직원들은 전부 다 알고 있어."

"그럼…."

혜수의 얼굴이 잠시 굳어졌다.

"어떡해요?"

"어떡하긴 뭘 어떡해. 우린 우리 일하면 되는 거지. 물론 그 손님이랑 마주 보고 있겠지만. 체크아웃까지 잘해 보자고."

정연은 팔을 뻗어 혜수의 어깨에 손을 올렸다. 장난스럽게 입꼬리를 올리는 선배를 보면서 혜수는 작은 한숨을 내쉬었다.


4


소파는 채도 높은 보라색을 띠었다. 로코코 양식의 앤틱 가구로, 호텔이 생기던 해에 만들어진 지 몇백 년이 된 빈티지 가구를 유럽에서부터 들여왔다고 한다. 오랜 시간과 다양한 사람들의 손길이 닿았는데도 등받이의 화려한 문양과 팔걸이의 우아한 곡선은 아직도 견고했고 주기적으로 전문가의 관리를 받아온 보라색 천은 차분한 윤기가 흘렀다.

가루다 호텔은 정문에서 들어와 오른쪽으로 프런트만을 위한 공간이 따로 준비되어 있는데 그곳에 프런트를 마주 보고 있는 소파는 가정집에 들어가기에는 부담스러운 가구겠지만, 호텔 로비에서는 달랐다. 365일 불이 꺼지지 않는 곳에서 화려한 샹들리에 불빛을 받으며 고고한 자태를 뽐내는 소파는 처음부터 이곳을 위해 만들어진 것처럼 보였다.

'프런트 근무의 재미가 소파 구경인데…'

혜수는 속으로 아쉬워했다. 날씨에 따라 묘하게 변하는 소파 색깔을 보며 다리의 통증을 잊고는 했지만, 오늘은 그럴 수 없었다.

남자 투숙객이 10시부터 새벽 2시가 넘어가는 지금까지 계속해서 노트북으로 무언가 하고 있었기 때문이다. 20대 후반으로 보이는 그 남자는 옆에 큰 배낭을 두고 기대있었다. 쉬지 않고 타자를 치던 남자는 배낭에 들어있는 책을 꺼내 보기도 하고 노트에 무언가를 적기도 하면서 바빠 보였다.

선배에게 들었던 이야기 때문에 신경이 쓰였지만, 프런트를 정면으로 마주 보고 있는 남자를 계속 쳐다보는 것이 실례가 될 수 있으므로 혜수는 의식해서 다른 곳을 쳐다보고 있을 수밖에 없었다.

"아무리 그래도 저렇게 있으면 비싼 호텔에 묵는 이유가 없잖아요?"

혜수가 작게 소곤거렸다.

옆에서 예약을 점검하던 정연은 혜수의 말을 듣자마자 그녀 쪽으로 상체를 숙였다.

"이유가 왜 없어."

"네?"

정연은 소곤소곤 말하며 은은한 미소를 지었다.

"지금도 비싼 호텔에 있잖아."

혜수는 알 수 없단 표정을 짓자, 정연은 말을 이어 나갔다.

"잠깐 들리는 호텔 로비에 비싼 꽃장식을 하고 음악을 틀어두고 조명을 켜 두는 이유가 뭐일 것 같아?"

"음…."

호텔 경영학과 출신의 혜수는 학교에서 배운 내용을 떠올리려 애썼다.

"고급스러운 첫인상?"

정연은 혜수의 대답을 듣고 고개를 천천히 끄덕였다.

"그것도 맞지."

맞장구를 치던 정연은 손에 들고 있던 펜을 돌리며 말을 이어 나갔다. 그녀는 슬쩍 맞은편 손님의 눈치를 보고는 그가 헤드셋을 끼는 걸 확인하고 입을 열었다.

"고급스럽게 보이는 것도 좋은데 손님에게 이렇게 말하는 것과 같아. '여기서부터 당신의 편안함이 시작되는 겁니다.' 알려 주는 거지. 놀이공원에 처음 들어갈 때도 입구에서부터 인형 탈을 쓴 직원들이 나와서 '우리 세계에 온 것을 환영한다'라고 말하잖아? 그러면 순간적으로 현실을 잊게 되지. 여기서도 아무 생각을 하지 않아도 되는 조건 없는 편안함을 기대하게 하는 거야."

"편암함이요?"

"그래. 집에서는 거실에 나와 밤새 노트북을 만지작거리면 같이 사는 식구에게 '시끄러우니까 침대로 가서 자.'라던가 잔소리를 들을 수 있잖아? 혼자 사는 사람이라면 적막한 고요함이 외로울 수 있고. 하지만 여기서는 그렇지 않아. 소란을 피우지만 않는다면 로비에 나와 밤새 책을 읽더라도 우리는 옅은 미소를 띤 채 자연스러우면 돼. 손님이 편하기만 하면 뭐든 오케이지. 이것도 '우리 세계에 온 것을 환영합니다.'라고 말하는 것과 같아. 호텔은 그저 호텔의 시간이 흘러가면 되는 거야. 호텔은 시간 위에 우리를 태우고 흘러가는 거거든."

혜수는 바로 대답하지 않고 정연의 말뜻을 이해하려고 곱씹었다.

"미안. 말이 길어졌네."

정연은 머쓱하게 웃었다.

"그냥 둬도 된다고. 어제부터 계속 직원들이 다른 잠자리를 제공하겠다고 했지만, 손님은 저게 더 편하신 거야. 사람이 보이긴 하지만 말할 필요 없는 거리감이 안정적인 거지. 그러니 여기서 더 권하면 실례가 되고 말아. 자유로운 놀이공원처럼 즐게 두자고. 먼저 필요한 걸 찾으시기 전까지는 우리는 하던 대로 하면 돼. 지금 네 눈빛처럼 이상한 눈빛 거두고."

정연은 다시 다음 날 예약을 점검하기 위해 모니터로 시선을 돌렸다.

혜수는 정연을 보면서 정말이지 참 알 수 없는 사람이라고 생각했다. 어딘지 모르게 긴장감이 없는 듯하면서도 모든 것을 알고 있는 듯한 나른함과 여유, 그 중간의 분위기를 풍기는 사람이었다. 총지배인을 목표로 호텔에 들어온 혜수는 본인이 생각한 것과 전혀 다른 타입의 호텔리어인 정연이 주변 사람들로부터 미래의 총지배인에 어울린다는 평가를 받는 것에 항상 의문을 품었다.

"네⋯."

혜수는 작게 대답하고 다시 모니터로 고개를 돌렸다. 당일 고객 리스트를 보고 요금과 컨디션 메모를 남겨두면서도 어딘가 찝찝한 기분이 들었다.

'호텔 로비가 이래서야 되겠어?'

혜수가 속으로 흉을 보는 그 시간에도 맞은편에 앉은 남자는 여전히 바쁘게 노트북으로 타자를 치고 있었다.


5


해가 뜨기 시작하자 맞은편에 앉은 남자는 노트북을 접어 가방에 넣고는 배낭을 메고 자리에서 일어났다.

'정말 아침에 올라가는구나.' 혜수는 그가 엘리베이터로 향하는 뒷모습을 보며 생각했다.

근무 교대를 위해 출근한 직원들이 프런트로 도착했고 업무 인수인계를 하며 프런트 맞은편에 앉은 남자에 대해서도 잊지 않고 전달했다.

탈의실에서 유니폼을 벗고 사복으로 갈아입는 그 순간이 혜수는 참 좋았다. 오랜 시간 서 있었기 때문에 다리가 붓기는 했지만, 유니폼을 벗어 던지는 동시에 몸이 가벼워지는 것을 느낄 수 있었다.

손꼽히는 관광지 한가운데 호텔이 있다는 것은 그녀가 이 호텔에 지원한 이유 중 하나였다. 외국인이 한국을 관광할 때 제일 처음 방문한다는 이곳에서 호텔 생활을 한다면 늘 여행을 시작하는 기분으로 설렐 수 있을 거란 생각을 때문이었다.

어린 시절 드라마에 나온 호텔리어라는 직업을 알게 된 후부터 지금까지 단 한 번도 꿈이 바뀌었던 적은 없었다.

탈의실에서 나와 곧장 후문으로 향했다. 정문으로 나올 때는 느낄 수 없는 묘한 해방감이 느껴지는 것을 즐기기 위해서였다. 하지만 오늘은 달랐다. 일부러 후문으로 퇴근하는 직원은 없기에 누군가와 만난다면 반가운 마음과 함께 의외라는 생각이 들겠지만 후문 앞에 우뚝 서서 호텔 벽면을 살피고 있는 사람을 보자마자 자신도 모르게 반가움 대신에 '어이쿠'라는 말이 나왔다.

"총지배인님!"

총지배인의 출근길을 멈춰 세운 것이 무엇인지 확인하기 위해 혜수도 고개를 들어 그의 시선을 따라 호텔 벽면을 올려다보았지만, 붉은 벽돌들과 규칙적으로 나 있는 창문 말고는 특별한 것을 발견할 수 없었다.

"퇴근하는군요. 수고 많았습니다."

그는 혜수를 보지도 않고 대답했다. 좀처럼 이야기를 나눌 기회가 없는 총지배인을 가까이서 만난 것 때문인지 밤새워 얼굴을 마주 보고 있던 남자 때문인지 혜수는 갑자기 입안에 하고 싶은 말이 차오르는 것을 느꼈다.

"저…"

총지배인의 매서운 눈이 호텔 벽면에서 시선을 거두고 운을 뗀 그녀를 바라보았다.

"혹시 어제 얘기 들으셨어요?"

대답을 하지 않았지만, 총지배인은 눈을 가늘게 떴다.

"귀신이 나온다는 얘기요."

혜수는 주변에 투숙객이 지나가지 않는지 살피며 목소리를 낮췄다.

"그 손님 아무 요구도 없이 계속 프런트 앞에서 잠도 자지 않고 밤을 보내시거든요. 그런데 아무도 뭐라고 하지 않아요."

여기까지 말하면서 혜수는 본인이 왜 총지배인에게 이런 얘기를 꺼냈는지 깨달았다. 비정상적인 상황을 대수롭지 않게 여기는 선배들에게 불만이 있었다. 본의 아니게 일러바치는 느낌이 된 것 같아 난감해진 혜수는 입술을 안으로 말았다.

총지배인은 어딘가 짚이는 것이 있다는 듯 고개를 천천히 끄덕였다. 그러자 그의 이마 주름이 살짝 떠올랐다.

"할 말은 그게 다인가요?"

"네?"

당혹스러운 기분이 든 혜수는 어쩔 줄 몰랐지만, 총지배인은 서 있는 자세에서도 흐트러짐이 없었다. 호텔 일을 하지 않았다면 경호원이 어울리지 않았을까, 생각했다.

"알려줘서 고마워요. 하지만 이미 알고 있습니다."

그는 표정과 목소리 모두 흐트러짐이 없었다.

"그럼."

총지배인은 그녀를 지나쳐 갔다. 꾸지람이라도 하는 듯 구두 소리는 시원하게 뻗어 나갔다.


샤워를 마치고 침대 위에 누운 혜수는 갑자기 울리는 휴대전화 벨 소리에 잠이 달아나 버렸다.

"피넛, 오늘 어땠어?"

교통사고가 나 근무를 바꿔 준 동기였다. 외국에서 오래 살다 온 그녀는 혜수에게 피넛이라는 별명을 붙여주었다. 교대 시간에 마주치기라도 하면 본인보다 한참 키가 작은 혜수를 꼭 껴안고 귀여워했다.

혜수는 바로 대답하지 못하고 누운 상태에서 눈을 질끈 감았다.

"말도 마. 방 안에 귀신이 보인다고 잠도 안 자고 프런트에 내려와서 밤새는 사람이 있었어."

"뭐?"

수화기 너머 동기의 목소리가 갑자기 커졌다. 영어로 무언가 감탄사를 뱉었다.

"화가 많이 났겠는데? 피녓 괜찮아?"

"전혀. 딱히 뭘 해달라는 게 없어. 프런트 앞에 그 예쁜 소파 알지? 거기 앉아서 일하거나 책을 읽거나 해."

"컴플레인이 없단 말이야?"

그녀는 단어를 원어민처럼 굴려 말했다.

"응."

혜수는 휴대전화를 귀에 가져다 댄 채 돌아누웠다.

"먼저 가서 우리가 말을 걸어도 그저 괜찮다고만 해. 코를 골고 자거나 테이블 위에 다리를 올리고 있는 불량한 자세였다면 방으로 올려보냈겠지만, 협조적이고 신사적이야. 처음 프런트에 내려와서도 '방에 뭐가 있는데 여기서 좀 있어도 되죠?'라고 했다던데? 모레 체크아웃 때까지 그럴 건가 봐."

"뭐?!"

동기는 놀란 소리를 냈다. 'oh, no.'라고 빠르게 혼잣말을 뱉기도 했다.

"더 어이가 없는 건, 아무도 이 상황을 두고 이상하다고 하는 사람이 없다는 거야. 손님의 요구를 모두 들어주다가는 여기는 호텔이 아니라 놀이동산이 될 거라고…. 넌 좀 어때?"

쉬지 않고 할 말을 내뱉던 혜수는 부정적인 말을 뱉어낸 자신이
뻘쭘해져 뒤늦게 친구의 안부를 물었다.

혜수는 지끈거리는 머리를 감싸 쥐었다.

"안 그래도 그 얘기 하려고 전화했어."

"뭘?"

"어디 부러지거나 한 건 아닌데, 오늘은 병원에 입원해서 상태를
좀 더 봐야 할 것 같아. 교통사고라는 게 원래 시간이 지나야 아픈
걸 안다고 하더라고."

동기는 점점 말에 애교를 섞었다.

"그래서 말인데 오늘까지만 근무 좀 바꿔 주라. 정말 미안해."

부탁하는 친구의 말이 끝나자마자 혜수는 손바닥으로 눈을 가렸
다. 원래대로 라면 오늘까지 휴무였기 때문에 목욕하며 쉴 계획을
세우고 있었지만, 방금 동기의 말 한마디로 고대했던 휴식이 산산
이 부서져 버렸다. 다른 사람에게 교대를 넘길 수도 없다. 같은 업
무 레벨끼리만 교대가 가능하지만, 동기 중 프런트로 발령받은 사
람들은 둘 뿐이었다. 고로 자신 말고는 교대를 해 줄 사람이 없다는
걸 가장 잘 알고 있었다.

"뭘 미안해."

혜수는 상대방이 미안한 마음을 가지지 않게 하도록 최대한 편
한 목소리를 냈다.

"오늘 근무 뭔데?"

낮 근무라면 두 시간도 자지 못하고 일어나 출근해야 하나, 생각하던 찰나였다. 혜수는 숱이 많고 긴 머리를 감고 말리는 데 40분이라는 시간이 걸리기 때문에 시간 계산을 잘해야 했다.

"아, 그거! 잠시만."

동기가 저장해둔 스케줄을 확인하기 위해 휴대전화를 손가락으로 톡톡, 치는 소리가 들렸다.

"어제랑 똑같네."

"어?"

"나이트."

그 순간 혜수는 왜인지 선명한 보라색 소파가 떠올랐다.

"나이트 근무?"

동기는 혜수가 되묻는 것을 듣지 못한 것 같았다. 신이 난 건지 놀란 건지 구별이 되지 않는 목소리로 어머며, 소리를 냈다.

"어쩜 좋아 피넛, 너 오늘 그 사람 또 보겠다."

'oh, my god.' 그녀가 작게 읊조리는 게 들렸다.


# 6


지하철 출구로 나오자마자 가장 먼저 커다란 크기의 햄버거 모형이 눈에 띄었다. 외국에서 인기가 많은 브랜드로 한국 1호점이 여기에 생기면서부터 관광객이 눈에 띄게 늘었다. 그 뒤로 형형색색 눈이 부시게 화려한 간판들이 줄지어 있었고 외국어가 섞인 간판들 아래로 양손에 쇼핑백을 가득 든 관광객들이 골목 곳곳을 걸어 다니며 저마다 숙소를 향해 가고 있었다. 밤 9시에 가까운 시간이라 가게 대부분이 마감 준비를 하고 있었지만, 간판 불은 아직 완전히 꺼지지 않아서인지 골목에는 여전히 활기의 여운이 남아 있었다.

동기가 속한 C조의 나이트 근무는 밤 10시 출근이기 때문에 원래대로라면 이런 거리를 걸으며 출근할 일은 없었을 것이다. 하지만 오늘은 달랐다.

평소보다 일찍 집에서 나선 혜수는 귀신이 나온다는 층을 살펴볼 생각이었다. 귀신을 보고 싶다는 생각은 아니었다. 물론 프런트에서 밤새 마주 보고 앉아 있어야 하는 남자 손님이 불편하긴 했지만, 이번만큼은 호기심이 그녀를 이끌었다. 도대체 어떤 귀신이길래 비싼 방에서 잠도 안 자고 로비에 나와서 밤을 새워야 하는지 이해가 가지 않았다.

근무 중에는 특별한 일이 아니면 프런트를 비우고 객실로 올라갈 수가 없고 아침에는 그 층에 올라가 봤자 아무것도 느끼지 못할 것을 알고 있었기 때문에 출근 전인 이 시간을 골랐다.

하얀색 후드티 주머니에 양손을 집어넣고 빠른 걸음으로 걸었다. 관광객들 사이로 익숙하게 걸음을 옮기자 곧 거대하고 화려한 금빛 기둥들과 마주했다.

호텔 앞은 담배를 피우거나 대리주차를 맡긴 차를 기다리는 사람들로 가득 차 있었다. 관광을 마치고 호텔로 들어오는 사람들도 많았기 때문에 어수선하고 소란스러웠다. 혜수는 다행이란 생각에 안도의 한숨을 작게 뱉었다. 누구의 눈에도 띄지 않고 조용히 다녀올 생각이었기 때문에 소란스러운 로비가 반가웠다.

금빛으로 빛나는 큰 정문이 몇 발짝 앞으로 가까워지자, 그녀는 후드를 더욱 깊게 눌러쓰고 고개를 숙였다. 매일 걸어 다니는 곳이기 때문에 앞이 잘 보이지 않아도 걷는 데 문제는 없었다.

로비를 지날 때는 자신도 모르게 숨을 들이마시고 참았다. 아는 목소리들이 들릴 때면 더욱 고개를 숙이고 움츠려야 했다.

바닥의 타일만 보고 걷는데도 그녀는 능숙하게 목적지를 향해 걸었다. 한국인지 외국인지 구분을 할 수 없는 작은 지구촌인 로비를 지나 사람들 사이에 섞여 누구의 눈도 마주치지 않고 엘리베이터 옆 직원 통로의 문을 여는 데 성공했다.

'고요하네.'

무거운 철문이 닫히는 걸 보면서 그제야 고개를 든 혜수가 생각했다.

출퇴근 시간이 아닌 지금은 직원들 모두 각자의 위치에 있으므로 직원 통로에 있는 엘리베이터를 사용하는 사람은 극히 드물었다. 게다가 곧 교대 시간이라 휴식을 취하는 사람도 별로 없을 것이라는 계산이 딱 맞아떨어졌다.

엘리베이터 문이 열리자마자 재빠르게 올라탔다.

"휴."

그녀가 참았던 숨을 몰아쉬었다. 층수를 누르고 문이 닫히길 기다리는 동안 누군가 직원 통로로 들어오지 않을까 잠시 걱정했지만, 다행히 아무도 타지 않은 채 천천히 문이 닫혔다.

1723호.

어제부터 계속 맴돌던 숫자를 기억하지 못할 리가 없었다.

그녀는 긴장감으로 가슴에 답답함을 느꼈지만, 그 마음을 알 리 없는 엘리베이터는 17층을 향해 한 번도 멈추지 않고 곧장 올라갔다.

묵직하게 문이 열리는 소리가 들렸음에도 혜수는 바로 내리지 못하고 심호흡했다.

"여기까지 와서 뭘 망설여."

입 밖으로 뱉은 말은 본인에게 하는 말이었다.

이윽고 그녀는 후드 앞주머니에 넣은 양손을 꽉 쥐며 엘리베이터에서 걸음을 옮겼다.

직원 통로의 문손잡이에서는 어떤 온기도 느껴지지 않았다.

'잘하는 걸까…'

잠시 고민했지만, 그녀는 기합에 가까운 한숨을 내쉬고는 있는 힘껏 문을 잡아당겼다. 한순간에 다른 세상에 온 것처럼 따뜻한 조명이 눈에 들어왔다. 그녀는 짙은 갈색의 카펫을 밟는 감촉을 좋아했지만, 지금은 그런 걸 느낄 새가 없었다.

엘리베이터 앞에 있는 큰 꽃병의 꽃이 은은한 향기로 공간을 가득 메웠다.

혜수는 꽃이 본인을 반기는 것인지 경고를 하는 것인지 알 수 없어 마른침을 꼴깍 삼켰다. 꽃병 아래 놓여있는 두 개의 금색 의자에서도 조금 전까지 누군가 앉아 있었던 것처럼 묘한 기척이 느껴져 긴장감을 더했다.

그녀는 천천히 걸어갔다. 1723호는 엘리베이터에서 내려 왼쪽으로 꺾으면 나오는 복도의 가장 끝 방이었다.

방 안으로 들어갈 생각은 없었지만 1723호부터 시작해 17층 전부를 걸어 다니며 이상한 점이 없는지 살펴볼 생각이었다. 그저 복도를 한 번 훑어보는 것뿐인 일이고 그것이 그녀의 가치관을 이해시키기엔 모자란 것을 자신도 알고 있었다. 하지만 그러려니 내버려두기에는 그녀 안의 의심이 똬리를 틀고 앉아 고집을 부렸다.

엘리베이터에서 내려 꺾이는 코너에 다다르기까지 몇 걸음 되지도 않았지만, 그 짧은 새에 그녀는 알고 있는 모든 무서운 이야기들이 머릿속에서 소용돌이치는 것을 느꼈다.

떠올리지 않으려 해도 팔뚝에 냉기가 느껴질 정도로 무서워졌다.

'공포영화 첫 장면에 어울릴 상황 아닌가.'

지금이라도 뒤를 돌아내려 가고 싶었지만, 그럴 때마다 오늘 아침에 프런트에서 본 주연의 얼굴과 후문 앞에서 본 무뚝뚝한 총지배인의 표정이 떠올랐다.

"직접 보고야 만다, 내가."

코너에 가까워질수록 시간이 천천히 흐르는 것처럼 느껴졌다. 그녀는 눈을 꼭 감고 빠르게 몸을 돌려 1723호로 향하는 복도에 섰다. 하지만 바로 눈을 뜰 수는 없었다. 무언가 보려고 왔지만, 그 순간만큼은 아무것도 보이지 않기를 바랐다.

그녀는 천천히 감았던 눈을 떴다.

그리고 그녀는 눈앞에 있는 것을 보고 너무 놀라 입을 벌린 채 소리도 지르지 못하고 그 자리에서 굳어버렸다.

복도 끝에 서 있던 까만 그림자를 분명히 봤다.

체스 말처럼 위엄 있게 자리를 지키는 자세였다.

멀리 있었지만, 눈앞에 있는 것처럼 세세한 것까지 모두 느껴졌다. 눈으로 보이는 것이 아니라 머릿속으로 누군가 형상을 집어넣은 것처럼 그림이 읽혔다.

저 존재는 도시 괴담에 등장하는 귀신들과는 차림새가 달랐다. 깔끔하게 넘긴 머리와 빈티지 남색 넥타이를 맨 남자였다.

그는 아무 표정도 짓지 않은 채 무언가 골똘하게 생각하는 듯 보였다. 우울함이나 슬픔이 느껴지지 않았다.

다만, 그의 몸은 멀리서 보아도 몸 뒤에 있는 벽이 비쳐 보였다.

그는 혜수의 등장을 느끼지 못한 듯했다. 오히려 무언가를 꿰뚫어 보듯 통찰력이 느껴지는 눈빛으로 1723호의 문을 뚫어지게 응시했다.

그녀의 시선이 멈춘 것은 그림자의 가슴팍이었다.

엄지손톱만 한 것이 양복에 달려있었다.

'9?'

숫자가 적힌 금빛 배지였다.

그녀가 속으로 생각하자마자 갑자기 뒤에서 인기척이 느껴졌다. 너무 놀란 나머지 그녀는 방금 한 말이 마음속으로 혼자 생각한 것인지 정말 입 밖으로 소리를 뱉은 것인지 헷갈렸다.

머릿속의 회로가 모두 한순간에 정지된 기분이었다. 갑자기 얼음물에 내던져진 사람처럼 모든 근육이 움츠러드는 것을 느꼈다.

금방이라도 쏟아질 것 같은 울음을 머금고 뒤를 돌아본 혜수는 낯익은 눈매를 알아보자마자 안도의 한숨이 나오는 것을 참을 수 없었다.

서늘한 눈꼬리를 가지고 있었지만, 단단한 자아가 느껴지는 눈빛. 할 말을 아끼고 있는 것처럼 굳게 다문 얇은 입술.

"총지배인님?"

혜수는 총지배인을 향해 몸을 돌렸다.

"이성용 총지배인님 맞으시죠?"

성용은 살짝 손을 들고 혜수에게 아는 척을 했지만, 시선은 흔들리지 않고 1723호에 꽂혀있었다. 혜수와 같은 것을 보고 있다는 것이 확실했다.

"여기서 뭐 하세요?"

뜻밖의 사람을 만난 혜수는 눈을 동그랗게 뜨고 성용에게 걸어가며 말을 걸었다. 등 뒤 그림자의 존재가 신경이 쓰였는지 목소리는 작았고 아직 놀란 마음이 가라앉지 않았는지 느린 걸음이었다.

성용은 손가락을 입에 가져다 대며 사인을 보냈다.

"여긴 객실 앞이니 조용한 곳으로 가죠."

작은 목소리로 말한 성용은 그제야 혜수를 한 번 쳐다보더니 뒤를 돌아 먼저 복도를 걸어 나갔다.

*

한주는 앉은 자리에서 일어났다. 귀신을 '본 건' 아니지만 무언가를 '느끼고' 있었기 때문이었다. 육감이랄까.

쉬이, 하는 소리를 길게 내뱉었다. 무언가 골똘히 생각할 때 나오는 그만의 습관이었다. 아내는 늘 이런 소리를 뱀이 나올 것 같다며 싫어했기에 집에서는 주의하는 편이지만 지금만큼은 집중력을 높여야 했기에 평소보다 큰 소리를 냈다.

"거기 누구야."

이렇게 단호하고 위협적인 목소리를 내뱉었던 것이 얼마 만인지. 한주는 위협적인 목소리를 내뱉었지만, 속으로는 이상하게 초연했다. 공포에 사로잡히지 않으려 스스로 생각의 균형을 맞추는 중이었다.

마주 보고 있던 거울을 등지고 인기척이 느껴진 거실 쪽으로 가기 위해 천천히 몸을 일으켰다. 발바닥에 땀이 생기고 손에 힘이 들어갔다. 의도하지 않았지만 가쁘고 뜨거운 숨이 단숨에 목구멍까지 차오르는 것이 느껴졌다.

조심스럽게 거실을 향해 발걸음을 옮겼다.

시치미를 떼는 듯 정갈한 소파와 잠을 자는 TV 외에는 아무것도 보이지 않았다. 하지만 그는 안도감을 느끼는 대신에 관자놀이로 식은땀이 흐르는 것을 느꼈다.

왜일까, 어릴 적 어머니가 봤다던 도깨비불 이야기를 떠올렸다. 뜨거움이 느껴지지 않는 파란 불은 눈이 부시게 경이로운 빛을 자랑하며 시선을 빼앗아 가더니 넘실넘실 춤을 추며 뒷산을 넘어가고 있던 어머니의 발걸음을 비춰주었단 이야기다. 도깨비불은 어떻게 하면 볼 수 있을까 고민하던 어린 한주에게 이야기를 마친 어머니는 '보고자 했으니 보인 것이지.'라고 덧붙였다.

'집중하면 안보일 것도 보이게 될지 몰라.'

한주는 홀리지 않기 위해 도깨비불보다 그 이야기를 하던 어머니의 얼굴을 더욱 또렷하게 기억하고자 애썼다. 어머니를 기억하는 것이 내면을 가장 단단하게 바꿀 수 있는 생각이라는 걸 알고 있었다.

그는 거실 한가운데 서서 눈알을 바쁘게 굴렸다. 그리고 온몸의 세포들을 곤두세웠다.

바로 그때.

오른쪽 뒤통수를 지나 날개뼈까지의 모든 세포가 나에게 무언가 알려왔다. 경고였다.

한주의 눈은 바쁘게 굴러가던 것을 멈추고 정면을 향했다. 하지만 무엇을 보려고 한 것이 아니라 그저 등 뒤의 기척을 조금 더 예민하게 느끼기 위해 시력의 에너지를 기척이 느껴지는 곳인 오른쪽 뒤편으로 양보했을 뿐. 시선은 텅 비웠다.

확실히 뒤를 돌아보면 바로 무언가 있다. 정확하게 말하면 오른쪽으로 등을 돌려 시선이 닿는 거울 쪽이다. 온몸의 세포 그리고 방안의 공기가 숨죽이고 한주와 거울 안의 '그것'과의 대치를 기다리고 있었다.

심장이 조금 더 빨리 뛰기 시작했다.

'이 나이를 먹어도 이런 상황이 오면 긴장은 되는군.'

그는 그렇게 속으로 말하고 있었지만, 그가 아닌 다른 사람이 이 방에 있었다면 지금 그는 오히려 전장에 나가 있는 장군과 같은 표정을 짓고 있는 총지배인이라고 생각했을 것이다.

그는 일부러 여유로운 표정을 지으며 천천히 오른쪽 뒤를 돌아보았다.

나름의 기선제압이었다.

두 손은 배꼽 아래 모아 공수. 인간 김한주로서 놀라는 것이 아니라 가루다 호텔의 총지배인으로서 사건을 해결하기 위해 '그것'과 마주하겠다는 의지가 담겨 있는 의도.

잔잔한 미소까지 얼굴에 띄운 그가 거울 속에 '그것'을 보게 되자마자 그의 눈썹은 약간 들리면서 당황함을 감추지 못했다.

눈을 마주칠 거란 생각은 단숨에 어긋나버리고 한주의 눈에 보인 것은 '그것'의 뒷모습이었다.

거울 속 세상의 '그것'은 거울 속 안의 똑같은 방안에서 무언가 골똘히 생각하고 있었다.

다소 큰 듯한 크기의 촌스러운 디자인이지만 깔끔한 양복을 입고 세면장을 바라보며 무언가 골똘히 생각하던 뒷모습의 '그것'은 고개를 갸웃거렸다.

'그것'은 한주가 있는 이쪽 거울 속의 세계를 의식하지 못하고 있는 것 같았다.

한주는 본능에 따라 그 자리에서 숨을 작게 쉬며 기척을 숨겼다.

공격성이 느껴지지 않는 '그것'을 보고 잠시 긴장을 내려놓는 동시에 그에게는 '그것'이 무엇인지 왜 여기 있는지 확실하게 알아내야 할 의무가 있었다.

눈을 가늘게 뜨고 '그것'을 지켜보았다.

'그것'의 행동은 무게감 있었지만 선량했다.

세면장을 뚫어져라 쳐다보던 '그것'은 발 매트의 각도를 다시 맞추더니 침대가 있는 방 안으로 들어가는 것 같았다. '그것'의 뒤를 눈으로 따라가기 위해 한주는 까치발을 들고 서 있는 위치를 조금씩 바꿨다.

'그것'은 어찌나 단호하고 정확하게 방 안을 정리하는지 한주는 순간 '그렇지!'라고 칭찬할 뻔했다.

한주는 최대한 발소리가 나지 않게 조심스럽게 거울 앞으로 가까이 다가갔다.

'그것'은 한주가 쳐다보는 것도 모른 채 리모컨을 들어 뒤집어 살피다가 양복 주머니에서 손수건을 꺼내 꼼꼼하게 닦기도 하고 침대 위에 주름을 펴기 위해 양손으로 침대 시트를 펼치기도 했다. 물론 지금 한주가 서 있는 방 안의 물건은 움직이지 않았다. 거울 안의 공간은 지금의 방과 같은 곳이지만 시간의 차원이 다른 듯했다.

한주의 표정이 의아하게 변하고 있을 때 '그것'은 갑자기 휙 뒤를 돌았다.

숨소리가 입 밖으로 새어 나간 한주가 한 손으로 입을 막자, 거울을 사이에 두고 '그것'과 눈이 마주쳤다.

순간이었지만 심장이 세로로 길어지는 기분이 들었다. '그것'의 시선은 한주를 지나쳐 벽에 걸린 액자를 점검하는 듯했다.

'저쪽에서는 이쪽이 보이지 않는 것인가.'

한주는 더 자세하게 '그것'을 쳐다봤다. 희미하지만 사람의 형태를 보인 '그것'은 자세히 보면 옷의 주름과 이름표까지 볼 수 있었다. '그것'은 한주를 보고 있지 않았지만, 거실 쪽으로 이동하기 위해 한주가 있는 이쪽 거울에 가까이 걸음을 옮겼다. 젤로 넘긴 머리에 난 자국을 보아 둔탁한 도끼빗으로 머리를 빗어 넘겼다는 것을 알 수 있을 정도로 가까워지자, 한주는 '그것'이 자신을 보지 못한다는 것을 확신했다.

귀신이더라도 나쁜 녀석은 아닐 거라는 생각이 들었다.

'그것'은 한주의 바로 코앞까지 왔다. 거울 속으로 손을 뻗으면 어깨를 잡을 수 있을 정도의 거리감이었다.

그리고 한주는 '그것'의 왼쪽 가슴팍에 있는 무언가를 발견했다.

색이 바랬지만 예전에는 반짝반짝 빛났을 그것.

"어?"

그의 입 밖으로 황당하다는 목소리가 새어 나갔다. 순간 한주의 머릿속에는 엉뚱한 농담을 잘하던 선배의 얼굴이 스쳐 갔다.

본인의 왼쪽 가슴팍에도 붙어있는 것과 똑같은 것을 '귀신'이라고 불리는 '그것'의 가슴팍에서 발견하자 그는 무언가로 머리를 강하게 맞은 듯한 기분이 들었다.

"혹시…."

그는 무언가 골똘히 생각하면서 자신의 왼쪽 가슴팍에 달린 호텔 배지를 만지작거렸다.


8

'이런 곳이 있었다니.'

혜수는 성용의 뒤를 따라 걸어가며 생각했다.

직원 전용 통로의 엘리베이터를 타고 37층까지 올라와 본 적은 있었지만, 계단으로 반 층 아래를 걸어 내려가 나오는 작은 공간에 대해서는 전혀 아는 게 없었다.

계단 아래에 6평 정도 되는 자투리 공간에는 공원에서나 쓸 법한 벤치 두 개가 각각 오른쪽과 왼쪽으로 붙어있었고 정면으로 보이는 벽에는 테두리 없는 얇고 둥그런 거울이 붙어있었다. 그뿐인 휑한 공간이었지만 작은 쓰레기도 볼 수 없는 바닥과 먼지가 쌓이지 않은 벤치를 보면서 사용하는 사람의 사랑을 받는 공간임을 한눈에 알 수 있었다.

"여기 처음 와봐요."

혜수는 동화에 들어가는 아이처럼 입을 반쯤 벌리고 천장부터 바닥까지 모두 눈으로 훑었다. 화려하지는 않지만 사랑스러웠다.

성용은 마치 지정석이라도 되는 듯 왼쪽 벤치에 앉았고 혜수를 보면서 맞은편 벤치를 정중하게 가리켰다. 혜수는 무언의 사인을 알아듣고 오른쪽 벤치에 앉아 성용을 마주 보았다.

"37층 레스토랑 직원들이 주로 사용하는 휴식 공간입니다."

성용은 간단히 말을 마치자마자 손목시계를 흘깃 훔쳐보았다.

"혜수 씨 출근 시간까지 30분 정도 있네요?"

그는 다리를 꼬고 양손을 무릎 위에 올렸다.

풍채가 큰 것도 아닌데 어디서 저런 위압감이 나오는 것인지 혜수는 늘 궁금했다.

"1723호 앞에서 마주친 것에 관해 이야기하기 좋은 시간이네요."

혜수는 덜컥 겁이 났다. 신입 사원이 주제넘게 굴었다고 혼이 날 것만 같았다.

'제멋대로 객실에 올라오는 게 아니었어….'

눈을 질끈 감았다.

그녀의 하얗게 질린 표정을 읽었는지 성용은 다정한 목소리로 말했다.

"나무라는 게 아니라 얘기를 좀 나누려는 것뿐이에요."

성용의 말 한마디에 혜수의 차갑게 식어버렸던 손바닥 긴장이 조금씩 풀려갔다.

"같은 이유로 거기 있었던 것 같은데, 맞죠?"

혜수는 바로 대답하지 못했다. 총지배인이 말하는 '같은 이유'가 무엇인지 정확히 알지 못했기 때문이다.

"그게…."

말을 이어나가지 못하는 혜수를 보며 성용은 어쩔 수 없다는 듯 눈썹을 들어 올렸다.

"음, 혜수 씨는 나나 선배의 태도가 마음에 들지 않았던 거 같은데, 맞나요?"

혜수가 입안 가득 담긴 한숨을 살짝 뱉었다.

'맞아요.'라고 대답할 수가 없었기 때문에 그녀는 조심히 고개를 끄덕였다.

"허허."

성용은 너털웃음을 지어 보였다. 처음 보는 모습이었다. 원래 알던 총지배인의 모습과는 정반대였다.

"죄송해요."

기어들어 가는 그녀의 목소리에 성용은 손을 내저었다.

"뭐가 죄송하다는 겁니까. 아마 1723호 손님에 대한 우리의 처신이 마음에 들지 않았던 것 같은데. 여기까지 왔다는 건 우리와 다른 의견을 내세우기 전에 근거를 만들기 위함인가요?"

선뜻 대답하지 못하고 망설이는 혜수를 보며 성용은 대신 말을 이어 나갔다.

"직접 보고 왔는데 별거 아니더라, 다들 너무 해이한 것 아니냐, 자고로 호텔이란 고급스러움에 압도당하는 곳이어야만 한다, 고급스러움이 긍지다, 여기는 '가루다'니까, 이런 말을 하기 위해서였죠?"

묘하게 신이 난 것 같은 목소리에 혜수는 이상함을 느꼈다. 하지만 동시에 마주 앉은 총지배인이라는 사람의 통찰력이 무섭게 느껴졌다.

그녀의 고개를 푹 떨어트리기에 충분했다. 한 글자도 틀리지 않고 혜수의 머릿속에 있는 문장들을 말했기 때문이다.

"제 말이 맞는 거 같군요?"

성용은 혜수의 표정을 살피더니 만족감에 입꼬리를 말아 올렸다.

혜수는 천천히 고개를 끄덕이기만 할 뿐이었다.

뜨거운 열을 내며 달려가던 스팀 열차가 한순간에 눈 쌓인 산속에 멈춰버린 기분이었다.

"저랑 같은 걸 찾으려고 했네요."

혜수는 고개를 들어 그를 마주 봤다.

"근데 '호텔이 고급스러워야 호텔이지.'라는 생각으로 온 건 아니지만 혜수 씨랑 마찬가지로 확인할 게 있었어요. 혜수 씨 귀신 믿어요?"

"네?"

혜수는 무서움과 당황함이 반씩 섞인 소리를 내며 깜짝 놀랐다.

"난 안 믿어요. 근데 오늘부터는 좀 다른 건 믿어 볼 수 있을 거 같아요."

"다른 거라면…."

혜수는 본인이 본 것이 확실히 거짓은 아니라는 생각이 들면서 어깨가 경직되는 것이 느껴졌다.

"내가 여기 당직 지배인 할 때, 총지배인님이랑 막역했어요. 근무하면서 의지를 많이 했죠. 하루는 방에서 귀신을 봤다면서 로비에서 화내던 손님이 계셨어요. 제가 당시 당직 지배인이니까 직원들과 함께 사과도 하고 방도 바꿔 드리려고도 했지만, 꼭 그런 날은 안 풀려도 모든 게 안 풀리잖아요? 도둑을 맞으려면 개도 안 짖는다던데 그날이 딱 그런 날이었죠. 같은 타입 객실은 싫어하시지, 스위트는 꽉 찼지, 근처의 다른 호텔들도 전부 만실이지…. 설명하면서 진땀 뺐습니다."

성용의 목소리에서 그날의 노곤함이 묻어나는 듯했다.

"겨우 화를 좀 가라앉히시고 다시 올라가시나 했더니 17층에 도착하자마자 소화전 비상벨을 누른 겁니다. 30분도 안 돼서 로비에는 17층을 포함해서 투숙객 대부분으로 가득 찼어요. 그날은 정말 울고 싶더라고요."

혜수는 성용이 무언가 그리워하듯이 웃으며 말하는 것을 지켜보았다.

"총지배인님께 전화를 걸어야 하나 말아야 하나 휴대전화를 들고 몇 번을 들었다 놨다 했는지…. 결국 주무시던 총지배인님이 급히 호텔에 오셨고, 한 분 한 분 눈을 맞추고 밀 쿠폰을 드리면서 몇 번이고 정중히 사과하셨어요. 외국 손님도 계셨는데 외국어로 설명하시는 것도 막힘없이 하셨어요. 그 나이에 유학을 다녀온 것도 아니고 오로지 퇴근 후에 학원을 다니면서 3개 국어까지 하시는 걸 보면서 대단하다 싶었죠."

"와, 그리고요?"

혜수는 뒷이야기가 궁금한 아이처럼 물었다.

"시간이 걸리긴 했지만, 결국엔 모두 이해해 주시고 방으로 돌아가셨어요. 1723호 손님은 그날 같은 타입의 다른 객실에 묵기는 하셨지만 바로 다음 날 가장 좋은 스위트 룸이 체크아웃하자마자 옮겨 드리기로 하고요. 말이야 쉽지, 어찌나 힘들었는지 몰라요. 하지만 모두 총지배인님이 오시고 1시간 만에 정리가 됐어요. 상황이 안정되자 새벽에 전화한 게 죄송해서 사과드렸는데 오히려 현장에서 뛰는 게 옛 생각 난다고 재밌어하시면서 제자리에 같이 앉아 밤을 새우기로 해 주셨죠. 그 좁은 컨시어지 테이블에서요. 이미 잠도 다 깼고 어차피 몇 시간 있으면 출근할 텐데, 하시면서 웃으시던 게 기억에 남네요."

"다정하시네요."

"네, 맞아요. 그렇게 멍하게 앉아있다가 총지배인님이 갑자기 귀신 같은 걸 믿느냐고 하시더라고요. 1723호에 진짜 뭔가 있긴 있을 거라면서."

성용은 못 말리겠다는 듯 살짝 웃었다.

"그때까지는 정말 안 믿었었거든요. 손님이 무언가 잘못 보셨겠거니, 했는데 총지배인님이 그런 말씀을 하시니까 갑자기 그때 긴장이 되더라고요."

"총지배인님은 귀신에 대해서 알고 계셨던 거예요?"

혜수는 눈치를 살피듯 조심스레 물었다.

"똑같이 물었었죠, 저도. 그런데 답은 '비슷할걸?' 이었어요."

"비슷하다고요?"

혜수는 이해할 수 없었다.

"생령. 뭐, 쉽게 말하면 살아있는 그림자 같은 건데. 총지배인님 말씀으로는 '호텔과 진심으로 이어진 사람'들의 생령이라고 하셨어요. 총지배인님이 객실 안내원을 하실 때 선배님들이 해 주신 이야기라며 들려주셨는데, 가끔 은퇴한 선대 총지배인들이 종종 귀신처럼 목격된다고 하시더라고요. 게다가 이상하게 모두 1723호에 나타난다고."

혜수는 생령이라는 단어를 읊조리며 고개를 천천히 끄덕였지만, 전혀 이해할 수 없는 표정이었다.

"오랜 시간 호텔과 함께 여러 가지 일들을 겪으면서 함께 나이가 들어가고 동질감이 쌓이다 보면 생령이라는 방식으로 서로 지탱해 주는 거라고 들었는데 실제로 이런 일이 있고 보니 진짜 있는 것 같다면서."

성용은 거기까지 말하고 혜수의 표정을 살폈다.

"조금 어렵죠? 저도 그랬어요. 터무니없는 말을 다 큰 어른이 아무렇지도 않게 하는 게 황당했죠. 조금 전까지도 안 믿었어요. 아까 그걸 보기 전까지."

"그럼, 아까 1723호 앞에 있던 그림자 같은 게 생령이라는 말씀이세요?"

"그동안 긴가민가했는데 오늘 보니까 알겠더라고요. 확실해요.

선대 총지배인이 맞더라고요. 그것도 제가 아는 사람."

"누구…."

혜수의 눈이 동그랗게 커졌다.

성용은 양쪽 입꼬리를 말아 올리면서 무언가 떠올리듯 살짝 웃었다.

"지금까지 제가 얘기하던 그 총지배인님이요."

성용은 꼬았던 다리를 풀고 반대편 다리를 올렸다.

"확실해요. 그날 이후로 1723호에 귀신이 나온다는 이야기가 없었기 때문에 몇십 년 잊고 있었는데, 어제 밤새 로비 소파에 앉아 작업하던 남자 손님이 공교롭게도 1723호에 묵으시는 투숙객이시고 로비에 나와 밤을 지새우는 이유가 무언가 나왔기 때문이라는 이야기를 듣자마자 저도 확인하고 싶었어요. 그래서 온 거고. 아, 물론 저는 퇴근 후에."

성용은 살짝 혜수를 보고 웃었다. 혜수가 집에서 쉬는 동안이 성용의 근무 시간이었으리라.

혜수는 그제야 아침에 성용이 올려다보던 창문이 1723호라는 것을 짐작할 수 있었다.

"그러면 총지배인이었던 사람이 죽고 나면 호텔에 남는 귀신이 된다는 말씀이세요?"

혜수는 말끝이 점점 처지고 느려지는 것을 느꼈다. 성용의 표정을 살피기 위함이었다.

미래의 귀신이 될 사람을 마주 보고 있는 경험은 처음이었기 때문에 어떤 말을 해야 할지 알 수 없었다.

혜수의 걱정스러운 표정을 보자마자 성용은 눈을 크게 뜨고 잠시 혜수를 쳐다보더니 곧 허리를 꺾어 큰 소리로 웃어젖혔다.

"왜 웃으세요?! 아니에요?"

혜수는 성용의 웃음이 끝날 때까지 기다릴 수밖에 없었다.

"아니, 김한주 총지배인님 살아계세요. 물론 은퇴는 하셨지만."

"네?"

"다음 달에 외손주 돌잔치 갑니다."

성용은 손가락으로 눈물을 닦으며 말했다.

"말했잖아요. 생령이라고. 저도 조금 전까지 안 믿던 사람이라 단언할 순 없지만 아마도 그런 거 아닐까요? 은퇴해도 호텔은 그 사람을 잊지 않는 겁니다. 진심으로 자기 자신을 위해주던 사람을 기억하는 호텔만의 방식이겠죠. 모든 총지배인이 생령으로 기억될지는 모르겠지만."

"총지배인으로서의 시간은 호텔에 두고 간다는 것인가요?"

"그렇죠. 나이가 들어 은퇴해도 호텔과 함께했던 기나긴 시간은 사라지는 것이 아니라 계속해서 호텔이 기억해 주고 있는 거예요. 생령 또한 자신의 성장을 함께해 준 오랜 친구인 호텔에 청춘을 두고 나오는 거죠. 그 청춘이 얼마나 빛났겠습니까? 생령이라는 형태로라도 남기지 않으면 아깝죠. 아내도 모르잖아요. 일하는 나의 모습이 얼마나 빛나는지. 그걸 기억해 주는 친구가 있다고 생각하면 좀 쉬울 것 같네요."

"몰두했던 청춘이 생령이라…."

혜수는 고개를 갸우뚱 떨어트렸다.

"시간이 거의 다 됐네요. 출근하셔야죠?"

성용은 자리에서 일어나면서 서류 가방을 들고 옷매무시를 가다 듬었다.

"잠, 잠시만요!"

혜수는 갑자기 이야기가 끝나는 것을 막으려 양손을 뻗었다.

"하고 싶은 이야기가 많은 건 알겠지만, 지각은 용납 못 합니다. 차차 하도록 하죠."

성용은 던지듯 말을 내뱉고 다시 37층으로 올라가기 위해 계단 으로 향했다. 빠른 걸음이었다.

혜수는 그의 뒷모습을 보고 조바심만큼 목소리가 커졌다.

"아까 숫자를 봤어요!"

그녀의 외침에 성용은 호기심과 의아함이 섞인 표정으로 뒤를 돌아보았다.

"숫자?"

"네, 가슴에 달린 배지에 9라고 쓰인 걸 봤어요. 그게 뭐죠?"

성용은 걸음을 멈추고 잠깐 눈동자를 굴렸다.

그리고 해사하게 웃었다.

"아, g?"

"g요?"

성용은 자신의 가슴팍에 달린 배지를 살짝 들어 보였다.

"지금은 G라고 대문자를 쓰지만 제가 신입 때는 소문자 g를 썼습니다. 가루다죠."

성용은 잠시 배지를 만지작거렸다.

"더 확실해졌네요. 그렇게 청춘을 남길 수 있다니 부럽군요."

처음보다 더 빠른 걸음으로 걸어가는 성용의 뒷모습에 혜수는 마지막 질문을 던졌다.

"왜 1723호인지는 모르세요?"

혜수의 질문에 성용은 다시 한번 걸음을 멈추고 잠시 생각에 잠긴 듯했지만 이내 양쪽 어깨를 살짝 들어 올리며 그녀를 향해 돌아보았다.

"글쎄요. 제가 생령이 되면 1723호에 있는 저에게 물어보세요. 저도 독수리의 선택을 받을 수 있도록 노력해야겠군요."


9


탈의실에서 유니폼으로 갈아입으면서도 혜수의 정신은 37층의 반 층 아래 공간에 있었다.

온갖 단어들이 머릿속에서 제자리를 찾아가지 못하고 뱅글뱅글 돌았다.

"워이!"

혜수의 얼굴 가까이서 그녀를 깜짝 놀라게 한 건 정연이었다.

"무슨 생각을 그렇게 해? 오늘도 같이 근무라니. 반가워라."

정연은 혜수를 향해 웃어 보이고 조금 멀리 떨어진 그녀의 캐비 닛 문을 열었다.

무슨 생각을 그렇게 하는지 물어봐 놓고서도 대답을 듣지 않는 것은 정연다웠다.

집요하게 꼬치꼬치 캐물어서 여기저기 말을 옮기는 타입의 사람 들과는 확실히 다른 사람.

"가볼까?

순식간에 유니폼을 갈아입고 매무새 정리까지 마친 정연이 혜수 를 향해 에너지 넘치는 웃음을 지어 보였다.

\*

엘도라도는 이렇게 빛났을까?

아무리 깊은 밤이 와도 로비는 황금의 나라를 연상케 했다. 금빛 과 흰색이 섞인 대리석 바닥은 어떤 신발이 닿아도 편안한 소리를 만들어냈고 천장 한가운데에 매달려 영롱하게 빛나는 샹들리에는 거대한 빙하를 거꾸로 매달아 놓은 듯 압도적인 크기를 자랑했다.

게다가 샹들리에의 유리 장식이 더욱 반짝일 수 있는 것은 미리 계산된 따뜻한 채도의 조명 덕이었고 로비를 가득 채운 향기는 만들어진 것이 아니라 싱싱한 생화에서 나오는 것이었다.

혜수가 입사하던 해부터 가루다 호텔은 유명한 플로리스트들을 초빙해 호텔의 모든 꽃장식을 맡겼다.

호텔 결혼식이나 연회장에서도 화려하고 고급스러운 꽃장식이 입소문을 타 이제는 가루다 호텔을 얘기할 때 꽃을 빼놓을 수 없었다.

정문으로 들어서면서부터 압도적인 꽃의 아름다움을 느낄 수 있다.

바닥부터 천장에 닿을 듯 원통 모양으로 높게 튼튼한 금색 철사를 세우고 그 사이사이에 선명한 색의 꽃을 꽂아 꽃 기둥을 세웠다. 바닥의 폭이 2m가 넘는 큰 크기를 빈틈없이 채운 꽃들로 어느 방향에서 보나, 기품이 넘치는 꽃 기둥이었다.

진한 빨간색 장미를 기둥의 가운데 부분으로 풍성하게 모아 입체감을 만들었고 연한 다홍색의 달리아와 보라색 수국으로 위아래 주변을 감싸며 부피를 키웠다. 거기에 붉은색들 사이로 노란 튤립과 해바라기를 꽂아 생동감까지 더해졌다. 이렇게 입체감이 만들어진 것에 조화를 이루기 위해 위로는 노란 금어초를 아래로는 파란 델피니움을 길게 빼는 것으로 태양과 바다를 연상케 했고 자칫 비어 보일 수 있는 곳은 생기 있는 풀색의 유칼리와 갯버들로 채움으로써 꽃에 관해 공부한 적이 없는 사람들도 누구나 정문을 지나쳐 지나가다가 잠시 감상의 시간을 갖기도 했다.

사람의 시선이 잘 닿지 않는 꼭대기의 꽃까지 이야깃거리를 머금은 플로리스트의 계산이었다고 생각하면 혜수는 늘 지나갈 때마다 감탄을 금치 못했다.

'균형이 있어서 그런지 여러 가지 향기를 동시에 느낄 수 있는 게 참 좋아.'

프런트 교대 후 한가한 시간을 이용하여 정문 앞의 꽃을 점검하러 나왔던 혜수는 가장 높은 금어초를 바라보고 있었다.

바람이 강한 날에는 정문이 열렸다 닫히면서 꽃잎이 날아갈까 한 번씩 살펴보고는 하는데 이상하게 오늘은 바람이 강한 날임에도 꽃들은 움직이지 않았다.

"오늘은 이상하게 꽃이 마치 동상 같죠?"

가까이서 들려온 목소리에 놀란 혜수가 놀라며 뒤를 돌아보자 1723호의 남자 손님이 노트북을 손에 들고 서 있었다.

그의 시선은 꽃을 보고 있었지만, 표정은 혜수와 정반대였다.

한쪽 입꼬리가 올라가 있었지만 비웃는다는 느낌보다는 뿌듯해하는 표정이 느껴졌고 짙은 초콜릿 색으로 염색한 머리카락이 길게 내려와 눈을 반쯤 가리고 있어도 그의 눈동자는 또렷해 보였다.

혜수는 가볍게 눈인사했지만, 마음은 어딘가 불편했다. 출근 전

1723호 앞에 갔었다는 사실이 들킨 것만 같았다.

"오늘은 책보다 노트북을 선택하셨군요."

몸을 프런트 쪽으로 반쯤 돌린 혜수였지만 잠시 이야기를 나눌 생각으로 말을 걸었다.

남자는 "네."라고 씩씩하게 대답하며 고개를 끄덕였다.

"오늘도 로비에 계실 예정입니까?"

혜수는 자극이 될 만한 단어를 모두 제외하고 부드러운 언어만 사용해서 내뱉고자 했지만 정작 말을 뱉고 나니 앞에 했던 대화와 전혀 상관없는 말이 되어버린 것 같아 아차 싶었다.

하지만 남자는 혜수의 말뜻을 알아차린 것 같았다.

"오늘도 화도 내지 않고 밤새 로비에 있을 거냐, 이런 거 묻고 싶으신 거예요?"

남자는 노트북을 양손으로 껴안은 채로 혜수 쪽으로 완전히 몸을 돌렸다.

그의 표정에는 여유로움이 가득했다. 20대 후반 정도로 보이는 그는 어딘지 모르게 소년과 같은 눈을 하고 있었다.

"그것도 아니면 그 방에 있는 '그것'이 아직도 있느냐. 그런 게 궁금하신 건가?"

혜수는 당황한 듯한 표정을 지었다. 눈앞의 남자가 웃으면서 화를 내는 것인지 순도 100%의 농담 섞인 말을 하는 것인지 바로 알아차리기에 어려웠다. 장난기가 섞인 눈빛 때문인 것 같았다.

남자는 숨을 들이마시듯 쓰읍, 소리를 내고는 살짝 웃었다.

"나쁜 뜻 없는 질문인 거 압니다. 손님이 불편해할 만한 단어를 쓰지 않는다는 게 호텔리어라는 건 잘 알고 있어요. 저희 할아버지도 호텔리어셨거든요."

남자는 부드럽게 표정을 풀었다.

혜수는 생각했던 것보다 이야기가 길어질 것 같은 예감이 들었지만, 호기심이 자극돼서인지 자리를 뜨고 싶지 않았다.

살짝 고개를 돌려 프런트 상황을 확인했다.

여전히 로비는 고요했고 정연은 프런트에서 모니터를 보며 천천히 마우스를 움직이고 있었다. 아마도 투숙객 특이 사항을 외우고 있을 것이다.

가장 평화롭고 여유 있는 상태라는 것을 느낀 혜수는 다시 눈앞의 남자에게 시선을 돌렸다.

"자랑스러우셨겠어요."

혜수는 진심으로 말했다. 본인의 직업을 사랑하는 사람으로서 우러나온 말이었다.

"그럼요. 엉뚱한 말씀 하실 때도 있으셨고 저에게 장난도 많이 치셨지만 일에 관해서는 진중하셨어요. 호텔리어라는 자부심도 있으셨죠. 절 많이 사랑해 주셨고 늘 제 편이셨어요. 호텔 이야기도 종종 해 주셨죠. 원래 이 자리에 있던 무섭게 생긴 동상이 비둘기가 아니라 독수리라고 알려 주시기도 하고요."

혜수의 눈이 놀란 듯 동그랗게 커졌다.

"할아버님께서 여기 가루다 호텔에서 근무하셨나요?"

남자는 재밌다는 듯 살짝 웃었다.

"네! 총지배인까지 하셨는데 꽤 오래전이에요. 제가 유치원에 다닐 때 사원 모임으로 직원들과 직원들의 가족이 호텔에 모였던 행사가 있었는데, 그날 여기서 무섭게 생긴 동상을 보고 울었던 기억이 있어요. 큰 새 모양이었는데 돌로 만들어서 그랬는지 진한 회색이었으니까 저는 그저 큰 비둘기라고 생각한 거죠."

혜수는 어떤 동상인지 알고 있었다. 지금은 본사 1층 로비에 있는 그 동상이 과거에 호텔 로비에 있었다는 건 입사 교육 때 들었다.

'그 동상이라면 아기들은 무서울 만도 하지.'

혜수는 살짝 웃으며 고개를 끄덕였다.

"그런데 그 동상이 살아있었거든요? 저랑 확실히 눈도 마주쳤고 눈을 깜빡이기도 했어요. 무언가를 이야기하고 싶었던 건지 살짝 부리를 벌리려고도 했어요. 저는 그게 무서워서 우니까 프런트에 있던 직원들이 달려와 달래주는데 제 이야기를 안 믿는 눈치였죠. 살짝 본 그 독수리 동상은 언제 그랬냐는 듯 시치미를 뚝 떼고 항상 그랬던 것처럼 정문 너머를 응시하고 있었어요. 저와 마주쳤던 눈에서 빛은 사라진 게 느껴졌죠. 저라도 안 믿었을 거예요. 하지만 그 당시에는 어린 나이에도 그게 얼마나 서운하던지…. 제가 없어진 걸 아신 할아버지께서 저를 찾으러 오셨어요. 프런트 직원들에게 상황을 전해 들으시고는 허허, 웃으며 저는 화장실로 데려가셨죠. 눈물로 범벅된 얼굴을 찬물로 벅벅 씻겨주셨는데 얼마나 아팠는지 알아요?"

혜수는 대답 대신 작게 미소를 지었다.

"그러고는 저에게 말해주셨어요. 제 말을 믿는다고. 할아버지도 직접 보신 적이 있다고요."

"독수리 동상이 살아 움직이는 것을요?"

"네, 아주 기뻤죠. 할아버지가 제 말을 믿어주셨으니까요. '그 독수리 녀석, 내 손주 놈을 보더니 장난을 쳤나 보군.'이라고 말씀하시면서 웃기도 하셨어요. 순간 긴장이 다 풀렸죠. 제가 기뻐하는 표정을 보시더니 귀를 대보라면서 가까이 오셨어요. 할아버지랑 귓속말해 본 적 있어요? 장난꾸러기 아이들이라면 가장 좋아하는 게 귓속말일 거예요. 저는 그날 할아버지의 셔츠 색깔까지 기억나거든요. 사진을 찍은 것처럼 그 장면이 생생해요. 할아버지는 저 못지않게 장난스러운 표정을 지으시면서 '이 호텔에는 신비한 일들이 많이 일어나는데 언젠가 어른이 되면 1723호에 같이 묵어 보자'라고 하셨어요."

"1723호요?"

혜수는 살짝 두근거리는 것이 느껴졌다.

남자는 놀라는 혜수를 보며 그럴 줄 알았다는 표정으로 익살스럽게 웃었다.

"할아버지는 가족끼리 여행을 가서 어떤 숙소에 묵더라도 구석구석 방 구경을 하는 버릇이 있으셨기 때문에 그 얘기를 듣자마자 저는 '뭐야, 또 나에게 슬리퍼가 어디에 있는지 찾아보라고 시키려는 거야.'라는 생각이 들었어요. 리모컨을 어디 두는지 냉장고 안에 어떤 음료들이 있는지 살펴보는 게 할아버지 낙이라니까요? 온종일 구석구석 관찰하면서 오, 와, 이렇군, 이런 말들을 뱉는데 제가 어릴 때 과학관에 가서 놀던 그런 표정이었어요. 그런데 그때는 울퉁불퉁한 손가락을 입에 가져다 대며 쉿, 하고 말하는 할아버지의 표정을 보고 분명 1723호에 뭔가 있구나, 라는 걸 직감했어요. 설레서 참을 수 없다는 표정이었죠."

"설레서요?"

"네, 언제라는 약속을 하지 않아서 그런가, 함께 1723호에 묵어보지도 못하고 돌아가셨지만."

혜수는 아, 라며 작은 소리를 뱉었다.

나이는 어른이지만 아직도 상대방의 입에서 죽음에 관한 이야기가 나오면 어떤 표정을 지어야 할지 알지 못했다.

"아버지는 할아버지와 정 반대 성격이어서 제 말을 믿어주지 않으실 거고, 또 할아버지와 저 둘만의 약속이었으니 그동안 아무에게도 말하지 않았죠. 제가 스스로 돈을 모아 호텔에 숙박할 수 있을 때 다시 온 거예요. 당시 사원 모임을 하던 날에 맞춰서."

남자는 자연스럽게 대화 화제를 돌렸다.

"2월 4일에 체크인을 하셨던데요?"

"2월 5일이 사원 모임을 하던 날이었어요. 솔직히 할아버지는 '붕어랑 잉어의 수염을 구별하는 법'을 진지하게 알려 주시던 괴짜라 오기 전까지도 의심했어요. 1723호에 꼭 묵은 건 무언가 나올 거라는 기대보다는 독수리 동상이 나를 보고 움직였다는 걸 믿어준 할아버지에 대한 감사 표시에 가까웠거든요? 근데 진짜 뭐가 있긴 있더라고요. 수호신도 아니고 귀신도 아니고. 뭐라고 해야 할지 모르겠지만."

"그게 무슨…."

"할아버지도 보고 할아버지와 같이 근무하시던 직원분도 뵀죠. 사원 모임 때 뵀었는데 성함이 김 한자 주자를 쓰셨던가… 할아버지와 함께 다시 연회장에 돌아온 저를 보며 '울었다며?'하고 물으시더니 우스꽝스러운 표정을 보여주시며 기분을 풀어주셨던 게 기억이 나요. 거울 속으로 방 이리저리 관찰하시던 할아버지를 보고 놀람과 반가움이 섞였을 때 나중에 문을 여는 것처럼 현관을 통해 들어오시더라고요. 거울 앞에 의자를 놓고 앉아 계시던데요? 제가 보이지 않는 것처럼 행동하셨어요. 같은 공간에 있지만 다른 시간에 있는 것 같았죠. 거울 속에는 할아버지가 움직이고 눈앞에서는 멋있다고 생각했던 분이 앉아 계시니 무섭다기보다 감동 같은 게 느껴져서 처음엔 넋 놓고 봤어요."

남자의 입에서 나온 말들이 모두 현실과 한참 동떨어진 것들이었지만 남자의 표정은 철새가 바람을 가르듯 망설임 없었다.

되살아난 동심에 대한 반가움과 할아버지에 대한 사랑 그리고 호텔과 그의 친구들에 대한 경이로움이 뒤섞여 그의 안에서 퍼지고 있었다.

"공연이 끝나면 막은 내려오지만, 멋진 공연을 마친 배우가 다시 무대로 걸어나와 박수를 받잖아요? 배우가 연극이 끝난 무대를 걷는 걸 보는 기분이었어요."

그의 얼굴에는 배우에게 기립박수를 보내는 관객과 비슷한 표정이 그려졌다.

혜수는 목구멍 아래로 부풀어 오르는 질문 중에 어떤 것을 먼저 말해야 할지 고르지 못하고 그저 자신도 느껴보지 못한 감정을 만끽하며 감동에 젖은 사람을 보고 있을 뿐이었다.

"고민이 많았는데 진로 결정에 도움이 되는 시간이기도 했고요."

"진로?"

남자는 단단해진 눈빛으로 혜수와 눈을 마주 봤다.

"가루다를 목표로 하려고요. 그리고 저도 1723호에서 멋진 커튼콜을 할 겁니다."

"혜수 씨!"

프런트에서 정연의 목소리가 들려왔다. 상냥한 목소리였지만 그만 돌아가야 한다는 것을 알리기에 충분했다.

아쉬움과 당혹스러움이 머리 위로 떨어진 혜수는 남자를 쳐다보았다.

곤란해하는 표정을 느낀 남자는 "전 그럼 편의점 좀."이라며 담백하게 대화를 끝맺고 정문을 향해 걸어 나갔다.

그때까지도 부글부글 끓어오르는 질문들 중의 하나를 고르지 못하고 천천히 프런트로 발을 옮기던 혜수는 온종일 믿을 수 없는 일들로 가득한 하루가 이상하지만, 매력적으로 느껴졌다.

숨겨진 어느 나라로 초대받은 듯한 기분이 들었다.

"저기요!"

혜수는 뒤를 돌아 남자의 목소리가 들려온 방향을 쳐다봤다.

"할아버지의 방 구경! 커튼콜을 방해하고 싶지 않아서예요."

남자는 말을 마치자마자 바로 뒤를 돌아 정문을 열고 나갔지만, 그의 말은 텅 빈 로비에 남아 울렸다.

정연은 깜짝 놀라 혜수를 바라보며 토끼 눈을 떴다.

"뭐야, 수수께끼?"

정연은 입 모양만으로 혜수에게 물었다.

혜수는 어깨를 들어 올리며 자신도 잘 모르겠다는 몸짓으로 대답했지만, 사실은 이미 답을 알고 있었다. 그것이 로비에서 밤을 지내는 이유라는 것을.

그리고 그제야 정문으로 들어온 겨울바람을 만난 꽃들이 살랑춤을 추며 꽃잎을 떨어트렸다.

# 추리 첨가 미니 버거

2024년 9월 10일 초판 1쇄 발행


**글** 하모
**발행인** 박윤희

**발행처** 도서출판이곳  **디자인** 디자인스튜디오이곳
**등록** 2018. 10. 8 신고번호 제2018-000118호  **주소** 서울 송파구 송파대로44길 9(송파동)
**이메일** bookndesign@daum.net  **홈페이지** www.bookndesign.com
**팩스** 0504.062.2548  **블로그** blog.naver.com/designit  **인스타그램** @book_n_design

**저작권자** ⓒ 하모 2024
ISBN 979-11-93519-24-0 (03810)

**도서출판이곳**
우리는 단순히 책을 만들지 않습니다.
작가와 책이 마주치는 이곳에서 끊임없이 나음을 너머 다름을 생각합니다.